Krummavísur

Du même auteur

Yeruldelgger, Albin Michel, 2013 ; Le Livre de poche, 2015

Les Temps sauvages, Albin Michel, 2015 ; Le Livre de poche, 2016

La Mort nomade, Albin Michel, 2016 ; Le Livre de poche, 2017

Mato Grosso, Albin Michel, 2017 ; Le Livre de poche, 2018

Heimaey, Albin Michel, 2018 ; Le Livre de poche, 2019

Askja, Albin Michel, 2019 ; Le Livre de poche, 2020

L'Oiseau bleu d'Erzeroum, Albin Michel, 2021 ; Le Livre de poche, 2022

À Islande, Paulsen, 2021

Le Chant d'Haïganouch, Albin Michel, 2022 ; Le Livre de poche, 2023

Ravage, Paulsen, 2023

Aysuun, Albin Michel, 2023

Ian Manook

Krummavísur

roman

Flammarion

ISBN : 978-2-0804-4557-5

À Charlie Brown encore
À Françoise toujours
À moi !

Le corbeau s'est endormi dans une fissure
Dans la nuit noire et sa froidure
Le corbeau s'est endormi dans une crevasse
En attendant qu'hiver se passe
Tant de choses peuvent le blesser
Tant de choses...

Krummavísur
Jón Thoroddsen

1995

… hurle plus fort qu'eux.

Le petit avion lutte contre la tempête. Il se cogne aux bourrasques qui le chahutent. Des vents retors et givrés cherchent à le plaquer pour le déchiqueter sur les séracs acérés. Ils survolent le Vatnajökull, un mauvais géant. Le plus grand glacier d'Islande. Un dôme nacré et soyeux quand le ciel est bleu, mais un monstre sinistre hérissé d'armures de glace mortelle par temps de brouillard. Et pire encore sous la tempête. Sous un dais de nuages, ils rasent un des doigts que le Vatna force jusqu'à la mer furieuse entre les derniers contreforts des montagnes qu'il érode depuis des millénaires. Celui qui se glisse jusqu'à la lagune de Jökulsárlón, où ses blocs de banquise se disloquent et se dispersent en icebergs.

L'avion est robuste. Un de Havilland Beaver. Un trapu, un costaud. Solide. La jeep des airs, comme disent les pilotes de brousse ou d'Alaska pour se rassurer quand ça chahute. Mais il n'en resterait pas grand-chose si l'ouragan boréal le rabattait sur le glacier. Autant de pics et de glaives tranchants qui lacéreraient le ventre de sa carlingue avant de lui briser les roues pour qu'il trébuche et bascule queue par-dessus tête et se fracasse à l'envers. Le vent est de nord-nord-est. Le pire. À cent vingt kilomètres-heure, il souffle par leur travers un poudrin qui givre et alourdit la carlingue. Soixante kilomètres encore pour rejoindre leur troisième étape, l'aérodrome de Höfn sur la côte de sable noir. Sans aucune certitude de pouvoir s'y poser.

Dans la furie des vents qui hurlent et du grésil qui abrase le cockpit à l'extérieur, ils n'entendent pas le moteur tousser. Ils le devinent. Un battement en moins. Une extrasystole. Ils l'encaissent avec la surprise et la peur d'un challenger qui redoute un crochet au foie sur un ring.

— C'était quoi, ça ? s'inquiète le passager.

Le pilote vérifie tous ses cadrans et répond d'une voix si calme qu'elle le panique.

— Rien de bon…

— C'est-à-dire ?

— Ça ne va pas le faire. Il faut nous poser…

Le passager n'ose même pas demander où. Et encore moins comment. Tout, autour d'eux, n'est qu'un terrifiant chaos. Violent et mouvant au-dessus, immobile et fracassé en dessous. Le pilote vire au-delà de la lagune, vers l'océan ourlé de déferlantes qui se frangent de longues écumes affolées sous le vent rasant.

— Qu'est-ce que tu fais ?

... hurle plus fort qu'eux.

— La mer est déchaînée, la lagune est encombrée d'icebergs. Les montagnes, tu oublies, il ne reste que le glacier. Je vais revenir depuis la mer, face au vent, et nous poser dessus.

— Tu veux atterrir sur ce truc balafré de fissures et hérissé de séracs ? Il n'y a même pas dix mètres de plat entre deux crevasses.

— C'est exactement ça, répond le pilote, il faut que je me pose en moins de dix mètres...

Sa voix, toujours aussi calme, rassure d'abord le passager. Un peu. Mais la sueur qu'il devine dans sa nuque, malgré le froid glacial dans la cabine, brise aussitôt tout espoir.

— C'est une folie. Qui pourrait réussir un truc comme ça ?

— Un seul type le fait mieux que moi. Un certain Bobby, en Alaska. Il a posé son Piper Super Cub sur six mètres cinquante.

— Et toi ?

— Mon record est de huit mètres quarante avec le même Beaver que ça. Mais c'était en été et par beau temps...

— Seigneur Dieu !

Il passe à son poignet la menotte reliée à la mallette qu'il tire de sous le siège.

— Ce machin-là ne va pas vraiment t'aider à t'en tirer si tu dois évacuer en catastrophe.

— C'est le job. C'est la raison pour laquelle nous nous retrouvons dans ce merdier.

— Qu'est-ce qu'il contient pour valoir le prix de nos deux vies, ton baise-en-ville ?

— Tu n'as pas à le savoir. Comment tu vas t'y prendre pour nous sortir de là vivants ?

— Tu n'as pas à le savoir…

La suite n'est qu'une succession d'instants de terreur à l'état pur. Le Beaver remonte vers le glacier en frôlant l'océan furieux et les icebergs de la lagune. Le vent de face est d'une violence inouïe. Plusieurs fois, ils ont l'impression qu'il les stoppe net dans les airs. Quand ils approchent du glacier, l'avion s'obstine, buté comme un bélier, à foncer contre le front de glace. Au dernier moment, malgré les bourrasques qui s'acharnent, le pilote le redresse pour frôler la surface, quelques mètres à peine au-dessus du glacier. En dessous, les lignes de fracture défilent. Dans un indescriptible chaos, elles fendent et entaillent la langue de glace sur plusieurs centaines de mètres, jusqu'à ce qu'elle quitte le socle de la montagne pour flotter sur les eaux de la lagune. Dans le grand blanc qui les aveugle, le passager se blesse les yeux à chercher la moindre surface où se poser. Pas même plate. Juste une dizaine de mètres entre deux failles. Le pilote, lui, ne dit rien. Sa décision est déjà prise et il maintient l'avion à la limite du décrochage. Il joue sur sa vitesse minimum, contrecarrée par celle du vent de face, sur les volets qu'il incline au fur et à mesure, sur le nez de son appareil qu'il redresse de plus en plus.

… hurle plus fort qu'eux.

Le cœur du passager trébuche dans sa poitrine quand il comprend la manœuvre. Cabrer l'avion face à la tempête et le laisser décrocher quand il sera le plus près possible du sol, à une vitesse proche de zéro, en jouant sur le vent contraire. Abaisser les volets à quarante degrés et chuter à la verticale sans laisser le temps au Beaver de piquer du nez. Et tirer les freins. Au cœur d'un ouragan boréal. Dans un tumulte de neige et de vents. Secoués par un blizzard furieux. Sur une croûte de glace froissée et creusée de pièges.

Le Beaver est à l'arrêt dans les airs, à deux mètres au-dessus d'une vertigineuse crevasse, ballotté par les bourrasques comme un cerf-volant dans un ouragan. L'abîme pourrait les engloutir tout entier, corps, âmes et machine. Mais dans un équilibre suspendu précaire et suicidaire, le pilote joue du vent contraire et cabre l'avion pour progresser au ralenti, mètre par mètre. Quand il force le décrochage, le Beaver se laisse tomber sur la glace. Malgré ses larges pneus sous-gonflés, le choc est brutal et l'avion pique du nez quand le pilote tire sur le frein. Ils s'arrêtent à deux mètres à peine de la prochaine crevasse et la tempête, folle furieuse de voir sa proie lui échapper, redouble de violence.

Dans le cockpit, l'homme à la mallette comprend, à le voir étonné et sidéré, que le pilote lui-même ne croyait pas en leurs chances. Ils restent quelques instants à ne rien dire, tétanisés par la peur qu'ils dominent à peine, quand un coup de boutoir les ramène à la réalité. Le vent, fort de son élan sur des dizaines de kilomètres de glace, lance sur eux des bourrasques qui ébranlent l'appareil. Le pilote est le premier à comprendre le nouveau danger qui les menace. Malgré les freins serrés à bloc, les assauts de la tempête repoussent l'avion. Inexorablement, les roues fixes glissent sur la glace.

— Foutons le camp !

Le pilote ouvre sa portière et saute du cockpit, tandis que l'appareil part en arrière et prend de la vitesse. Il chute lourdement sur une glace plus dure que du marbre. Quand il cherche à se relever, une douleur irradie sa hanche. Il se redresse quand même et s'accroche à la poignée d'une trappe sur le côté de la carlingue. Récupérer son bagage, la trousse de survie… mais le vent se joue de l'avion maintenant et le pousse comme une luge vers la profonde crevasse qu'ils survolaient, immobiles en l'air, quelques minutes plus tôt. Le pilote ne maîtrise plus rien et l'appareil l'entraîne. Il ne peut même plus s'en écarter. La roue ou le montant de soutien des ailes du Beaver vont l'entraîner dans sa chute. Alors, il plonge sous le ventre de l'avion qui glisse par-dessus lui, se retourne sur le dos, et regarde avec horreur la carlingue basculer en arrière et disparaître dans la crevasse.

Et maintenant, il est seul sur la glace du Vatnajökull, en pleine tempête boréale, le visage et les mains abrasés par des vents à moins dix degrés, le corps transi et la hanche en feu, sans aucun secours, sans matériel de survie. Sans espoir.

— Ça va ?

Le passager est assis vingt mètres plus loin, le cul sur la glace, la mallette menottée à son poignet. Le pilote le devine à travers des tourbillons de limaille de neige.

— Je pensais que tu n'avais pas eu le temps de sauter. Je te croyais mort broyé dans le Beaver au fond de la crevasse.

Ils parlent en criant pour s'entendre malgré le vent.

— Je n'ai pas le droit de mourir avant d'avoir livré ça au Danemark, hurle l'homme à la mallette dans un rire hystérique.

Le contrecoup de la peur. Le pilote s'est déjà posé plusieurs fois en catastrophe. Il connaît cette réaction-là. Ce rire de soulagement après avoir échappé à la mort. Cette décompression. Un rire incrédule, incontrôlable, qui se transforme en bravade. En pied de nez au destin, un zygomatique d'honneur. Ce rire qui ne se réjouit que de la survie immédiate et inattendue, sans rien imaginer des malheurs à venir.

— Il faut nous protéger du vent, crie le pilote, réfugions-nous dans les moraines sur les bords du glacier et construisons un muret de pierres pour nous abriter.

— La montagne est plus proche de mon côté. Viens me rejoindre.

— Je ne peux pas. Je me suis blessé. Ma hanche...

— D'accord, j'arrive.

Le pilote lui hurle de ne surtout pas se lever. Trop tard. À peine debout, un coup de vent percute l'homme à la mallette comme un bus dans son couloir. Il titube sous le choc et s'arc-boute pour résister à la bourrasque, mais en vain. Il glisse d'abord sur ses pieds de quelques pas en arrière, cherche à se retenir dans le vide, gêné par sa mallette, et finit par perdre l'équilibre et trébucher à reculons vers la crevasse. Le pilote surmonte sa douleur et parcourt en boitant les vingt mètres qui les séparent. Au prix d'un effort et d'une douleur qui lui torsadent le visage, il se jette dans les jambes de l'homme à la mallette pour le plaquer au sol. Mais ils offrent à deux plus de prise au vent furieux. La tempête enrage de leur audace à lui résister. Elle s'acharne sur eux. Dans des élans fulgurants, elle les pousse et ils glissent inexorablement vers le bord de la crevasse, accrochés l'un à l'autre. Ils s'arrachent les ongles à vouloir les planter dans la glace comme des crampons. Mais rien ne les retient et ils n'y laissent que des traces de sang. Chacun de leurs mouvements désespérés accélère leur glissade. L'homme à la mallette hurle le premier. Le pilote l'imite quand il comprend à son tour. Au loin, il devine le tourbillon qui leur donnera le coup de grâce. Une tornade de poudrin qui piétine, comme un taureau de neige, puis se rue sur eux dans un grand galop blanc.

Quand ils basculent dans les entrailles grises du glacier, le vent qui les pousse hurle plus fort qu'eux.

2002

… savoir qui est ce type.

Du ciel laqué, quelques nuages rapides et cotonneux courent leurs ombres sur les névés. Selon la lumière, la glace se moire en surface d'un miroir nacré, ou se creuse d'un bleu cristallin dans la moindre anfractuosité. Quelquefois, entre les séracs, elle se translucide d'émeraude. Les deux hommes progressent, encordés l'un à l'autre, à la recherche de la bonne faille. Le second de cordée cherche à lire dans la glace l'histoire des éruptions de l'Hekla, le volcan le plus actif d'Islande. Vingt éruptions depuis le IXe siècle. Autant peut-être avant. En mille ans, ce volcan au doux nom islandais de « capuchon », mais connu aussi comme la porte de l'Enfer ou la prison de Judas, a recraché sur l'île plus de huit kilomètres cubes de magma.

L'homme de tête s'en moque un peu. Il connaît ces volcans sournois en général et l'Hekla en particulier. Au cours des trois dernières éruptions, l'Hekla n'a donné de signes avant-coureurs que moins d'une heure avant de vomir son magma, piégeant par surprise randonneurs et habitants. Mais l'Hekla trône plus de cent cinquante kilomètres à l'ouest du glacier sur lequel ils se trouvent et l'homme se sait à l'abri. Tout ce que veut le client qu'il guide, c'est retrouver des traces des tapis de cendres retombés sur la glace à l'époque. Si ça l'amuse !

— L'Hekla est d'une morphologie très intéressante, crie le client derrière lui d'une voix essoufflée. C'est à la fois une faille éruptive et un stratovolcan. C'est en fait la succession de ses éruptions qui le construit et le renforce au fur et à mesure.

Oui, c'est ça, pense le guide. Garde ton souffle, idiot, nous ne sommes pas encore rendus. C'est la troisième crevasse qu'ils abordent, et il ne comprend pas les critères qui décident son client à conclure que ce n'est toujours pas la bonne.

— Tu sais, si l'Islande compte près de cent trente volcans actifs, un dixième de tous les téphras rejetés au cours du dernier millénaire l'a été par le seul fait de l'Hekla.

Et toi, tu sais que si tu continues à me bassiner avec ta science au lieu de te décider à choisir ta faille, tu pourrais bien terminer cette course en solo sans personne pour t'assurer ?

— Et tu sais pourquoi on appelle l'Hekla la porte de l'Enfer ?

Bien sûr que je le sais, Ducon, je suis d'ici. Je suis Islandais. Je vis sur cette pétaudière, le nez au vent et les pieds dans la braise depuis toujours. Pour qui me prends-tu ?

… savoir qui est ce type.

— … C'est parce que lors de l'éruption de 1341, des milliers d'oiseaux désorientés ont survolé le cratère et se sont enflammés en plein vol pour tomber dans la lave.

Et patati, et patata, et les témoins ont cru à des âmes maudites tombant en enfer. Oui, je sais, je connais la légende.

— … Et les témoins ont cru à des âmes maudites tombant en enfer.

Il voudrait lui expliquer qu'avant même une éruption ou un tremblement de terre, les animaux l'anticipent bien mieux que les hommes et s'éloignent. Les chevaux partent dans un galop nerveux, les moutons se dispersent en panique, et les oiseaux se réfugient au-dessus de la mer. Mais l'autre serait encore capable d'en tirer un couplet sur le tölt et l'amble volant des chevaux islandais, ou sur le fait que le macareux moine nage sous l'eau en s'aidant de ses courtes ailes et non de ses pattes palmées.

C'est l'Islande. Un nuage ventru comme un édredon étouffe le soleil. Tout se fige aussitôt et l'homme se tait, surpris par le froid soudain. Le paysage tout entier s'éteint en noir et blanc.

— Il faudrait penser à trouver votre faille, professeur, avant que l'hiver nous tombe sur le dos.

— En mai ?

— L'Islande est le genre de pays où on peut profiter des quatre saisons dans la même journée, professeur…

L'autre en rit, pas le guide qui voit s'accumuler des nuages de sud-ouest à l'horizon. Ceux qui se sont chargés de pluie à suivre les eaux chaudes du Gulf Stream en remontant l'Atlantique Nord.

— Examinons encore celle-là, dit le professeur en désignant de son bâton de marche une large fracture à vingt mètres devant eux. Si elle ne donne rien, nous reviendrons demain.

Le guide l'avait vue, pourquoi les aurait-il amenés dans cette direction, sinon ? Il est fatigué de ce job qui le pousse à exagérer chaque faux danger pour flatter le client, et en courir de vrais à cause de leurs imprudences. À bientôt trente ans, il a, comme chaque Islandais, mille projets en tête pour son avenir, mais aucun ne consiste à crapahuter encore longtemps sur une croûte de glace de cent mètres d'épaisseur pour donner des poussées d'adrénaline à des quidams sans intérêt. Si ce n'est qu'ils paient la course. Cher.

C'est une belle crevasse. Sûr qu'elle va plaire au professeur. Cinq à six mètres de large à la surface. Profonde et bleue. Dessous, le ventre du glacier doit buter sur un verrou et se tordre. Le guide s'avance avec prudence, retenant l'impatience du professeur d'un geste autoritaire. Mais l'autre n'est plus le même. Il a trouvé sa faille. Large. Béante. Profonde de plusieurs dizaines de mètres. Plus peut-être. Il sort de son sac tout son équipement qu'il aligne devant lui et se harnache déjà.

— Qu'est-ce que vous faites ?

— Je dois vérifier si c'est bien la bonne.

Il va fixer des sécurités dans la glace et descendre sur quelques mètres pour inspecter les parois. Il l'a déjà fait. C'est son métier. Sa passion. Il est descendu dans les entrailles gelées du Lambert en Antarctique, dans celles de l'Aletsch en Suisse, du Malaspina en Alaska, de l'Austfonna dans l'archipel norvégien du Svalbard. Le guide est saisi par la métamorphose du bonhomme. De petit professeur court sur pattes qui s'essoufflait à trop parler, il est devenu un montagnard trapu, solide, robuste, qui se prépare avec gourmandise à se coltiner au monstre de glace.

— Et comment saurez-vous si c'est la bonne ?

Le professeur lui répond sans le regarder, occupé à vérifier chaque sangle, chaque mousqueton, chaque nœud de son harnais.

— À chaque éruption, des nuages de cendres retombent sur l'île. Quand une nouvelle neige les recouvre et se compresse en glace, le glacier en garde une strie dans sa transparence. Si on fore dans un glacier et qu'on en extrait une carotte d'échantillonnage, on peut voir la trace de chaque éruption des mille dernières années au moins.

— Et vous allez vérifier jusqu'à quelle profondeur ? Je n'ai que quarante mètres de corde.

— Si je peux voir la ligne de cendres de l'éruption de février 2000, je descendrai voir si je trouve des traces de celle de janvier 1991. Et peut-être même jusqu'à celle d'août 1981.

— Mais d'autres volcans que l'Hekla sont entrés en éruption depuis 1981, non ? Et même après janvier 2000.

— Bien sûr, répond le professeur gourmand de son savoir : le fameux Eyjafjallajökull qui a bloqué la moitié du monde en 2010. Puis Grímsvötn en 2011, Bárðarbunga en 2014 et Fagradalsfjall en 2021.

— Alors, comment différencier leurs traces de celles de l'Hekla ?

— Je vais compter le nombre de lignes de cendres. Si j'en ai au moins cinq, c'est que la cinquième est celle de l'éruption de l'Hekla en janvier 2000. Après, c'est plus facile, je n'aurai qu'à prendre en compte l'éruption du Krafla en 1984 et c'est tout…

— Oui, bon, eh bien ne traînons pas trop. Je ne veux pas rester des heures à vous assurer avec la pluie ou la neige qui s'amoncelle à l'horizon.

Le professeur ne répond pas. Après une dernière vérification, il se laisse glisser dans la crevasse. Il s'est équipé d'un piolet et de crampons de pointe et maîtrise sa descente en les plantant dans la paroi quand il veut observer la glace de plus près. Dix minutes plus tard, un cri de joie résonne dans la faille.

— Je l'ai ! 2000 ! Elle est magnifique ! Je pousse jusqu'à 1991.

Le guide lève les yeux au ciel et laisse filer la corde qui assure le professeur en cas de problème. Dans la crevasse, ce dernier allume sa lampe frontale. L'atmosphère change aussitôt. Il est dans une chapelle de glace. Les murs translucides absorbent et renvoient la lumière en même temps. Quand il découvre la ligne de cendres, il prévient aussitôt le guide.

— J'ai 1991 aussi !

— Remontez, alors.

— Non, je me repose deux secondes et je tente 1981…

Le professeur plante ses crampons dans la glace et admire la beauté de cette cavité aux murs opalescents. Quand il penche la tête pour vérifier sa profondeur, la faille plonge sous ses pieds jusqu'au socle du glacier. Trop profonde pour que sa lampe éclaire jusqu'en bas. C'est en relevant la tête qu'il aperçoit, à quelques mètres sur sa droite, une large corniche de glace que le faisceau de sa frontale allume d'étranges reflets.

Quelque chose est pris dedans.

Il prévient le guide qu'il va essayer de l'atteindre par un mouvement de pendule. En s'aidant de ses crampons de pointe et de son piolet, il remonte vers la gauche avant de se laisser basculer vers la droite au bout de sa corde. Après quelques élans supplémentaires qui arrachent des bordées de jurons au guide, là-haut, il arrive à prendre pied sur la corniche. Quand il y plante son piolet pour s'y maintenir, ce qu'il voit lui provoque un cri de terreur. Il lâche prise et bascule dans le vide en tournoyant au bout de sa corde. La lampe affole d'ombres furieuses la cathédrale de glace.

— Mais qu'est-ce que vous fichez ? hurle le guide depuis le rebord de la crevasse, les crampons plantés dans la glace et les muscles noués. Vous allez finir par m'entraîner avec vous dans ce foutu caveau !

— Il faut que tu descendes.

— Quoi ? Vous êtes blessé ? Vous avez besoin d'aide ?

— Descends, je te dis !

Le guide est furieux. Il n'aime pas ça. Il n'a jamais aimé ça. Descendre dans le ventre du monstre. Avec ses craquements de glace comme des coups de tonnerre, ses rivières souterraines, ses *jökulhlaup* qui purgent des lacs glaciaires dans des effondrements d'eau glacée… Il plante ses propres points d'ancrage au plus profond dans la glace, y passe ses cordes de rappel et s'équipe.

— Descends quatre mètres plus à gauche que moi. Ça te mènera directement sur une corniche. C'est là que ça se passe.

— C'est là qu'il se passe quoi ?

— Dépêche-toi et tu verras !

— Eh bien vous, restez calme, parce que vous n'avez plus personne là-haut pour vous assurer.

— Toi non plus, je te ferai remarquer.

Le guide ne répond pas et se laisse glisser dans la crevasse, bougonnant des jurons contre tous les professeurs du monde. Ceux des écoles comme ceux des lycées et des collèges, ceux des universités, les émérites et les *honoris causa*, tous ! Quand il se penche, il l'aperçoit dans la lumière de sa frontale, sur la corniche. Il ne comprend pas tout de suite pourquoi il reste planté là sans bouger, le dos plaqué à la paroi. Le vertige, peut-être. Mais comme le professeur garde ses yeux plantés à ses pieds, le guide suit son regard et…

— Seigneur Dieu !

Ce n'est pas par peur du vide que l'autre fou reste le dos à la paroi, c'est pour ne pas marcher sur le visage de l'homme pris dans la glace de la corniche. À ses pieds. Un insecte dans le verre d'un presse-papiers.

— Je ne l'ai pas fait exprès, se lamente le professeur dès que le guide pose le pied sur la corniche.

— Quoi ? s'inquiète le guide sans quitter des yeux le corps. Qu'est-ce que vous n'avez pas fait exprès ?

— Le coup de piolet dans sa main, je ne l'ai pas fait exprès. Je ne l'avais pas vu. Je voulais juste m'accrocher pour me hisser sur la corniche et…

Le guide ne répond pas. Il observe le corps dans sa gangue translucide. Bien trop profond pour qu'un simple coup de piolet l'ait atteint. Puis il remarque les menottes au poignet du cadavre et la mallette à laquelle elles sont attachées.

— C'est quoi, ça ?

Il prend son piolet et creuse la glace.

— Mais qu'est-ce que tu fais ? panique le professeur.

Autour d'eux, le mouvement de leurs lampes frontales chavire l'ombre bleue des parois. Tout devient plus sinistre avec ce mort dans la glace. Plus menaçant.

Ce n'est plus une cathédrale, c'est une chapelle. Ardente.

— Nous ne pourrons jamais dégager le corps, mais si nous récupérons la mallette, nous pourrons peut-être savoir qui est ce type.

I

Tous les trois…

Ils ne sont que deux points de couleur sur la lagune d'acier, à cent mètres à peine de la muraille du glacier. Ils semblent flotter à même l'eau métallique, tant la couleur de leur barque en aluminium se fond dans le reflet argenté du ciel. L'enfant, debout dans la barque, engoncé dans son gilet de sauvetage rouge, la nuque cassée en arrière, fixe le rempart de glace qui se dresse devant lui. Plus de trente mètres. Un château démoniaque. Une forteresse congelée. L'antre d'un troll. Le gamin cherche à l'aveugle la main de son père et la serre. Il n'ose pas quitter des yeux le Breiðamerkurjökull, barrage de glace tapi à trois kilomètres de la mer, en travers de la lagune. Hérissé de pics blafards, balafré de crevasses grises, ses créneaux dentelés se teintant imperceptiblement d'une transparence bleutée dans la pénombre du petit matin blême. À cent mètres à peine de leur barque. Avec, derrière, les montagnes de glace à venir du Vatnajökull géant.

Le père, dans son gilet de sauvetage jaune, maintient la bonne distance à l'aide du moteur. Mais il surveille surtout, dans leur dos, l'entrée de la lagune et ses rives, le plus loin possible, du côté de la mer. Il guette le mascaret. Ce courant contraire qui ne devrait pas tarder à remonter l'eau en frisant la rive d'un long bourrelet de remous. L'enfant a un peu peur. Son père lui a parlé de tsunami et il a dans les yeux des images terrifiantes vues à la télévision. Des pays dévastés par des raz-de-marée et des enfants séparés de leurs parents qui courent et sont rattrapés par des monstres d'écume qui les avalent. Mais son père lui a expliqué que ça se passe dans d'autres pays. Pas chez eux, en Islande. Et que cette vague qu'ils attendent aura parcouru tant de milliers de kilomètres depuis la secousse qui l'a créée qu'elle ne lui arriverait même pas aux genoux s'ils étaient sur la plage. L'enfant, même s'il n'est pas rassuré, croit son père. Qui dit que le glacier ne racle pas le fond de la lagune. Que son front, sa langue comme on dit, flotte sur un lac profond de deux cent cinquante mètres. Et que cette toute petite vague suffira à le soulever tout entier de quelques centimètres peut-être. Et à le briser. Un peu. Par-ci, par-là. Et qu'avec le jour qui se lève, ils pourront voir des pans entiers se fendre et glisser dans la lagune à la lumière dorée du matin. Le père a promis à l'enfant un spectacle grandiose. Alors ils attendent.

— Là ! crie soudain l'enfant.

La tête lisse et luisante d'un phoque moustachu pointe hors de l'eau. Il reste en suspens, ses yeux ronds étonnés, le dos au glacier, à dix mètres à peine de la barque.

— Encore un ! jubile le gamin.

Un autre phoque. Exactement le même. Dans la même position.

— Un autre encore !

Comme des ludions, apparaissent à la surface de l'eau des têtes de phoques par dizaines, toutes tournées dans la même direction. L'homme, qui connaît bien la lagune et sa faune, n'en a jamais vu autant en même temps. Un spectacle irréel dans le jour naissant. Angoissant aussi. Tous ces crânes chauves aux yeux tristes, tout autour d'eux, et qui ne les regardent pas. Le gamin est aux anges. Pas le père. Il s'inquiète de ce que les phoques regardent. Mais comme il va se retourner, tous les animaux plongent dans le même mouvement et disparaissent. Le garçon lâche la main de son père pour applaudir. Et c'est à ce moment que passe la vague. Imperceptible, si ce n'était ce petit remous qui glisse sous eux et court aussitôt devant jusqu'au glacier. Le reste d'un frottement tectonique à des milliers de kilomètres au beau milieu de l'océan. La fin d'une onde de choc née d'un mouvement dans la dorsale médio-atlantique. La barque ne fait que se soulever. Elle ne redescend pas. C'est ce qui fait la puissance de ce genre de vagues, leur amplitude. La vague d'un tsunami peut atteindre une amplitude de six cent cinquante kilomètres. Une seule vague de six cent cinquante kilomètres de longueur. La masse d'eau déplacée est irrésistible. Mais le père maîtrise bien toutes ces données. La houle furieuse de l'océan et les côtes accidentées et profondes de l'Islande auront eu raison de la petite vague d'aujourd'hui. Seul un mascaret se sera engouffré par l'estuaire étroit de la lagune pour remonter jusqu'au glacier. Et maintenant, ils n'ont plus qu'à attendre. Sur cette eau soudain plus lisse qui freine l'inertie des petits icebergs dérivant dans l'autre sens. Vers les immenses falaises de glace du Breiðamerkurjökull. Immobiles. Silencieuses. Et soudain menaçantes. Quelle que soit la masse flottante des milliers de tonnes du glacier, ce mascaret va la soulever de trente centimètres et exercer sur la glace d'invisibles, mais terribles contraintes. Et déclencher de ces effondrements superbes qu'ils sont venus photographier. Mais le père doute soudain de sa bonne idée. Trop tard. À l'est, tout un pan de glace vacille et s'effondre dans une terrible glissade verticale. Un bloc énorme, de la taille d'un immeuble. L'homme ne pense même plus à prendre les photos pour lesquelles il était venu. Il crie à l'enfant de s'asseoir au fond de la barque et de se cramponner, puis manœuvre l'embarcation pour faire front à la vague soulevée par la chute de l'iceberg. La pointe de la barque bondit vers le ciel et le gamin, croyant à un jeu, hurle de joie. Il ne peut pas comprendre la panique de son père. Le courant contraire de l'eau qui continue de remonter la lagune contrarie les vagues de l'onde de choc de l'iceberg. Elles se dressent et bouillonnent d'écume et il ne peut les affronter une à une que de face. Fuir devant elles, c'est prendre le risque de se faire submerger par l'arrière. Mais les affronter de face, c'est avancer un peu plus chaque fois vers la muraille de glace d'où se détachent déjà d'autres blocs. Il gère au mieux chaque effondrement, avec maintenant le danger de ces icebergs énormes, que la chute des autres bouscule dans tous les sens à la surface de l'eau. Une colonne entière glisse entre deux failles et se brise sur un iceberg, éparpillant des blocs de toute taille qui deviennent autant d'écueils. Le gosse jubile, et le père est terrifié. Toutes ses manœuvres désespérées l'ont conduit à trente mètres à peine du glacier. Le risque est maintenant d'être enseveli par la chute d'un autre pan. Il décide alors de jouer son va-tout et fait demi-tour pour filer au plus loin de ce chaos. Mais comme il vire, la muraille de glace se fend sur toute sa hauteur et il devine avec horreur que l'eau grouille de bulles sous la surface. La fissure se prolonge loin sous l'eau. Ce n'est pas un pan de trente mètres qui va se décrocher, mais peut-être de cent mètres ou plus, que la gravité et la force d'Archimède vont basculer dans la lagune en faisant remonter de ses profondeurs des milliers de tonnes de glaces millénaires. Il a immobilisé la barque par réflexe, cherchant à anticiper la catastrophe qui s'annonce. Que le pan émergé s'effondre, ou que l'ensemble bascule depuis les profondeurs, la vague se dressera sur plusieurs mètres. Au moins trois. Cinq plus probablement. Dix peut-être. Lui revient soudain en mémoire ce pan de montagne qui s'effondre dans la baie Lituya, en Alaska, à la fin des années cinquante. Une vague de cinq cents mètres ! Là, même une vague de cinq mètres suffirait à les fracasser contre le glacier s'ils ne la fuient pas. Ou à les chavirer s'ils l'affrontent de face. Ou à les engloutir si elle déferle sur eux par l'arrière. Mais le bloc qui s'est avancé de plusieurs mètres du front de glace reste droit dans l'eau et le père s'en rassure. Si l'ensemble doit basculer depuis les profondeurs, il aura plus de temps pour fuir. Parce que désormais, la fuite est la seule solution.

Comme il s'apprête à manœuvrer, un autre bloc se désolidarise du front de glace et vient s'enfoncer comme un coin entre le glacier et le premier pan. Sous le choc et la pression, la moitié supérieure de la partie émergée du pan cède et bascule dans la lagune avec d'autant plus de violence que le pan tout entier, soudain allégé, remonte comme un ludion. Quand le bloc, gros comme une maison, tombe à l'eau et crée la terrible vague qui les chavire, l'homme, son enfant terrifié dans les bras, les voit. Tous les trois…

II

… d'en faire son jouet.

Ils sont bleus. Le père et l'enfant. Les sauveteurs volontaires de l'ICE-SAR les ont déposés sur une bâche noire, à même les galets de la grève, et des hommes silencieux s'affairent autour de leurs corps gelés.

— On n'a pas encore retrouvé leur embarcation. Une barque sans doute, puisqu'elle a coulé, murmure le sauveteur.

Le jeune inspecteur Ari Eiriksson ne répond pas. Toute la lagune a été interdite aux touristes. Ils s'amassent sur le pont métallique qui enjambe la courte rivière par laquelle l'eau des glaciers se jette à la mer. Est-ce qu'ils savent que ce pont est condamné à s'effondrer bientôt, sous le double assaut de la mer et de la fonte qui rognent ses appuis et élargissent l'embouchure de la lagune ? Ces gens sont aussi fous que ce monde. Il se souvient avoir emmené son grand-père admirer la lagune, il y a une trentaine d'années. Le vieil homme était resté sidéré, sans voix, à secouer la tête en observant le paysage. Où est passé le glacier ? avait-il fini par demander. À cette époque, le front était déjà à plus de deux kilomètres de l'embouchure de la lagune. Là-bas, avait répondu l'inspecteur, en pointant son doigt vers le nord. Mais le vieil homme avait tourné la tête de l'autre côté, du côté du pont. De son temps, cette lagune n'existait pas. Le glacier arrivait jusqu'à la mer. Et il n'y avait pas de pont. Ni de route, d'ailleurs. L'inspecteur avait cru à des divagations de vieillard. Aux exagérations d'une mémoire défaillante. Mais il avait vérifié : la lagune glaciaire de Jökulsárlón n'est apparue naturellement que pendant les années 1934 et 1935. Et le glacier recule depuis cette date. De cent mètres par an. Petit à petit, la mer s'engouffre dans la lagune et son eau salée accélère la fonte des glaces. Dans cinquante ans, cette lagune sera une petite baie et le pont ne sera ni assez long, ni assez solide pour la traverser. Il ne sait pas s'il faut en pleurer ou accepter ce que fait et veut la nature. On ne boxe pas contre le vent, avait coutume de dire son grand-père. Mais l'arrivée d'un hélicoptère qui se pose à dix mètres d'eux le sort de ses pensées.

— Qu'est-ce qu'ils font ?

— C'est moi qui les ai appelés pour vous, répond le secouriste de l'ICE-SAR.

— Pour moi, mais pour quoi faire ?

— Pour les autres, pour aller voir les trois autres…

— Il y a trois autres victimes ?

— On peut dire ça comme ça, oui…

… d'en faire son jouet.

Cinq minutes plus tard, ils survolent le front de glace. Le soleil filtre à travers les nuages et oint les icebergs de lumière. Les plus gros sont immobiles, leur ventre immergé bloqué par le fond. Les plus petits dérivent en silence. Transparents comme du cristal, bleus et translucides quand la fracture est récente, blanc mat quand ils ont eu le temps de s'oxyder, zébrés de noir quand ils ont emprisonné des couches de cendres. Mais celui qui fascine l'inspecteur, et vers lequel bourdonne l'hélico, a des reflets verts étonnants. Pourtant la surprise qui l'attend n'est pas la couleur de la glace. Quand l'hélico tourne autour de l'iceberg, l'inspecteur découvre une vaste face plate, lisse, presque transparente, comme sabrée d'un seul coup de lame, et sous laquelle on distingue parfaitement trois corps incrustés dans la glace, comme des insectes de collectionneur figés dans un bloc de verre.

— Seigneur Dieu, murmure l'inspecteur, qu'est-ce que c'est que ça ?

— Imaginez la frayeur quand nous sommes allés repêcher les corps. L'iceberg a tourné sur lui-même et cette horreur a surgi de l'eau.

L'inspecteur fait signe au pilote de descendre au plus près.

— Quelqu'un s'est approché de ces trois corps ?

— Le mouvement qui les a fait apparaître a failli chavirer nos embarcations de secours. J'ai donné l'ordre que personne ne s'en approche. De toute façon, congelés comme ils sont, vous ne risquez pas de perdre des indices.

L'inspecteur ne répond pas et mitraille l'iceberg de photos. Un des corps porte un jeans et un blouson de cuir. Un autre, un costume sous un épais manteau. Le dernier est habillé en montagnard.

— On va voir le reste ?

— Quoi, il y en a d'autres ? s'inquiète aussitôt l'inspecteur.

— Non, mais ça devrait vous intéresser quand même.

Le sauveteur guide le pilote jusqu'à l'endroit où le pan s'est séparé de la muraille.

— On ne peut pas s'approcher plus, mais regardez, là, dans la faille, à gauche.

— Qu'est-ce que c'est ?

— Pour moi, c'est un bout de Havilland Beaver.

— Ça ne me dit pas ce que c'est, s'impatiente l'inspecteur.

— C'est un avion à tout faire, fabriqué au Canada.

L'inspecteur mitraille la paroi de photos, demande au pilote d'essayer de trouver un nouvel angle, puis abandonne et fait signe de rentrer.

L'hélico se pose sur la rive orientale de la lagune, près d'un café-boutique réquisitionné pour être le quartier général des secours et de la police. Ils courent, courbés sous les pales, et croisent deux hommes qui embarquent à leur tour.

— Quoi ? s'énerve l'inspecteur. C'est déjà un lieu d'excursion ?

... d'en faire son jouet.

— Non, monsieur. Ce sont des glaciologues. Il va bien falloir récupérer ces corps et cette carlingue pour l'enquête. Ils vont étudier le glacier et la nature de l'iceberg pour évaluer le danger et échafauder des hypothèses.

— L'eau qui gèle brûle les doigts !

— Pardon ?

— Non, rien, je me comprends. Et celui-là, là-bas, encore un carotteur de glace ?

L'inspecteur désigne un homme, à l'écart, immobile, au bord de la lagune. De dos, il ne quitte pas des yeux le glacier. Un géant. Un troll. Une silhouette minérale et granitique. Une part du paysage.

— Ah non, celui-là, c'est votre témoin.

— Comment ça, mon témoin ? Nous avons un témoin ?

Il donne quelques consignes au sauveteur concernant les corps en attendant l'arrivée des scientifiques et de la légiste, et rejoint l'homme qui ne se retourne pas. Un long silence s'installe, que l'inspecteur finit par briser.

— Le malheur a horreur du vide, dit le jeune inspecteur.

— Pardon ? s'étonne Kornelius sans se retourner.

— Ari Eiriksson, inspecteur. Mon grand-père citait souvent ce dicton-là : le malheur a horreur du vide.

— Kornelius Jakobsson, répond le troll. D'abord, ce n'est pas le malheur, mais la nature qui a horreur du vide, et ensuite ce n'est pas un dicton, mais un précepte scientifique.

— Oui, je connais cette formule d'Aristote, mais mon grand-père affirmait que le malheur, à l'instar de la nature, se glisse dans le moindre vide de nos vies.

Kornelius se retourne et regarde l'inspecteur qui n'ose plus rien dire.

— Tu crois vraiment que ce pauvre homme et son enfant avaient une faille dans leur vie qui leur a fait mériter ce malheur ?

— Je n'en sais rien, monsieur Jakobsson, je disais juste ça comme ça, parce que mon grand-père le disait tout le temps.

— Eh bien oublie les dictons du grand-père et fais ton métier convenablement. Interroge-moi.

— Vous n'avez qu'à me raconter.

— Non, fais ton boulot. Toi tu es policier, tu poses les questions, et moi je suis le témoin, j'y réponds. J'ai été flic, c'est comme ça que ça doit se passer.

— Allons donc, la pire des tempêtes ne décornera jamais les cornes d'un lion des mers !

— Pardon ?

— C'est un autre proverbe de mon grand-père.

— C'est idiot comme dicton. Les lions de mer n'ont jamais eu de corne.

— Oui, je sais, je pense que mon grand-père voulait plutôt parler des loups de mer.

… d'en faire son jouet.

— Et qu'est-ce que ça change, ça n'a toujours aucun sens.

— Cette fois, si. Quelle que soit la force des vents, les loups de mer sont des marins qui peuvent être cocus et porter des cornes, et ce n'est pas la tempête qui fera qu'ils ne le seront plus.

— … ! ?

— En d'autres termes, un cocu reste un cocu !

— Et ?

— Et dans votre cas…

— Fais bien attention à ce que tu vas dire, mon garçon !

— … dans votre cas, ça veut dire qu'un flic reste un flic. Toujours.

— Alors pourquoi tu ne le dis pas comme ça ?

— Parce que ce n'est pas comme ça que mon grand-père le disait, monsieur.

Kornelius malaxe son visage dans ses mains pour s'assurer que cet échange est bien réel. Il est venu à l'aube pour attendre cette vague, lui aussi. La filmer avec son drone. Remonter au ras de son remous le miroir immobile de la lagune. Filmer entre les blocs translucides jusqu'au front mat du glacier. C'est sa passion depuis sa dernière enquête. Redécouvrir son pays d'un autre œil. Ce matin, il a choisi la rive occidentale de la lagune. Il voulait voir l'aurore dorée poindre à travers les glaces bleutées. Il voulait les premières transparences ensoleillées de ces Baccarat naturels. Faire jaillir dans la lumière des inclusions inattendues.

Il n'a pas vu l'homme et son fils embarquer depuis l'autre rive. Le lent ballet des blocs à la dérive masquait la rive. Comme l'homme, il se doutait bien que ce petit mascaret allait provoquer des fissures et des fractures, et quand il était venu buter contre le front du glacier, Kornelius avait manœuvré le drone pour lui faire prendre de la hauteur. Il voulait filmer les effondrements de glace depuis le ciel. Voir d'en haut la masse qui s'affaisse dans l'eau qui s'ourle d'une houle concentrique. Essayer de comprendre si les phoques s'en paniquent ou s'en amusent. Mais l'ampleur du fracas l'a surpris. La glace ne s'est pas effritée. D'énormes blocs se sont rompus. Se sont fracassés les uns contre les autres pour tourmenter la lagune comme une mer de tempête. Il a vu des vagues de plusieurs mètres se franger d'écumes déferlantes. Quand un bloc s'est séparé du glacier en restant debout dans l'eau comme une tour immergée, il a deviné sur l'image que la faille qui l'avait dissocié du glacier plongeait dans les profondeurs.

C'est à ce moment-là qu'il a aperçu la barque avec les deux points de couleur. De l'autre côté de la tour de glace. Bien trop près du front du glacier. Il n'avait aucun moyen de leur venir en aide, sauf à appeler aussitôt les volontaires de l'ICE-SAR. Puis un autre énorme bloc s'est détaché, fracassant le haut de la tour qui a basculé dans l'eau pendant que son socle surgissait des profondeurs comme un ludion culbuteur, et tout n'a plus été qu'un immense chaos dans lequel la barque a disparu.

… d'en faire son jouet.

— J'étais à la limite de portée de ma télécommande, et au bout de l'autonomie de ma batterie. La dernière chose que j'ai vue, c'est une masse grosse comme une maison tomber sur eux et, là où le bloc s'était détaché net du glacier, les trois corps pris dans la glace. J'ai filmé autant que j'ai pu. Un peu trop même, et j'ai presque épuisé ma batterie. Puis quelque chose s'est brisé sous l'eau et l'iceberg a basculé sur lui-même et les corps ont disparu. Longtemps après, alors que les sauveteurs s'en approchaient, l'iceberg a tourné sur lui-même à nouveau, ramenant les corps à la lumière.

— Oui, je les ai vus. Merci de votre témoignage. En revanche, il nous faudra toutes vos images. Le mieux serait que vous nous confiiez votre drone.

— Ça ne dépend que de vous, dit Kornelius.

— Comment ça ?

— Je n'étais pas certain de pouvoir le ramener jusqu'à la berge, alors je l'ai posé sur l'iceberg fixe le plus plat que j'ai trouvé. Mais l'agitation des eaux l'a décroché et maintenant il flotte vers l'embouchure. Avec mon drone.

D'un mouvement du menton, il montre un iceberg qui passe lentement au large de la berge.

— Ah, se rassure l'inspecteur, un plongeur s'en occupe à ce que je vois.

— Non, soupire Kornelius. Ça, c'est un phoque qui vient de trouver mon drone et d'en faire son jouet.

III

Et à tous les autres aussi.

La mer se démonte et chahute le chalutier. Une mer de silex. Dure et froide, aux arêtes tranchées. Laiteuse dans l'éclairage cru du projecteur. Au-dessus, l'hélico de la Viking Squad, les forces spéciales islandaises, lutte contre des vents qui s'acharnent à le bousculer. La pluie n'est visible que dans le faisceau de lumière, mais elle crible les hommes du commando par la porte ouverte de l'engin. Le chalutier n'obéit pas aux injonctions et fracasse la houle pour rejoindre les eaux groenlandaises.

— Où sont les garde-côtes ? hurle Botty dans la fureur du vent et le vrombissement des pales.

— À une heure derrière. Ils n'arriveront pas à les rattraper avant qu'ils rejoignent leurs eaux territoriales, crie le chef du commando.

— Alors il faut y aller.

— Trop dangereux.

— Ça se tente, répond Botty, penchée au-dessus du vide, ce sont mes assassins et je les veux.

Et à tous les autres aussi.

Sous le ventre de l'hélico, le chalutier défonce les vagues et se tord dans la houle. Les chocs sont si violents que l'écume éclabousse jusqu'à l'hélico qui vole au plus bas pour gêner sa fuite. Le chef des Vikings refait un dernier point avec son second. Force de la mer, vitesse du vent, cap du chalutier...

— D'accord, on va essayer, mais au premier pépin, on annule et on rentre.

— Ça me va, répond l'inspectrice au milieu du vacarme, je suis prête.

— Hors de question, seuls mes hommes tentent quelque chose.

Mais la jeune femme insiste en hurlant pour bien se faire entendre de tous.

— C'est mon enquête, ma victime, mes assassins, alors j'en suis.

Un coup de vent dérive l'hélico de quelques mètres et empêche le chef du commando de répondre tout de suite.

— Okay. À tous, on va tenter l'abordage. Je suis en numéro un. Viktor en numéro deux. L'inspectrice en numéro trois. Les autres restent dans l'hélico et nous couvrent en cas de grabuge.

— Vous avez quinze minutes, grésille la voix du pilote dans les haut-parleurs. Après je n'aurai plus de marge de sécurité pour rentrer à la base.

— Alors on y va.

Le chef du commando accroche le mousqueton du câble à son harnais, s'assied les pieds dans le vide au-dessus de l'océan déchaîné qu'affronte le chalutier fou, et se laisse glisser dans le vide. Une main sur son arme automatique, l'autre sur le câble qui se déroule lentement. Le vent le bouscule aussitôt vers l'arrière. L'écume le fouette et la pluie le gifle. Le pilote se positionne pour que la dérive du commando le laisse bien au-dessus du pont avant du chalutier. L'homme n'est qu'à deux mètres du pont d'acier quand une houle soulève l'étrave et que le bastingage lui cogne les pieds. Il tente de s'y agripper le temps de décrocher son mousqueton, mais une fois la vague passée, la mer se creuse sous le bateau et le commando se retrouve dans les airs, tournoyant au bout de son câble. Dans le choc, il perd son arme. D'un geste, il fait signe au pilote de le repositionner. Celui qui manipule le câble attend cette fois que le chalutier plonge au creux de la houle pour le dérouler. Le chef du commando prend pied sur le bateau et libère le câble. Il s'accroupit aussitôt contre le bastingage quand un des deux marins sort de la cabine, brandissant une longue gaffe armée d'un crochet de harpon. Depuis l'hélico, le commando en couverture lâche une rafale qui ricoche des étincelles contre le pont et l'homme se replie dans la cabine.

— Maintenant que j'y suis, il faut rappliquer, les gars, ordonne le chef dans son micro. Je suis désarmé. J'attends numéro deux pour passer à l'action. Pas besoin de numéro trois, on s'en sortira sans elle.

Mais quand le deuxième commando s'approche, dans la violence du vent et des flots, le chalutier change soudain de cap pour prendre une route qui le met face aux plus fortes houles et le chef comprend ce que cherche à faire le marin. Le noyer sous des montagnes d'eau. Le jeter à la mer. À la première houle, l'étrave pointe si fort vers l'hélico et le ciel noir que le Viking doit se cramponner à tout et n'importe quoi pour ne pas partir en glissade sur le pont d'acier et se fracasser contre le bas de la passerelle. Quand le bateau bascule par-dessus la crête de la vague et plonge dans l'eau glacée, la proue s'enfonce de deux bons mètres dans la vague suivante et des tonnes d'eau s'effondrent sur le soldat. Quand l'étrave jaillit à nouveau à l'air libre, l'homme n'a que le temps d'aspirer goulûment le plein d'air et d'embruns avant qu'il ne replonge. Il n'a ni la force ni la possibilité de donner ses ordres. Quand il rejaillit du ventre froid de la mer, il aperçoit le commando numéro deux qui tente de poser le pied sur le chalutier à son tour, mais la coque cogne de côté contre un paquet de mer au moment où il décroche son mousqueton et l'homme bascule par-dessus le bastingage de tribord et s'y cramponne de toutes ses forces.

Depuis l'hélico, Botty et les autres Vikings suivent l'opération qui s'engage si mal. D'autant que le chalutier change de cap à nouveau, et son dessein est clair. Il prend maintenant la houle de côté. Dans un premier temps, le bateau roule sur bâbord et ramène le commando du bon côté du bastingage. L'homme s'y cramponne aussitôt pour ne pas glisser jusqu'à l'autre bord et s'y briser les os, mais la gîte est telle que le chalutier embarque des paquets de mer sur bâbord. Quand la houle roule sous la coque et bascule le bateau sur l'autre bord, des masses d'eaux sombres et glacées s'effondrent sur le deuxième homme, l'écrasent contre le bastingage, et cherchent à le basculer par-dessus bord.

— J'y vais ! décide Botty, quand le câble est remonté jusqu'à l'hélico.

— Négatif ! répond le soldat chargé du treuil.

— C'est prévu comme ça. Je suis numéro trois.

— Le chef a annulé quand il a mis le pied sur le chalutier.

— Ton chef et son numéro deux vont être emportés par le prochain paquet de mer. Il n'est plus en état de gérer l'opération. C'est mon dossier et les Vikings ne sont qu'en support de mon enquête. C'est moi qui prends le commandement.

— Faites comme vous voulez, grésille la voix du pilote, mais il ne vous reste plus que sept minutes. La situation devient limite, vu la force du vent.

— Alors j'y vais, décide Botty.

Elle a déjà accroché son mousqueton et bascule dans le vide sans demander son reste. Le commando ne peut faire autrement que de la descendre. L'approche est compliquée par la fureur de la mer et du vent, mais le pilote gère de mieux en mieux le positionnement de l'hélico. Botty touche le pont presque en douceur, mais quand elle décroche le câble, un coup de roulis la fait tomber sur les fesses.

Et à tous les autres aussi.

Elle se cramponne au coffre d'une cale et laisse passer un paquet de mer, puis braque son arme et tire une rafale sur la cabine, visant le haut des vitres pour ne blesser personne. Chaque impact perce le verre sans le briser, mais quand l'étrave plonge dans une houle, une tonne d'eau l'avale et noie la cabine. Quand la proue sort de l'eau, la mer a emporté l'homme qui s'accrochait au bastingage. Le chef du commando se laisse alors glisser sur le pont, dépasse Botty, et amortit le choc de ses pieds quand il atteint la passerelle. Il arrache une des bouées et se traîne jusqu'au bastingage.

— Occupez-vous de votre homme, lui hurle Botty, je m'occupe des miens !

Le chef se jette sans hésiter dans le chaos des flots, puis elle entend sa voix, étonnamment calme, donner des ordres dans son oreillette.

— Deux hommes à la mer. Descendez le filin. Je m'occupe de Viktor. L'inspectrice Sigmarsdóttir va gérer les fugitifs.

L'hélicoptère modifie aussitôt son assise, et le faisceau du projecteur quitte le chalutier pour fouiller la mer. Il isole très vite les deux hommes. Le chef, qui les guide d'une main, et Viktor, inconscient, dont le chef maintient la tête hors de l'eau de l'autre main. Botty, elle, se retrouve seule, sur le chalutier éteint, tabassé par la mer invisible et déchaînée.

Quand elle sent le bateau se hisser en haut d'une autre houle, elle profite de ce court répit pour glisser jusqu'à la cabine avant qu'il ne replonge. Les deux marins sont là, groggy par les trombes d'eau qui les ont assommés contre les murs de la cabine. Des jumeaux. Elle entre, les menace de son arme, et les deux brutes se tapissent dans un coin et se protègent du bras comme des mômes qui redoutent la gifle qu'ils méritent. La cabine prend la moitié de l'océan qui s'engouffre par les châssis sans vitre.

— Trouvez des cordes et attachez-vous à quelque chose de solide. Je ne veux pas que le prochain paquet de mer vous embarque. Je tiens à vous ramener en Islande où vous paierez pour votre crime.

À vingt mètres du chalutier, sur tribord, elle voit les deux hommes remonter vers l'hélico, zébrés par la pluie dans le cône de lumière du projecteur.

— Numéro trois, vous me recevez ?

— Comment était l'eau ? plaisante Botty.

— Vous allez en prendre suffisamment plein la gueule d'ici le port pour vous en rendre compte. Nous devons décrocher, nous avons atteint les limites de notre autonomie. Vous pouvez vous en sortir ?

— Pas de problème, crâne Botty. Indiquez-moi juste la bonne direction pour rentrer au port quand vous partirez, et donnez ma position aux garde-côtes.

— Ils sont en route. Si vous ne vous trompez pas de cap, vous les croiserez dans moins d'une demi-heure.

— D'accord. On se revoit au sec, alors.

— Au sec, c'est ça. Beau boulot.

L'hélico fait demi-tour et s'enfonce dans la nuit, gardant longtemps son projecteur allumé comme un doigt divin perçant les nuages pour lui indiquer la route. Avant qu'il ne disparaisse, Botty vire barre à tribord pour se mettre dans son axe et repère le cap sur la boussole. Maintenant que le chalutier ne fuit plus contre le vent d'ouest, la mer le chahute moins et Botty trouve la bonne vitesse pour prendre le rythme de la houle. Le bateau embarque moins d'eau et le pont devient moins dangereux. D'un coup de pied, elle sort les deux pêcheurs de leur torpeur et se fait indiquer comment allumer tous les feux. Même le projecteur de recherche qu'elle braque vers le ciel pour signaler sa position. Elle remarque deux cordes fixées de chaque côté de la cabine. Ils doivent avoir l'habitude de bloquer la barre pour aider à la pêche. Elle en fait autant puis leur crie de se lever sous la menace de son arme. Les deux gaillards obéissent, penauds et trouillards, tétanisés par le fusil automatique.

— À la cale à poisson. Le premier qui se rebiffe, je lui tire dans les pattes et je laisse la mer l'emporter.

Ils comprennent qu'ils n'ont pas le choix et leurs yeux s'écarquillent de terreur. Tout le pont est éclairé par les projecteurs de pêche et Botty les suit des yeux. Dans le vent et la houle, ils avancent jusqu'à la cale, résistant aux paquets de mer qui leur fauchent les jambes. Depuis la passerelle, elle leur fait signe d'ouvrir et de descendre. Ils déverrouillent l'écoutille et restent debout. Il ne doit pas y avoir d'échelle, mais Botty s'en moque. Qu'ils sautent. Elle tire une rafale au-dessus de leurs têtes et les deux pêcheurs disparaissent dans la cale, laissant l'écoutille grande ouverte. Une vague traîtresse y déverse une tonne d'eau. Botty jure et se risque à travers le pont pour aller la refermer. Ce serait le comble de faire naufrage maintenant. Elle résiste à plusieurs paquets d'eau sournois, puis parvient jusqu'à l'écoutille et s'y cramponne. Mais ce qu'elle voit la tétanise de colère. Le fond de cale est encombré d'un épais tapis de poissons. Un des pêcheurs est debout, le visage penché sur ses pieds, comme un pénitent, une main contre la paroi, l'autre contre le plafond, pour tenir son équilibre. Le frère a dû se blesser en sautant. Il est assis dans les poissons, les deux mains sur sa cheville gauche qu'il ne quitte pas des yeux. Et entre ces deux salauds, le corps nu et livide de la jeune Anika, sur le dos, les yeux blancs, la peau marbrée d'ecchymoses, les jambes prises dans un cordage savamment noué et lesté de chaînes à chalut. Ces salauds allaient abandonner Anika à la mer pour effacer toute preuve de leur crime. Ils l'ont séquestrée, battue, violée, tuée, et les voilà penauds comme des écoliers, comme s'ils n'avaient fait que mettre la main dans le pot de confiture. Elle se retient de les abattre d'une même rafale, mais un creux de houle soudain plus profond que les autres la rappelle à l'ordre. Elle est seule à la barre d'un chalutier, dans une mer aux aguets dans l'Atlantique Nord, par une nuit sans lune et sous un vent colérique haché de pluie. Et chaque minute qu'elle perd à refermer l'écoutille, le chalutier embarque de l'eau. Alors elle claque l'écoutille et la verrouille, regagne la cabine en titubant entre les vagues déferlant sur le pont, et reprend la barre.

Au petit matin, dans une mer grise qui se calme, à l'approche de la baie de Reykjavik, Botty se laisse aborder par le *Baldur II*. Quand l'ancien chalutier réaffecté aux garde-côtes l'a rejointe en mer, elle a refusé d'être transbordée, de peur que l'opération mette en jeu la vie des hommes. Elle a encore dans les yeux les deux commandos tombés à la mer dans la nuit. Elle a obtenu de rester à bord et que le *Baldur II* la guide jusqu'à la côte. Mais dès que la terre est en vue, dès qu'apparaissent les maisons colorées de la baie des fumées, elle s'effondre et demande, les larmes aux yeux, qu'on vienne la relever pour les manœuvres. Même si elle tient à rester sur le chalutier, enveloppée dans des couvertures de survie, pour ne pas quitter Anika. Elle est là, adossée à la cabine, sur la passerelle, à siroter le café brûlant qu'ont apporté les secours. Elle regarde le *Baldur II*, qui avance de conserve, à quelques encablures. Et son cœur s'étiole soudain. Baldur. De Baldr, Dieu de la beauté et de la lumière. De l'amour. De la jeunesse. Et dans sa cale à elle, le cadavre d'Anika qui ne sera plus jamais belle. Qui ne verra plus jamais la lumière. Partie en pleine jeunesse avec, pour dernière vision de l'amour, l'horreur de ces deux monstres ordinaires, de ces deux salauds insignifiants, qui la violent et voulaient la jeter aux poissons pour reprendre, tranquilles, leur misérable petite vie de jeunes pêcheurs courageux. Pécheurs, ils le sont maintenant, mais devant Dieu et les hommes. Et devant elle. S'ils s'en sortent, elle les jettera elle-même à la mer.

Quand ils accostent, elle se rend compte à quel point elle est épuisée, courbaturée de partout, et claque si fort des dents qu'elle manque de se mordre la langue. Le chef du commando, lui, semble déjà remis de ses aventures et a mis un point d'honneur à l'accueillir sur le quai. Botty tombe dans ses bras et pleure contre son épaule.

— Elle est là. Dans la cale. Ces salauds voulaient se débarrasser d'elle en mer. Ils avaient déjà lesté son corps…

Le commando ne dit rien et appelle des secouristes pour qu'ils s'occupent d'elle et l'emmènent à l'hôpital pour un bilan.

— Je reviendrai vous voir, lui glisse-t-il quand elle monte dans l'ambulance.

— Pourquoi, vous repartez déjà ?

— Oui, une drôle d'affaire dans la lagune de Jökulsárlón. Trois hommes pris dans la glace vieille de mille ans d'un iceberg.

— Des Vikings ?

— Non, des contemporains, apparemment.

— Dans de la glace vieille de mille ans ?

— Il semblerait.

— Mais enquêter sur des morts, même extraordinaires, n'est pas de votre compétence.

— Je sais, mais il semblerait que personne ne sache comment les sortir de l'iceberg où ils sont emprisonnés, alors ils font appel à tout le monde. Même à nous. Prenez vingt-quatre heures de repos, réchauffez-vous bien, et venez nous rejoindre là-bas, ça devrait être intéressant.

Le secouriste va refermer la porte de l'ambulance quand le commando la retient.

— Et puis ça fera plaisir à Viktor de vous revoir. Et à tous les autres aussi.

IV

Et alors ?

C'est la première fois que Kornelius revoit Ida depuis qu'elle lui a intimé de ne plus jamais chercher à la revoir.

— Qu'est-ce que tu fais là ? demande-t-elle, plus surprise que courroucée.

— Vous vous connaissez ? s'étonne Eiriksson.

Ils ne répondent pas. Ils sont là, sur la berge de la lagune, à regarder les trois hommes immobiles, figés à jamais, pris dans la glace de l'iceberg aux reflets verts. Ida la légiste, Kornelius, Eiriksson le jeune enquêteur, toute l'équipe de la scientifique, les sauveteurs de l'ICE-SAR, mais aussi l'état-major de la police autour du nouveau commissaire national, une partie des forces d'intervention des commandos vikings, et toutes sortes d'experts scientifiques, glaciologues, géologues, vulcanologues, séismologues…

— Il ne manque plus que mon cardiologue, et nous sommes au complet, se moque Kornelius en souriant de ce débarquement.

— Ton cardiologue n'a rien à faire ici, réplique Ida, tout le monde sait depuis longtemps que tu n'as pas de cœur. Tu n'as pas répondu à ma question.

— Il est témoin, intervient avec fierté l'inspecteur Eiriksson. L'amour peut se jouer aux dés !

Ida se tourne vers l'inspecteur, suspicieuse.

— Pourquoi parles-tu d'amour ?

— Pourquoi parles-tu de dés ? s'étonne Kornelius.

— C'est une façon de parler, c'est un dicton de mon grand-père. Ça veut dire que le hasard fait bien les choses. Le dé, le hasard quoi ! Et bien faire les choses comme bien…

— Bien faire l'amour ? termine à sa place Ida.

— Non, non, non, je ne voulais pas… enfin, oui, peut-être… je voulais juste dire que c'est une chance incroyable d'avoir un témoin oculaire dans une telle affaire.

— Témoin de quoi ? cherche à comprendre Ida. Ces hommes sont pris dans une glace vieille de mille ans !

— Mais de toute évidence, vu leurs tenues, eux n'ont pas mille ans, corrige Kornelius.

— Dans ce cas, de quoi as-tu été témoin ?

— De leur apparition quand le bloc qui les a congelés s'est détaché du front de glace.

— Tu étais là quand c'est arrivé ?

— Oui, aux toutes premières lueurs de l'aube.

— Mais qu'est-ce que tu fichais au milieu de nulle part à cette heure-là ?

— J'attendais que ça arrive.

— Qu'arrive quoi ? s'impatiente Ida.

— Ce qui est arrivé, répond Kornelius comme une évidence en désignant l'iceberg d'un geste de la main.

Kornelius lui raconte comment il est connecté à des sites et des applications comme « Disaster Alert » ou « Tsunami Watch » et qu'il savait qu'une longue et imperceptible vague issue d'une secousse sismique au milieu de l'Atlantique allait créer des tensions telles sur le front du glacier que des effondrements spectaculaires se produiraient. Et qu'il voulait les filmer avec son drone.

— Un drone ? Tu pilotes un drone, toi ? Tu ne savais même pas régler l'alarme de ton smartphone, à l'époque !

— C'est parce que je n'avais pas le temps d'apprendre, mais depuis que le ministère m'a poussé à une retraite anticipée, je sais le prendre. J'ai appris plein de trucs. Je suis sûr que ça t'étonnerait.

Ida se trouble soudain. Ils se revoient pour la première fois deux ans après qu'elle l'a chassé de sa vie. L'homme qui ne sait pas parler à celles qu'il aime. L'homme des salles de force, qui bouscule la vie des autres comme ses maudites pierres de cent kilos. Celui qui fredonne sans cesse le *Krummavísur*, la lugubre complainte des corbeaux morts de faim. Qui n'hésite pas à kidnapper sa hiérarchie. À distribuer des beignes et des baffes. L'homme qu'elle ne voulait plus voir parce qu'elle l'aimera toujours. Et qui la trouble aussitôt, maintenant qu'elle le revoit.

— Alors, inspecteur Eiriksson, comment procède-t-on ?

— Eh bien, c'est justement ce que je voulais vous demander.

— Désolé, mais je ne peux procéder aux autopsies que si vous sortez ces corps de l'iceberg. Le mieux serait d'ailleurs qu'ils restent dans une sorte de gangue de glace et que je les décongèle à la morgue, pour leur éviter tout contact avec l'air ambiant et l'eau salée.

Ils regardent tous vers l'iceberg incrusté de ces trois corps, comme des étoiles de mer géantes prises dans un glaçon de menthe bleu-vert. Trois gros camions amphibies jaunes le maintiennent contre la berge et l'empêchent de dériver. D'habitude, ils descendent des pentes caillouteuses directement dans l'eau d'émeraude, pour la plus grande terreur simulée des touristes qu'ils emportent ensuite, monstres marins bruyants et trapus, à travers les glaces translucides dans un pet de fioul.

— Il faut le laisser dériver, au contraire. Il ne faut pas qu'il flotte.

Tous se retournent. L'homme, vêtu d'une combinaison de combat bleu nuit, harnaché d'un gilet noir équipé de toutes sortes de poches, a une bonne tête de militaire.

— Freyr Petersson, je commande la brigade d'intervention des Vikings. Il ne faut pas qu'il flotte si nous voulons travailler à dégager ces trois corps. Donc il faut le laisser dériver. Le fond de la lagune est à deux cent cinquante mètres de profondeur vers le glacier, mais à quelques mètres à peine vers l'embouchure. Il faut qu'il dérive et se bloque contre le fond. Nous avons besoin qu'il soit fixe et stable si nous devons envoyer des hommes creuser la glace. Les amphibies peuvent à la rigueur le maintenir au plus près de la berge jusqu'à ce qu'il s'échoue.

— Je suis Ida, la médecin légiste. Et après, comment fait-on ?

— Ça va être compliqué. Tout dépendra de la façon dont nous pourrons atteindre les corps. Le problème est que plus nous enlèverons de glace pour avoir accès aux cadavres, plus l'iceberg s'allégera, au risque de reprendre sa dérive. Avec nos propres hommes dessus, cette fois.

Puis Petersson se tait et se tourne vers Kornelius qui n'a rien dit.

— Vous ne seriez pas Kornelius Jakobsson, par hasard ?

— Si, c'est bien lui, répond l'inspecteur Eiriksson à la place de Kornelius.

— Je m'en doutais. Mon prédécesseur s'est suicidé à cause de vous il y a deux ans et c'était mon ami. Alors, on ne vous aime pas, dans les forces spéciales. J'espère que vous le savez et que vous ne viendrez pas nous chercher. Parce que moi, je ne suis pas du genre à me flinguer. Vous n'êtes pas sur cette affaire, j'espère ?

— Monsieur Jakobsson est notre seul témoin. Il était là quand c'est arrivé.

— Ça ne m'étonne pas, lâche Petersson, fouteur de merde un jour, fouteur de merde toujours. Qu'est-ce que vous fichiez là ?

— Je ne crois pas que vous ayez des compétences d'enquêteur, si mes souvenirs de flic sont justes, alors inutile de me poser des questions auxquelles je n'ai pas à répondre.

Ils se toisent des yeux, et le commando reconnaît dans le regard de Kornelius cette détermination minérale des plus redoutables adversaires. Il a marqué son terrain et transmis le message. C'est suffisant pour une première confrontation.

— Quand le bloc sera stable, nous descendrons des commandos depuis un hélico en stationnaire. Ils s'attaqueront à la glace selon une technique que nous allons déterminer. C'est la seule façon de garantir qu'ils ne tombent pas à l'eau si la glace bouge.

— Ce n'est pas un peu exagéré comme déploiement de force ? s'étonne Ida.

— Cette nuit, je suis tombé à la mer à mi-chemin entre l'Islande et le Groenland pendant une intervention. J'y suis resté une demi-heure et croyez-moi, je ne le souhaite à personne. Je ne veux aucun de mes hommes dans l'eau à trois degrés de cette lagune.

Il les quitte comme il est arrivé, mais se retourne après quelques mètres pour s'adresser à l'inspecteur Eiriksson.

— Ah, inspecteur, venez avec moi, nous devons trouver un glaciologue pour savoir comment découper cet iceberg.

Et il part.

— Vous êtes toujours sûr d'être responsable de cette enquête, Eiriksson ? plaisante Kornelius en s'éloignant.

Le jeune inspecteur écarte les bras en levant les yeux au ciel.

— C'était quoi, ça ? demande-t-il au ciel gorgé de pluies retenues.

— La vraie police, répond Kornelius dans un cri moqueur.

Quand l'inspecteur et le Viking ont disparu, Ida et Kornelius restent un long moment à contempler l'iceberg et les trois hommes pris dans la glace.

— Et alors, avec ton homme, comment ça va ?

— Ça va, ça vient, répond Ida, même si en ce moment ça va plus que ça ne vient.

Elle s'en veut aussitôt de cette confidence.

— Un peu comme avec moi à l'époque, non ?

Elle ne répond pas, furieuse d'avoir ouvert cette porte.

— Peut-être bien que le problème est chez toi, en fait.

— Quel problème ? répond Ida, furieuse de déjà connaître la réponse.

— Ces hommes, qui ne savent pas s'ils doivent rester ou pas…

Elle ne répond pas et perd son regard sur la lagune. Par moments, elle est immobile et on ne sait plus différencier l'eau du ciel. Les icebergs et leurs reflets sont des nuages de glace dans un ciel liquide. Et les corps sont six. Symétriques.

— Et toi, avec ta fille, ça va ?

Ida n'a pas trouvé mieux pour répliquer et elle a aussitôt honte de sa question.

— Oh, avec Sarah, ça va fort. Ça va très fort. Ça va en France, ça va en Grèce, ça va au Canada, ça va au Costa Rica. Ça va partout où ça peut être le plus loin possible de moi. Puis ça vient de temps en temps reprendre un peu de force et de monnaie à la maison.

— Et son fils ?

— C'est mon père qui le garde.

— Ce n'est pas toi le grand-père ?

— Je ne sais pas faire ça, répond Kornelius, soudain absent.

— C'est peut-être toi le problème alors, en fait…

— Quel problème ?

Il sourit parce qu'il connaît la réponse et qu'il en est d'accord, malheureusement.

— Ne pas savoir aimer les gens.

— Touché, concède-t-il. Nous revoici donc tous les deux presque seuls, comme à l'époque.

— Même pas en rêve, Kornelius. Je te l'ai dit, je veux que tu m'oublies.

— En fait, c'est peut-être nous deux le problème, toi qui veux, et moi qui ne sais pas.

Ida va répondre quand une voiture contourne les deux uniformes plantés à l'entrée du parking. Tout, autour de la lagune, à part la mer face au glacier, n'est qu'une lande de pierrailles. Ces deux flics pensaient vraiment pouvoir interdire à quelqu'un de pénétrer sur une scène de crime de quelques hectares ? La voiture bondit sur les cailloux et freine en dérapant à quelques mètres des deux corps allongés. Avant que quiconque ait pu réagir, une femme jaillit de la voiture en hurlant et se jette sur le corps de l'enfant en criant son nom.

— Tumi ! Tumi ! Tumi ! Oh, mon Dieu, non, Tumi !

Elle cherche à prendre le corps encore gelé contre elle. Elle embrasse ses lèvres bleues, ses paupières glacées, son front lissé par la mort et le froid. Elle embrasse ses mains violacées, son gilet de sauvetage, ses bottes, puis soudain, à quatre pattes, sans se relever, en s'écorchant les genoux sur les cailloux, se jette sur le corps de l'homme et frappe sa poitrine comme si ses deux poings serraient un poignard.

— Tu l'as tué ! Tu l'as tué, salaud, ordure, monstre, tu as tué mon petit ! Tu l'as tué ! Tu l'as tué ! Tu l'as tué !

C'est Kornelius qui réagit le premier. Il court vers la femme et s'agenouille près d'elle pour retenir ses coups, mais surtout pour la serrer dans ses bras. Ida le regarde faire. Elle sait ce qu'il dit à cette pauvre femme dévastée par un si soudain et si terrible désastre. Il lui demande son prénom. Il insiste. Il insiste encore jusqu'à ce qu'elle le lui dise. Dana. « Écoutez-moi, Dana. Dana, écoutez-moi. Dana, ce n'est pas la peine. Ça ne les fera pas revenir, Dana. Il faut prendre sur vous, Dana. J'ai besoin de vous pour m'occuper d'eux, vous comprenez ? Il faut que nous nous occupions d'eux, Dana, vous et moi. Nous allons les ramener au chaud, d'accord, Dana ? On ne peut pas les laisser là, ce n'est pas convenable. Il faut les laver. Les coiffer. Les rendre beaux comme ils étaient, Dana, d'accord ? Je vais vous y aider. Je vais vous accompagner, Dana. Dana, vous pouvez compter sur moi. »

Alors, il aboie des ordres, il hurle, demande une voiture. Immédiatement ! Il distribue les tâches. Décide des priorités. Il rappelle Eiriksson et lui donne l'ordre de laisser cette femme accompagner son fils et son mari. Il ne parle pas de la morgue. Quand Eiriksson s'inquiète des indices qu'ils risquent d'effacer et de la légiste qu'il faut laisser travailler, Kornelius martèle qu'on se fout des indices et de la légiste. Et comme le jeune inspecteur hésite et cherche du regard le soutien d'Ida, elle hausse les épaules et lui fait signe d'obéir à Kornelius. Parce que c'est Kornelius. Qu'il est comme ça ! Et qu'elle sait bien, au fond d'elle-même, que c'est la raison pour laquelle elle aime toujours cet homme ingérable.

— Mais il n'est même plus flic ! s'offusque Eiriksson.

— Et alors ?

Puis soudain, Eiriksson percute.

— Attendez, ce dont parlait le Viking, tout à l'heure, c'est vrai ? C'est le Kornelius de l'affaire Heimaey ? Celui qui a enfermé toute sa hiérarchie dans un bureau pour pouvoir terminer son enquête ?

C'est le Kornelius du dossier Askja ? Celui à qui cette actrice avait fait perdre la mémoire ? C'est vraiment lui ? Ça alors !

Eiriksson rejoint Kornelius qui surveille le départ de la pauvre femme dans l'ambulance emportant les corps de son mari et de son fils.

— Bon alors, qu'est-ce qu'on fait maintenant, Kornelius ? Par quoi veux-tu commencer ? Comment procède-t-on ? Quels sont tes ordres ?

Kornelius se retourne, stupéfait, et regarde la bonne bouille de gamin fier et réjoui d'Eiriksson. Dix mètres derrière, Ida les regarde en haussant les sourcils.

— Je ne suis plus flic ! souligne Kornelius pour rappeler cette évidence à l'inspecteur.

— Et alors ?

V

Ne plaisante pas avec ça !

— C'est la seule solution, dit l'avocat en servant un bourbon Buffalo Trace *single barrel* au député.

— Tu en es certain ?

— C'est ça ou ils remontent eux-mêmes jusqu'à toi et tu prends le maximum.

L'avocat se sert à son tour et trinque de loin comme s'il négociait un simple contrat de lobbying.

— Et si je le fais, qu'est-ce que je risque ?

— Arrestation, scandale, ton poste de député...

— C'est tout ? Je risque bien de la prison pour ça, non ?

— Quelques jours, le temps de l'instruction, mais ton geste va rendre l'enquête si courte et si évidente pour ce qui te concerne que je ne parierais même pas sur une semaine. Quant à l'autre enquête, ça va terriblement la compliquer et t'en mettre à l'abri.

— Ça va aussi foutre ma vie en l'air, si je peux me permettre, s'énerve le député. Mon mariage, mes gosses, tout ça !

— Arrête de te mentir, ton mariage n'est plus qu'un faux-semblant depuis longtemps. Toi qui n'avais pas les couilles de demander le divorce, c'est ta femme qui va le faire pour toi. Et tes gosses, comme les miens, te considèrent comme un tiroir-caisse et un salaud de facho de droite. Tu ne vas pas perdre grand-chose.

— Donc, si je le fais, ça m'arrange le coup pour l'autre ?

— Oui. Tu agis sous le coup de la colère. Désespoir amoureux. Tu auras la sympathie du public. Les journaux vont adorer ton histoire. Et les réseaux sociaux, je ne te raconte pas ! Et tu ne feras pas de prison. Ou au pire, moins d'un an. Sinon, pour l'autre c'est la perpétuité sans conditionnelle.

— Toi qui es avocat, tu sais bien qu'elle n'a jamais été appliquée en Islande.

— Possible, mais avec la casserole que tu te trimballes, tu pourrais bien devenir le premier.

Le député boit son bourbon d'un seul trait.

— Hey, une bouteille à quatre cents dollars, tu pourrais l'apprécier !

— Merde, je joue ma vie, là, dans ce bureau, alors ne me fais pas chier avec ton bourbon de parvenu. Tu te rends compte de ce que tu me proposes ?

Il tend son verre à l'avocat qui le remplit à nouveau.

— D'ailleurs, quand tu le feras, ce serait bien que tu aies bu avant. Ça atténuera ta responsabilité et ton degré de discernement.

— Ils m'arrêteront sur-le-champ ?

— C'est indispensable, ça fait partie du plan.

— Je n'aurai pas le temps de mettre mes affaires en ordre avant, alors ?

— Surtout pas. Le moindre indice de préparation et c'est la préméditation. Minimum dix ans !

Le député lâche un chapelet de jurons.

— Ils ne diront peut-être rien.

— Je t'en prie, ne sois pas idiot, ils défendront leur tête et déballeront tout.

— Il faut que j'y réfléchisse encore. Laisse-moi quelques heures.

— C'est impossible. Un procureur va les entendre demain matin. C'est le seul moment où tu pourras. Tu laisses passer vingt-quatre heures, et on ne peut plus jouer sur le drame passionnel. C'est demain matin ou jamais.

— Et l'arme ?

L'avocat va jusqu'à un coffre qu'il ouvre et d'où il sort un pistolet dans un tissu.

— C'est un Beretta 92 semi-automatique. Tu as quinze balles dans le chargeur. Tu en tires six, il faut que ça soit passionnel. Trois sur le premier, trois sur l'autre. Ne touche personne d'autre, s'il te plaît. Aussitôt après, tu jettes l'arme au sol et tu lèves les mains pour te rendre. Tu es député, tu sauras improviser pour les pleurs et les lamentations.

— Et d'où je le tiens, ce flingue ?

— C'est la seule chose dont il faut que tu te souviennes. Apprends ça par cœur. Tu l'as acheté en

2008 à Simonis, un avocat véreux, usurier lituanien. Il est mort depuis. Il ne pourra pas témoigner du contraire. C'était la crise et tu étais banquier. Tu avais reçu des menaces de mort et tu avais la trouille pour ta famille. Tes gosses étaient petits. Il t'a coûté deux cents dollars à l'époque. En cash, évidemment.

— Et comment je l'ai connu, ce Simonis ?

L'avocat réfléchit quelques instants.

— Tu cherchais un avocat, quelqu'un te l'a déconseillé parce qu'il était un peu mafieux. Quand tu as eu besoin d'une arme, tu t'es souvenu de lui.

— Ce quelqu'un, ça ne peut pas être toi ?

— Pas question. Si je te défends, je ne peux être lié à toi que par des liens irréprochables. Trouve un banquier qui a fui le pays avec son pactole et qui ne remettra jamais les pieds ici. Dis que c'est lui qui t'avait parlé de Simonis, tu ne te souviens plus à quelle occasion. Dis que pour faire l'échange, vous vous êtes rencontrés dans un endroit que tu connais. Ou très public, ou très désert, comme tu veux. Et profite de la nuit pour aller voir sur le net à quoi ressemblait Simonis si on te demande de le décrire.

— Tu l'as connu, toi ?

— Évidemment !

— T'as pas un truc ?

— Si, il parlait tout le temps avec des citations à la con. Des philosophes, des proverbes berbères ou africains, des trucs comme ça.

Ils restent silencieux. L'avocat légèrement impatient, le député complètement incertain.

— Tu crois vraiment que ça marchera ?

— Je te l'ai dit, c'est ça ou perpète. Et même avec de la conditionnelle, perpète, c'est très long.

Le député tend son verre pour un autre bourbon.

— Si tu l'aimes tant que ça, je t'en apporterai en prison.

— Ne plaisante pas avec ça !

VI

Ne faites pas chier, Sigmarsdóttir.

Botty se réveille à six heures, le corps perclus de douleurs et de courbatures, mais elle tient à y aller. La veille, aussitôt les deux marins en état d'arrestation, une patrouille l'avait reconduite chez elle. Transie et assommée par le contrecoup. Elle était restée une bonne heure sous l'eau sulfurée et bouillante de sa douche pour récupérer un peu de chaleur. Détendre ses muscles noués par le froid et les efforts. C'était son enquête, c'était pour cette pauvre petite Anika. Elle avait tenu à accompagner le commando de la force Viking, mais elle doit admettre, ce matin, que son corps manque d'entraînement. À moins qu'eux aussi, après chaque mission, ne souffrent pareil.

Elle ne veut s'ankyloser ni le corps ni l'esprit. Elle veut rester dans l'action. Elle tient absolument à participer au transfert des deux Groenlandais. Ensuite, elle ira rejoindre le commando pour cette affaire très étrange, paraît-il, de la lagune Jökulsárlón. Elle avait avalé un paracétamol avant de dormir, elle en avale un autre pendant son petit-déjeuner qu'elle dévore comme un ours affamé. Porridge au lait d'amande, *skyr*, fromage, poisson fumé, banane et pain noir. Quand la voiture de patrouille passe la prendre, elle est prête depuis un quart d'heure. Dans la rue, des voisins qu'elle ne connaît pratiquement pas la saluent avec enthousiasme. D'autres lui adressent le « V » de la victoire. Quand ils sont dans la voiture, deux ados se penchent sur le capot pour la prendre en photo, puis roulent sur le dos pour faire un selfie.

— Qu'est-ce qui leur prend ? s'énerve Botty.

— Sur la banquette arrière, répond le policier.

Elle se retourne et voit la presse du jour. Elle est à la une de tous les journaux. Celle qui a arrêté les monstres. « LA » Viking. Le plus populaire titre en gros et en travers de sa première page : « Bottyful ! »

— Allez, roule, dit-elle, énervée. Comment ça se passe, là-bas ?

— Je te préviens, il y a déjà beaucoup de monde. On dit que le procureur général tient à ouvrir lui-même la procédure de mise en accusation.

— Je m'en doute. Tout le monde va essayer de se faire mousser sur le dos de cette gamine. Des journalistes ?

— Par dizaines. Déjà une centaine de badauds, aussi.

— Excités ?

— Encore pas trop. On verra bien quand ils sortiront.

Dix minutes plus tard, la voiture traverse la petite foule impatiente devant l'entrée du parking. Deux hommes en uniforme montent une garde bon enfant en plaisantant avec les journalistes. Ils ont fait déplacer deux vans de télévision hérissés d'antennes pour ne pas gêner l'accès.

La voiture de patrouille dépose Botty à l'entrée du quartier général et dès qu'elle pénètre dans l'immeuble, les regards se tournent sur elle et les compliments pleuvent. Bien joué. Bon boulot. Courageux. Elle esquive d'un sourire et se réfugie dans un couloir. De nombreux gradés sont là. La hiérarchie presque au complet. Des hommes du ministère de la Justice, aussi. Quelques politiciens. Elle en reconnaît certains. Requins et barracudas. Elle récupère un inspecteur au passage.

— On en est où ?

— Ils sortent dans cinq minutes. Les voitures sont prêtes en bas. On a le feu vert.

Un homme s'approche.

— Ils vont sortir ensemble, vous pensez ?

Drôle de question, se dit Botty. L'autre inspecteur répond en souriant.

— Ce sont des jumeaux, on ne voudrait surtout pas les séparer !

— Des putains de fumiers d'assassins de jumeaux, tu veux dire, ouais, siffle l'homme.

— On peut dire ça comme ça ! plaisante l'inspecteur.

L'homme s'éloigne de quelques pas.

Ne faites pas chier, Sigmarsdóttir.

— Tu crois ça, toi ? dit Botty sans quitter l'homme des yeux. Soit ce type est un alcoolo chronique, soit il se lave les dents chaque matin au bourbon. Il est à peine huit heures et il est si chargé qu'il pourrait partir en autocombustion.

— Peut-être, mais c'est Gunnar Bergmansson et il est député. Alors, ne va pas l'allumer si tu ne veux pas qu'il t'explose entre les pattes.

Botty va répondre quand une porte s'ouvre au fond du couloir. Tout le monde se retourne pour voir les jumeaux assassins sortir. Ils sont menottés dans le dos, tenus chacun au niveau du coude par un homme en uniforme. Dans le couloir, on s'écarte à leur passage et on se regroupe aussitôt derrière pour les suivre. Quand ils ne sont plus qu'à quelques mètres, Botty plante son regard dans leurs yeux. Elle y voit d'abord de l'étonnement, puis de la haine pour elle, et soudain une terreur panique qui la surprend. Quand elle comprend que ce n'est pas d'elle qu'ils ont peur, il est trop tard. Le député Bergmansson la bouscule et se jette sur les deux prisonniers, une arme à la main. Il tire à six reprises. Trois balles pour chaque jumeau. En pleine poitrine.

C'est d'abord la sidération, qui fige tout le monde un quart de seconde. Un souvenir inexplicable fuse dans la mémoire de Botty. Un documentaire, à l'école de police. L'assassinat de Lee Harvey Oswald par Jack Ruby. Le premier des jumeaux a eu le même réflexe que l'assassin de Kennedy. Cette crispation ultime, ce mouvement de côté dérisoire. Elle n'était même pas née… Puis le film reprend au bon rythme et c'est le chaos. Une partie de la foule panique et s'enfuit dans les couloirs, d'autres se jettent à plat ventre, les mains sur la tête. Botty et d'autres policiers bondissent sur le député. Il a lâché son arme et est tombé à genoux, en pleurs, et hurle à s'en déchirer la gorge.

— Ils ont tué mon Anika ! Ces ordures ont tué mon Anika !

Ils le plaquent au sol et l'immobilisent. Bergmansson n'offre aucune résistance. Il se laisse faire. Les mains dans le dos, le profil contre le carrelage. Il est ailleurs, dans un chagrin sans fond qui sidère Botty et les autres policiers.

— Anika était la fille du député ?

— Jamais de la vie, répond Botty. C'est quoi, cette histoire ?

C'est Bergmansson qui hurle la réponse.

— C'était mon amour, c'était l'amour de ma vie ! Ces salauds ont tué l'amour de ma vie !

Un autre instant de sidération fige tous ceux qui sont encore présents, puis le commissaire fait signe d'embarquer le député vers un bureau et d'isoler la scène de crime.

— Faites venir la scientifique !

— Elle est à Jökulsárlón, pour l'affaire du glacier.

— Qu'est-ce qui n'est pas compréhensible dans mon ordre, hein ? Je veux voir toute l'équipe ici. Elle pourrait être à Oulan-Bator ou en Antofagasta que je m'en foutrais pareil, compris ?

Ne faites pas chier, Sigmarsdóttir.

— Bien, chef. Je les appelle.

Le commissaire s'approche de Botty, la prend par le bras, et l'emmène à l'écart dans le couloir.

— C'est quoi cette histoire, inspecteur, il y avait un lien personnel entre Anika et le député Bergmansson ?

— Première nouvelle. Rien de tel n'est jamais apparu à aucun moment de l'enquête, commissaire.

— Eh bien, on dirait que vous avez merdé sur ce coup-là, inspecteur. Vous ne serez pas restée héroïne nationale bien longtemps. Je vous garde sur l'enquête pour ne pas avoir à avouer votre fiasco à la presse, mais ce n'est plus vous qui la menez. C'est Haraldsdóttir.

— Petra Haraldsdóttir ? Mais cette...

— Fermez-la, Sigmarsdóttir, le temps n'est plus où Mme la commissaire générale pouvait chaperonner sa fifille. Votre mère n'est même plus dans la police, alors vous la fermez et vous obéissez aux ordres. Aux miens, et à ceux de Haraldsdóttir, c'est compris ?

Botty ne répond pas et garde ses yeux plantés dans ceux du commissaire.

— C'est compris ? aboie celui-ci dans une rage qui saisit tout le couloir.

— C'est compris, commissaire, siffle Botty entre ses dents.

Elle tourne les talons et se dirige vers la sortie.

— Où croyez-vous aller ? hurle encore le commissaire.

— Chez moi, répond Botty furieuse.

— Quelqu'un vous l'a autorisé, peut-être ? Je vous l'ai autorisé, inspecteur ? Petra Haraldsdóttir vous l'a autorisé ? Alors ramenez vos fesses vite fait par ici et allez assister à l'interrogatoire !

— Est-ce que j'ai le droit de poser des questions, ou est que j'y vais juste pour prendre des notes en sténo ?

— Ne faites pas chier, Sigmarsdóttir.

VII

Comme il se doit !

Kornelius décide de rester dans le coin. L'affaire des trois corps dans la glace l'intéresse. Le fait de savoir Ida sur l'enquête aussi. Il laisse quelques consignes au jeune Eiriksson et retourne là où il loge. Un hôtel à la ferme, sans prétention. Quelques chambres dans un bâtiment entre des écuries et des hangars, et une sorte de grand chalet-restaurant d'où la vue est magnifique. Des bourrelets de mousse dorée, gorgée d'eau, que traversent en ribambelle des canards qui se dandinent, sous l'œil suspicieux des oies cendrées. Quelques touffes de joncs frissonnent dans le vent. Plus loin, des moutons ronds clairsemés dans l'herbe verte. On devine les mâles attentifs à leurs cornes torsadées en spirale. Des chevaux à la crinière insolente se chamaillent puis se suivent, au pas, comme des promeneurs. Et surtout, ce qui donne sa perspective et sa dimension à tout ce paysage, tout au fond de la plaine étroite, le glacier. Tapi dans l'herbe. Au ras du sol. À hauteur d'homme. Sa masse bleutée tailladée de séracs. Quand un nuage le frôle, il se tasse et se grise pour se fondre dans le ciel. Quand le soleil l'effleure, il se lustre d'éclats bleus.

C'est un spectacle immobile dont Kornelius ne se lasse pas. Ce n'est en fait qu'un autre doigt que l'immense Vatnajökull glissait jusqu'à la mer entre les montagnes. Aujourd'hui, cette main de glace qui empoigne tout le sud de l'Islande se rétracte. Debout derrière la baie vitrée panoramique du chalet, un café brûlant à la main, Kornelius regarde ce glacier que les Islandais considèrent comme un être vivant et qui meurt doucement, comme un être qui a vécu. Quelques mois plus tôt, dans l'Ouest, au nord de Reykjavik, on a « enterré » un glacier. Le premier des quatre cents du pays à avoir disparu. Fondu. Une plaque commémore ce qu'il a été et qu'il ne sera plus. Elle dit que si nous ne faisons rien, tous les glaciers de ce pays auront disparu dans deux cents ans. Elle s'adresse aux générations futures et se termine par ces mots terribles : « Vous serez les seuls à savoir si nous l'avons fait. » Ce glacier s'appelait OK. Mais plus rien n'est OK dans ce monde.

Son téléphone vibre et, quand il voit s'afficher le nom d'Ida, son cœur vibre aussi, d'une certaine façon.

— Tu as entendu les informations ?

— Non, pourquoi, un autre glacier a disparu ?

— ... ! ?

— Excuse-moi, j'avais la tête ailleurs. Que se passe-t-il ?

Ida lui raconte la fusillade dans les locaux de la police, et l'assassinat des jumeaux groenlandais par le député Bergmansson.

— On sait pourquoi ?

— Il semblerait qu'il était l'amant de la gamine et qu'il ait tué les jumeaux par vengeance. On dit qu'il était saoul. On parle de crime passionnel.

— C'est un concept que je n'aime pas beaucoup.

— Quoi donc ?

— Le crime passionnel. Ça laisse supposer qu'on puisse tuer par amour. C'est un concept créé pour trouver une circonstance atténuante aux hommes qui tuent par jalousie. C'est une excuse aux féminicides.

— Je ne te savais pas militant de telles causes.

— Avoir une fille qui a l'âge de te remettre à ta place peut t'aider à devenir moins idiot.

— Quoi qu'il en soit, il ne s'agit pas de féminicide en l'occurrence, puisqu'il a tué les assassins de celle qu'il aimait.

— Qui étaient bien coupables, eux, d'avoir tué Anika. Donc il y a bien un féminicide dans ce dossier.

— Bon, écoute, je voulais juste t'en informer, pour deux raisons. D'abord parce qu'on me rappelle d'urgence à Reykjavik et que je suis déjà en route, et ensuite parce que Botty est en train d'en prendre plein la tête dans cette histoire. Ce matin, c'était l'héroïne nationale, et maintenant on lâche les chiens sur elle.

— Qu'est-ce que tu racontes ? Quelle héroïne nationale ? Quels chiens ?

— Tu n'as pas lu la presse ce matin ?

— Non.

— Alors, commence par ça !

Elle raccroche et il reste un instant sans bouger, face au grand glacier qui meurt tout au bout de la plaine ébouriffée par le vent. Puis il se reprend et va vers le bar.

L'auberge à la campagne est une affaire de famille. Les chambres et la cuisine aux femmes, le bar et la salle à manger aux hommes. Et les travaux de la ferme pour tout le monde. Il trouve le grand-père assis derrière le bar, à lire une bande dessinée de *Walking Dead*, et lui demande la presse du jour. Le vieil homme se lève à regret et va dans ses appartements, de l'autre côté de la cour. Quand il revient, un coup de vent chahute les journaux dont une partie s'envole si loin et si vite que cela affole les canards.

— C'est tout ce que j'ai, dit-il en posant les journaux chiffonnés sur le bar derrière lequel il retourne retrouver ses zombies.

Kornelius va s'asseoir à une table face au glacier et remet de l'ordre dans les journaux et les pages. « Bottyful » s'affiche en travers de la une, et il découvre avec stupeur l'extraordinaire arrestation en pleine mer, dans la tempête, des jumeaux assassins. Botty héliportée à bord du minuscule chalutier, la lutte avec les deux marins, les Vikings à la mer, les…

Il manque la page intérieure qui continue l'article de couverture. D'un geste idiot, Kornelius regarde dehors, à travers la baie vitrée, comme s'il pouvait la repérer. Alors il prend son téléphone.

— Botty ? Kornelius. Alors, il semblerait que tu sois devenue le meilleur pire flic d'Islande à ma place ?

— Ce n'est pas le moment, Kornelius…

— Fais attention quand même, c'est un titre qui ne pardonne pas, tu vois où ça m'a mené.

— Ce n'est pas le moment, Kornelius…

— En tout cas, bravo. Ce que je viens de lire est impressionnant.

— Ce n'est pas le moment, Kornelius…

— Tu sais, je fanfaronne, mais crois-moi, je suis sincère, tu as toujours été une flic…

— Putain, Jakobsson, qu'est-ce que vous ne comprenez pas dans « ce n'est pas le moment » ? hurle une voix d'homme. Ici le commissaire national, alors même hors de la police vous allez continuer à nous plomber les enquêtes ? Foutez-nous la paix, Jakobsson, foutez la paix à tout le monde. À moi, à l'inspectrice Sigmarsdóttir, et à toute la police de ce pays qui a enfin réussi à se débarrasser de vous !

Kornelius suppose qu'avec une telle colère, le commissaire a fracassé le téléphone de Botty contre le mur au lieu de le lui rendre. Il va se faire une raison, et se résoudre à ne définitivement plus être flic, quand on l'interpelle depuis l'entrée du chalet.

— Ah, vous voilà.

Eiriksson est là, les cheveux en filasse et les chaussures crottées par la pluie, un ordinateur portable sous le bras.

— Pourquoi ne pas avoir choisi un hôtel en ville ? rouspète-t-il en s'ébrouant.

Kornelius lui montre le paysage d'un geste panoramique.

— Quoi, il y a des canards, et alors ?

Kornelius abandonne. Il n'est pas d'humeur à expliquer. Ce pauvre Eiriksson pourrait même trinquer pour tous les autres.

— Qu'est-ce qui vous amène, inspecteur ?

— Ça, répond-il d'un air soudain gourmand et complice en sortant de sa poche une petite carte mémoire.

— Qu'est-ce que c'est ?

— La carte mémoire de votre drone.

— Vous avez récupéré mon drone ?

— Non, juste la carte mémoire.

— Comment est-ce possible ? La carte est insérée dans le drone !

— C'est-à-dire qu'on a repéré des phoques qui jouaient avec votre drone et des plongeurs sont allés le récupérer. Ça a pris un peu de temps parce que les phoques ont cru que les plongeurs voulaient jouer avec eux…

— Eiriksson !

— Oui, bon, bref, une fois sur la grève, on a sorti la carte mémoire, et puis d'un seul coup le drone s'est envolé.

— Envolé ?

— Oui. Il se trouve que quelqu'un a récupéré la télécommande que vous avez oubliée là-bas, et là, en la manipulant… enfin, bref… hop !

— Comment ça, hop ?

— Envolé, quoi ! Pas loin, remarquez, pas longtemps non plus, il ne devait rester qu'un tout petit reste de charge dans la batterie. Mais juste assez quand même pour l'envoyer tomber en panne au beau milieu de la lagune.

— Où les phoques s'en sont emparés, je suppose.

— Où les phoques s'en sont emparés, oui, en effet… mais trop de pluie fait quand même pousser les joncs, comme disait mon grand-père, et malgré la perte de votre drone, nous avons pu récupérer ça ! dit Eiriksson en glissant la carte mémoire dans son ordinateur.

Il manipule le tapis tactile et affiche les vidéos de Kornelius. Les images sont magnifiques. Le drone rase l'eau immobile, dans la première lumière ambrée de l'aube, entre les blocs de glace scintillants. L'eau, le soleil et le vent les sculptent depuis des jours dans d'élégants et fragiles équilibres. Puis le drone se stabilise à deux cents mètres du front du glacier, et on voit soudain s'ourler sous lui le remous du mascaret, poli d'or blanc et de cuivre roux par les rayons rasants du soleil, qui roule vers le glacier. Eiriksson regarde, fasciné, cette petite vague d'à peine trente centimètres, mais qui n'en finit pas. Comme si tout l'océan, derrière elle, avait grossi d'autant. Le drone prend alors de la hauteur et se positionne juste au-dessus du mur de glace qui soudain se fractionne et se brise. Les effondrements de ces tonnes de glace, filmés à la verticale, dans la lagune irisée de reflets et qui se creuse d'abord avant de resurgir en une vague concentrique frangée d'écume, sont d'une beauté sauvage à couper le souffle.

— Là, dit Kornelius, c'est vers ce moment-là que j'ai aperçu leurs gilets de sauvetage jaune et rouge.

— Oui, mais on s'en moque, dit Eiriksson malgré la séquence où on devine la manœuvre désespérée du père quand une partie de la falaise opaque se brise au-dessus d'eux. C'est après que c'est encore plus fascinant.

C'est fascinant, la mort d'un père qui croyait offrir le plus beau cadeau du monde à son fils ? Kornelius regarde Ari qui garde les yeux rivés sur l'écran.

— Voilà, là. Tu vois ça ? demande Eiriksson qui passe au tutoiement.

Il arrête l'image sur les trois hommes pris dans la glace.

— Je te rappelle que j'y étais et que c'est moi qui ai filmé.

— Oui, mais tu n'as pas pu voir ça sur ton petit écran de contrôle. Regarde cette image, cette résolution exceptionnelle, regarde comme c'est fabuleux !

— Pas étonnant, répond Kornelius en essayant de garder son calme, ce drone à trois mille dollars que vous avez rebalancé à l'eau filme en 4K. La meilleure qualité d'image disponible à l'heure actuelle.

— C'est exactement ça, on n'économise pas une couronne sur un cheval de course, comme disait mon grand-père, et tu as bien fait de mettre le prix pour avoir cette qualité, parce que maintenant, regarde !

Il zoome sur un des corps, et Kornelius doit admettre que l'image n'y perd pratiquement pas en définition. Ils peuvent examiner le cadavre presque centimètre par centimètre. Un homme encore jeune, dans la quarantaine, le front marqué de quelques blessures. Des coups et des blessures. Il porte un blouson de cuir doublé de mouton sur un T-shirt épais de coton blanc.

— Là, dit Kornelius qui s'est pris au jeu et pointe une médaille.

— Qu'est-ce que c'est ?

— Un *dog tag*. Une plaque militaire américaine, répond Kornelius, elle porte le prénom, le nom, un matricule et je crois aussi le groupe sanguin et la préférence religieuse. Elle n'est obligatoire que sur le terrain, mais de nombreux soldats la portent en permanence. Tu arrives à lire ?

— Non, la glace déforme l'image. C'est un prénom court, en tout cas. Quatre lettres, avec quelque chose qui ressemble à un « h » au milieu. John, peut-être… Tu crois au crash d'un avion militaire américain ?

— Pourquoi pas ? Pendant mon enquête dans le dossier Askja, j'ai été amené à faire des recherches sur l'avion américain dont la carcasse attire toujours des milliers de touristes sur la plage noire de Sólheimasandur. Imagine-toi que ce crash de 1973 était le trois cent cinquante-neuvième depuis 1941 !

— Tu es sérieux ? s'étonne le jeune inspecteur. Ça fait pratiquement un avion par mois pendant trente ans !

— Vérifie, tu verras.

— Pourtant, ces trois-là ne volaient pas dans un avion militaire, réfléchit à voix haute Eiriksson.

— Comment le sais-tu ?

— On ne t'a pas dit ? Au niveau où le bloc avec les trois corps s'est décroché, on a repéré dans le front du glacier des débris d'une épave d'avion encore pris dans la glace. Le secouriste de l'ICE-SAR avec qui je les ai survolés m'a parlé d'un avion de fabrication canadienne. Plutôt tourisme que militaire.

— Tu te souviens du modèle ?

— Il a parlé d'un Beaver, je crois…

Kornelius hésite, son regard perdu sur le glacier, au loin, écrasé par un ciel brocardé d'orages. Puis il prend son téléphone et compose le numéro de l'ambassade américaine à Reykjavik.

— Bonjour, madame. Je suis l'inspecteur Eiriksson, de la police de Reykjavik. Dans le cadre d'une enquête, j'ai besoin de savoir s'il existe un relevé daté des avions américains crashés ou disparus sur l'île et une liste des hommes disparus… Pardon ? Oui, bien sûr, madame, je ne quitte pas…

— Pourquoi as-tu donné mon nom ? s'offusque Eiriksson.

— Parce que je ne suis plus flic, souviens-toi !

Eiriksson va répondre quand Kornelius lui fait signe de la fermer.

— Bonjour, identifiez-vous s'il vous plaît.

— Je viens de le faire auprès de votre standard, répond Kornelius, à qui ai-je l'honneur ?

— Identifiez-vous si vous voulez que nous ayons une conversation.

— D'accord. Je suppose que c'est pour l'enregistrement, n'est-ce pas ?

— Identifiez-vous ou je raccroche.

— Ne vous donnez pas cette peine, c'est moi qui vais raccrocher. Mais vous avez enregistré mon numéro. Alors vous pouvez me rappeler si vous voulez savoir si les corps que nous venons de découvrir sont des vôtres ou pas.

Et Kornelius raccroche devant Eiriksson ébahi.

— Tu as vraiment osé faire ça? Aux Américains de l'ambassade ?

— Ce ne sont que des Américains, Eiriksson : arrogants, prétentieux et prévisibles.

— Et tu crois vraiment qu'ils vont rappeler?

— L'hameçon était de taille à appâter un grand rorqual. Le gros requin fourbe des services secrets tapis dans les fonds troubles et limoneux de chaque ambassade ne va pas tarder à mordre.

Dehors, un cheval monté sur un talus échevelé découpe sa silhouette incongrue en contre-jour du ciel argenté. Façon western. Pas un de ces petits chevaux insolents et espiègles à la crinière blonde, qui se courent après et se mordent le cou, les babines retroussées sur leurs dents jaunes. Un lourd cheval de labour. Massif. Les sabots comme des souches moussues. Immobile et noir comme une menace.

— Tu vois, plaisante Kornelius, ils nous espionnent déjà.

Il commande deux bières et s'accommode des Einstök que leur propose Walking Dead. Eiriksson n'ose pas refuser, et ils restent un long moment en silence à regarder le ciel tamiser des lumières métalliques sur le glacier.

— Ils menacent pendant mille ans de raboter ton pays, centimètre par centimètre, réduisant sous leur ventre rugueux tes montagnes en caillasses. Malfaisants et maléfiques au point de créer leurs milliards de tonnes de glace compacte et lourde à partir de flocons de neige plus légers que des papillons. Ils sont descendus de leur montagne et ont glissé dans la plaine, pour te pousser à la mer. Et voilà soudain qu'ils fondent et se rétractent, se recroquevillent, régressent, et t'inondent de leurs larmes de monstres vaincus par la gabegie des misérables insectes que nous sommes…

Eiriksson ne trouve rien à répondre. Il est d'accord avec ça, même s'il ne comprend pas très bien pourquoi Kornelius s'abandonne, à ce moment-là, à une telle nostalgie.

— Qui aime les œufs ne mange pas de poule.

Kornelius le regarde en écarquillant les yeux.

— Quoi, se justifie Eiriksson, ça veut dire qu'il ne faut pas détruire ce qui nous nourrit, qu'il faut prendre soin de la terre, qu'il…

— J'avais compris, coupe Kornelius. Combien de proverbes a inventés ton fichu grand-père ?

— Sept cent trente-quatre, dans douze carnets reliés.

— Alors écoute bien ce que je vais te dire. Si jamais tu...

Mais la sonnerie du téléphone l'interrompt.

— Kornelius Jakobsson ?

— Non, répond Kornelius, Ari Eiriksson.

— Ce numéro est enregistré au nom de Kornelius Jakobsson.

— L'inspecteur Jakobsson m'a prêté son téléphone, la batterie du mien est vide.

— Rechargez-la et rappelez-moi au numéro que je vais vous donner avec votre propre téléphone.

— Je suis au milieu de nulle part, je n'ai pas la possibilité de recharger.

— Ça fait beaucoup de mensonges en peu de mots, monsieur Qui-que-vous-soyez.

— Je vous ai menti ?

— Oui, Kornelius Jakobsson ne fait plus partie de la police islandaise.

— Ah ça ? C'est parce que pour nous, il restera toujours le légendaire meilleur flic d'Islande.

— Vous voulez dire celui qui prend en otage sa hiérarchie et qui donne des conférences de presse en slip ?

— Celui-là même.

— Alors arrêtez de faire le con, Jakobsson.

— Jakobsson ?

— Oui, l'inspecteur Ari Eiriksson a eu 29 ans le 17 du mois de février, et vous en aurez 58 dans 124 jours. Le spectre de votre voix trahit votre âge, Jakobsson.

— Eh bien, voilà, nous y sommes : CIA, DIA, NSA, Air Force Intelligence ?

— Pour quelle raison voulez-vous les listes que vous avez demandées ?

— Je l'ai dit à votre standard : vérification dans le cadre de la découverte d'un corps.

— Est-ce que des indices laissent à penser qu'il pourrait s'agir de pilotes américains ?

— La réponse à cette question est du ressort de l'enquête de la police islandaise, monsieur Qui-que-vous-soyez.

— Lequel des trois corps pourrait être américain, selon vous ?

Kornelius ne répond pas tout de suite. Qui-que-vous-soyez est un habitué de ce genre de conversation. Il abat ses cartes à bon escient.

— Aucun des trois, ment Kornelius. Ce sont plutôt les débris de l'appareil qui nous aiguillent dans votre direction.

— Ne vous moquez pas de moi, monsieur l'ex-meilleur flic d'Islande. Ces débris identifient plutôt un avion canadien.

— Pas tout à fait, Qui-que-vous-soyez. Ils identifient un appareil de fabrication canadienne, c'est vrai, mais qui pouvait être immatriculé n'importe où, et piloté par n'importe qui.

— Très bien, Jakobsson, alors pour en finir avec ce petit jeu, nous n'avons aucun de Havilland Beaver dans la liste des appareils perdus par l'armée américaine sur le territoire islandais. Quant à l'enquête sur les trois corps de la lagune de Jökulsárlón, puisque vous soupçonnez la présence d'une victime américaine, l'inspecteur Eiriksson va recevoir l'ordre de suspendre toute investigation jusqu'à l'arrivée d'un personnel de l'ambassade.

Au même moment, Eiriksson reçoit un appel du commissaire national en personne qui lui ordonne de suspendre toute investigation jusqu'à l'arrivée d'un « consultant » de l'ambassade américaine.

— Je crois que votre commissaire national va vouloir vous parler, Jakobsson, dit Qui-que-vous-soyez d'une voix calme et satisfaite.

— Jakobsson, le commissaire national, dit Eiriksson en lui tendant son téléphone, le visage pâle.

C'est un terrible savon. Une avalanche d'indignation et de menaces. Le commissaire est furieux au nom de la police islandaise, des bonnes relations islando-américaines, des intérêts supérieurs de la Nation. Il éructe des injonctions, des ordres, des sommations, des mises en demeure. Qu'il reste dans son chalet et qu'il arrête de faire chier tout son monde !

Kornelius va répondre au commissaire national qu'il n'est plus à ses ordres et qu'il n'a par conséquent plus à leur obéir ni même à les supporter, quand l'allusion au chalet le retient. Il se contente alors d'un « bien monsieur » poli et rend le téléphone à Eiriksson qui s'éloigne pour continuer à en prendre pour son grade. Kornelius reprend son téléphone.

— Toujours là, Qui-que-vous-soyez ?

— Je n'aurais voulu manquer ça pour rien au monde.

— Vous avez tout enregistré, j'espère.

— Comme il se doit !

VIII

Je peux passer ?

— Qu'est-ce qu'on fait, alors ? s'inquiète Eiriksson.

— On reprend une bière et on attend, répond Kornelius.

— On attend quoi ?

— La cavalerie, comme dans les films américains, et l'appel du commissaire national.

— Le commissaire va nous appeler ? Mais il vient de te…

Un téléphone sonne quelque part dans le chalet et papy Walking Dead émerge de derrière le bar.

— Lequel de vous deux est Jakobsson ?

Kornelius va prendre la communication au poste fixe, sous le regard sidéré et admiratif du jeune inspecteur.

— L'engueulade, c'était pour leur enregistrement, explique d'emblée le commissaire national.

— J'avais compris, monsieur.

— Oui, j'avais compris que vous auriez compris mon allusion au chalet. Écoutez, Jakobsson, je suis le mieux placé pour savoir quel emmerdeur vous êtes, puisque je dois mon poste au fait que vous avez déglingué ma prédécesseuse. Alors, évitons les circonvolutions. Vous venez de reprendre du service. Vous êtes consultant sur cette affaire. Ces Américains commencent à nous chier dans les bottes. Imaginez-vous qu'ils ont appelé jusqu'à la présidence ! Mais le gouvernement est solidaire là-dessus. Nous voulons garder la main sur cette enquête. Nous avons dû leur accorder un droit de regard, mais nous voulons un homme avec assez de bouteille pour les gérer. Ari Eiriksson est un excellent élément, mais il n'a pas encore l'expérience pour résister aux tordus des services secrets américains. Parce qu'il ne fait aucun doute que leur agitation autour des trois corps de Jökulsárlón cache encore un bâton merdeux. Alors vous ne les lâchez pas d'une semelle, compris ?

— J'ai le choix ?

— Je vous connais assez pour savoir que vous ne refuserez pas l'occasion d'emmerder encore quelqu'un. Surtout des Américains.

— C'est un peu vrai. Comment procède-t-on, alors ?

— Vous ne rendez compte qu'à moi.

— Et comment explique-t-on aux Américains que je suis à nouveau dans la course ? N'oubliez pas qu'ils ont l'enregistrement de votre engueulade.

— Ils vont vite comprendre. Ils doivent passer l'enregistrement à travers un logiciel d'analyse sémantique et ne vont pas tarder à isoler le mot chalet.

Puis ils vont analyser les appels sur le fixe de l'hôtel et ils vont comprendre.

— Vous appelez de votre propre portable ?

— Non. J'appelle depuis le bureau de la Première ministre qui est à mes côtés et qui nous écoute. Ça leur donnera à réfléchir. Ne nous décevez pas, Jakobsson.

— Ai-je carte blanche, monsieur le commissaire national ?

— Est-ce que vous agiriez autrement, si je ne vous la donnais pas ?

Le commissaire n'attend pas sa réponse et raccroche. À l'autre bout de la salle, Ari regarde l'écran de son portable.

— Ça alors ! Ça dit que vous êtes réintégré à l'enquête comme consultant !

— Oui, mais sous tes ordres, Ari, sous tes ordres, alors installe-toi avec ton ordinateur et fais des captures d'écran de tous les détails que tu peux récupérer sur chacun des corps. Envoie une copie de ma part à la légiste, et fais une ou deux sauvegardes sur des clés USB.

— Et pour l'avion ?

— Trouve un drone avec un pilote expérimenté et fais la même chose. Une vidéo et des captures d'écran du moindre détail. Tu fais des copies et tu les planques bien.

— Et toi ?

— Moi, j'ai de quoi m'occuper, ne t'en fais pas. Prends une chambre ici ce soir s'il le faut, et ne te laisse pas embobiner par les États-Uniens s'ils débarquent.

— On ne dit pas les Américains ?

— Quoi, tu crois vraiment qu'ils méritent de représenter toutes les Amériques ?

Loin derrière la baie vitrée, un soleil pâle pique le glacier de reflets bleus et allume la corolle de chaque petite fleur entre les cailloux, mais quand Kornelius ouvre la porte, le temps a déjà changé et n'est plus fait que d'ombres et de contre-jours sous un nuage bourrelé de la lumière qu'il cache. Le lourd cheval de labour est toujours là, sur le talus, en sentinelle inquiétante d'on ne sait quel malheur à venir. Un vent soudain ramène au-dessus des flaques les pages du journal. Seuls les canards dandinent leur indifférence à la pluie qui s'annonce. Mais il ne pleut pas. Le soleil perce de part en part le nuage qui se délite, et inonde le paysage d'un été immédiat qui allume le jaune poussin de la vieille Saab.

Kornelius voulait aller parler de tous ces événements avec son père mais, en passant sur le pont de la lagune, il aperçoit l'hélicoptère des Vikings en équilibre au-dessus de l'iceberg et ne résiste pas à la curiosité. On laisse passer sa Saab sans même le contrôler. Sa mauvaise réputation, sans doute. Ou tout simplement sa couleur criarde.

Eiriksson est resté au chalet et Botty a été réaffectée sur l'affaire du coup de folie du député

Bergmansson. Kornelius est seul et ça lui convient, même s'il sent tous les regards lui banderiller le dos dès qu'il est passé.

— Je croyais qu'il fallait le laisser dériver jusqu'à ce qu'il se bloque contre le fond de la lagune.

Freyr Petersson, le chef des Vikings, lui répond sans se retourner.

— Qu'est-ce que vous fichez encore là, Jakobsson ?

— C'est quand même un peu mon enquête. Ça vous dérange ?

— Jakobsson, vous êtes tellement toxique comme policier que votre seule présence pourrait faire culbuter cet iceberg avec mes hommes dessus.

— Vous avez changé de tactique ?

— Nous ne connaissons pas la structure du fond de la lagune. L'iceberg aurait pu dériver un peu n'importe où.

— Petersson, le fond d'une lagune glaciaire, c'est l'ancien lit du glacier. Ça doit être poncé et raboté comme un vieux parquet par des milliers d'années d'abrasion.

— Vous êtes glaciologue, maintenant ?

Freyr Petersson ne le regarde toujours pas. Il observe le chantier devant lui. Il ne reste plus qu'un camion amphibie dans l'eau, nez contre la glace, pour contrer l'effet du courant et maintenir l'iceberg. Les deux autres ont été répartis sur la berge contre laquelle ils le maintiennent grâce à des sangles. Au-dessus, l'hélicoptère en stationnaire, assez haut pour que le vent ne les gêne pas, assure les deux hommes qui travaillent sur le bloc de glace autour des trois corps en étoile qui ajoutent à l'irréalité de la scène.

— Les camions sont capables de le retenir ?

— La partie émergée fait environ six mètres cube. Sept fois plus en dessous. Une cinquantaine de mètres cubes en tout, soit cinquante tonnes environ. Il existe un projet de remorquage d'un glacier tabulaire de sept millions de mètres cubes du Groenland jusqu'aux Açores pour lequel un seul bateau de 130 chevaux-vapeur est nécessaire.

— Qu'est-ce qu'ils vont faire d'un iceberg aux Açores ?

— C'est juste un essai, Jakobsson, pour voir le temps que ça prend et ce qu'on perd comme glace en route. Ensuite, si c'est rentable, l'idée, c'est de remorquer des icebergs jusque là où on en a besoin. Dans les émirats, par exemple.

— Et c'est rentable ?

— Cent quarante et un jours de transport à 1,5 kilomètre par heure et 38 % de perte.

— Ah, ce n'est pas pour le transporter là où on en a besoin alors, c'est pour vendre de l'eau à ceux qui pourront encore se la payer. Est-ce qu'on a demandé son avis au Groenland ?

Cette fois, Freyr Petersson se retourne, étonné.

— Son avis sur quoi ?

— Sur le pillage de ses ressources naturelles en eau potable.

— Décidément, vous êtes prêt à foutre la merde même dans les conflits géopolitiques. Dégagez et laissez-moi surveiller le boulot de mes hommes.

Avec sept huitièmes de sa masse immergée, l'iceberg reste à une bonne dizaine de mètres de la berge. Mais il semble stable. La technique de Petersson est osée. Ses hommes ont foré des trous avec de longues mèches d'un mètre cinquante derrière, sur les côtés et en dessous des trois corps pour fragiliser la glace autour d'eux. Avec les glaciologues, ils hésitent encore sur la façon de la faire céder pour récupérer le plus petit bloc possible avec les trois morts à l'intérieur. Les scientifiques cherchent un moyen mécanique et physique. Freyr Petersson penche pour de mini explosions au fond de chaque trou. Les glaciologues ne sont pas d'accord et Kornelius non plus.

— Il ne faut pas que leur gangue de glace se brise et expose les corps à des résidus d'explosion. Et il faut essayer d'éviter que les indices soient pollués s'ils tombent à l'eau.

Freyr Petersson va envoyer balader Kornelius, mais un des glaciologues intervient.

— L'inspecteur a raison. On ne sait pas comment la glace peut réagir à des explosions. Une fissure pourrait se prolonger loin sous la ligne de flottaison, détacher un bloc immergé, changer le centre de gravité de la masse et faire culbuter l'iceberg en emportant vos hommes et peut-être même bien les camions.

— Que proposez-vous, alors ?

C'est Kornelius qui répond à la place du glaciologue.

— Utiliser la perforation plutôt que l'explosion.

— On ne vous demande pas votre avis, Jakobsson, et vous aurez remarqué que nous avons déjà utilisé toute la longueur de nos mèches.

— Je voulais parler de percussion, plutôt que de perforation.

— Qu'est-ce que c'est que cette histoire encore ! s'agace le Viking.

— En tirant dans les trous que vous avez percés, peut-être que la percussion des munitions pourra les prolonger…

— Ce n'est pas idiot, dit le glaciologue. C'est plus maîtrisé qu'avec de l'explosif. Vos hommes sauraient faire ça ?

— Bien sûr qu'ils sauraient, réplique le Viking vexé.

— Il faudra juste prévoir une technique de récupération du bloc avec les corps, parce qu'il pèsera encore une ou deux tonnes…

— Oui, bon, ça va, Jakobsson, on connaît notre boulot.

— Je dis ça parce qu'il faut savoir ce que vous voulez en faire après. Deux tonnes de glace, ça ne se manipule pas comme ça une fois sur la terre ferme. Je ne suis pas certain que la légiste s'attende à récupérer un bout d'iceberg dans sa salle d'autopsie.

— Écoutez, Jakobsson, nous nous connaissons depuis moins de vingt-quatre heures, et vous me chiez déjà dans les bottes. Après tout, c'est votre enquête, non ? Alors je vous dépose le paquet sur la berge, mes hommes plient bagage et vous vous démerdez avec vos trois macchabées congelés.

— Ça me va ! approuve calmement Kornelius.

Puis il désigne une zone de cailloux en très légère pente vers la lagune, à cinq mètres de la berge.

— Vous me les déposez là sur une bâche et vous pouvez rentrer chez vous, je m'occupe du reste, dit-il en s'éloignant, son téléphone à la main.

— Hey, où allez-vous ? Qui est l'autorité judiciaire sur cette scène de crime ?

— Sûrement pas moi, je ne suis qu'un consultant… Allô ? Oui, c'est moi. J'ai besoin d'un truc que tu as chez toi. Je peux passer ?

IX

Vous avez de quoi ?

Botty en a les larmes aux yeux. De rage. Dans la salle d'autopsie, les trois corps sont allongés côte à côte. La petite Anika sur la table, marbrée de bleu, le visage figé dans un masque de terreur. Les jumeaux groenlandais sur des brancards, comme endormis et paisibles…

— Tu ne devrais pas rester, insiste Ida la légiste, tu n'as pas à supporter ce que je vais faire subir au corps de cette gamine.

— Je suis officier de police…

— Ça ne t'oblige pas à ça. Tout est fini maintenant. Tu l'as retrouvée et ils sont morts.

— Peut-être, répond Botty d'une voix dure. Elle est morte, mais eux, ce n'est pas moi qui les ai tués.

— Pour la justice, le résultat est le même, et pour toi, c'est mieux, tu n'auras pas de compte à rendre à une commission d'enquête.

Botty détourne le regard de ce que la légiste s'apprête à faire, le scalpel à la main.

— La commission d'enquête, je vais y avoir droit quand même. Le commissaire national ne me pardonne pas d'être passée à côté de la relation amoureuse entre Anika et le député Bergmansson.

— Gunnar, amoureux de cette gamine ?

— Tu n'y crois pas ?

— Botty, c'est un petit pays, c'est une petite capitale, c'est un tout petit monde politique. Comment un député roué et ambitieux comme Bergmansson aurait-il pris le risque d'une telle relation, lui qu'on donnait favori pour être le prochain Premier ministre ?

— Justement, en tirant sur les jumeaux, il savait tout ce qu'il sacrifiait. Si ce n'est pas un signe de passion, ça !

— Alors, laisse-moi faire mes autopsies et va fouiller dans la vie de Bergmansson pour trouver des signes de cette passion.

— À quoi bon ? Des dizaines de témoins l'ont vu tuer les jumeaux et hurler le prénom d'Anika en avouant son crime et son amour pour elle devant tout le monde. L'affaire est pliée, Ida. Et mon avenir aussi.

Ida suspend son geste et se tourne vers Botty.

— De toute façon, tu auras à le faire. Bergmansson sera jugé et plaidera la passion amoureuse comme circonstance atténuante. Le procureur aura besoin qu'une enquête de police prouve la réalité et la force de cette relation.

— Peut-être, mais ça sera sans moi.

— Arrête ça, tu veux ? Sors d'ici, va faire fondre ta morosité dans un bon bain d'eau chaude bien sulfureuse, et retrouvons-nous au Fiskfélagið, c'est moi qui invite.

Botty écarquille les yeux de surprise.

— Un de tes clients avait avalé des lingots ? C'est un des restaurants les plus chers de la ville.

— C'est surtout le meilleur. Et fais-toi belle, on ne sait jamais. N'oublie pas que tu n'es toujours pas en couple.

— Tu crois que je ne le sais pas ? soupire Botty en souriant.

Elle veut embrasser la légiste avant de partir, mais Ida lui désigne d'un geste de la tête ses mains gantées et son tablier de disséqueuse. La jeune inspectrice sortie, la légiste enlève ses gants et compose un numéro sur son téléphone. Elle laisse juste un message, et reprend son austère travail.

À quatre cents kilomètres de là, Kornelius gare sa Saab jaune sur le côté de la route. Les herbes hautes attendent en frémissant qu'un vent taquin vienne les chahuter. Haut dans le ciel, un rapace joue les sentinelles sous un ciel ennuagé comme une mappemonde. Quand il descend de la voiture, Kornelius prend le temps de regarder, sur la droite, les murs tagués d'un triste visage de femme en noir et blanc. Le portrait de sa mère, dit la rumeur. Sur les ruines abandonnées de la maison de son enfance.

Un rire d'enfant parmi les cris d'oiseaux le ramène à la réalité. Saphir, le gamin, son petit-fils, dévale la pente herbeuse depuis la maison du père. Il se jette sur Kornelius comme un rocher fou contre le pied d'une falaise et explose en éclats de rire dans les bras de son géant de grand-père qui fait mine de n'avoir rien senti.

— Alors, demande son père, Jakob, quand ils l'ont rejoint, qu'est-ce que j'ai et dont tu as besoin ?

— Une vie tranquille, répond Kornelius. Une petite-fille, un arrière-petit-fils…

— Je te rappelle que la fille et le petit-fils sont les tiens et que la vie tranquille ne dépend que de toi.

La maison est adossée à une haute colline piquetée de brebis blanches jalousées par deux béliers noirs. Tous sont immobiles. Seule leur toison cotonneuse froufroute dans le vent qui trousse enfin les herbes hautes. Elles s'échevellent comme des folles agitées et s'irisent de reflets bleutés, jupons effarouchés et joyeux sous les doigts joueurs d'un godelureau invisible.

— Je ne vois pas Alma.

Le père lui montre la maison en ruines d'un geste du menton.

— Elle s'est mis en tête de la retaper pour en faire un restaurant d'étape. Elle veut même garder la fresque et baptiser son établissement la Veuve noire.

— C'est toi le veuf. Maman n'a rien à voir avec ça.

— À part le fait d'être morte, un peu quand même, non ?

Les deux se sont haïs cinquante ans durant. Ils ne se sont rabibochés qu'il y a peu. Le père en parlant enfin du secret de la mort de la mère, journal de folie à l'appui. Le fils en l'écoutant pour la première fois, pleurant sur les pages où sa mère, d'une écriture impeccable de maniaque démoniaque, consignait le quotidien de sa démence. Sa mère le prenait, lui, l'enfant, pour l'incarnation d'un diable à combattre.

— Tu vas la laisser faire ?

— C'est ta fille, pas la mienne.

— C'est ta maison.

— C'était. Ma maison, depuis plus de cinquante ans, c'est celle où je te propose du café d'Éthiopie et des *kleinur*.

Kornelius s'en veut. Où avait-il la tête? Cette bonne odeur de friture, bien sûr ! Il regarde l'assiette de bugnes à la cannelle que son père pousse vers lui. Le gamin a déjà piqué une *kleina*. Un *fattigmann*, comme disent les Norvégiens. Un pauvre homme.

— Des « pauvres hommes », c'est juste pour moi, ça ! sourit Kornelius en enfournant une bugne encore chaude tout entière dans sa bouche grande ouverte.

— N'oublie pas que les Anglais appellent aussi ça des ailes d'ange.

— Je croyais que nous n'étions plus fâchés, et voilà que tu veux m'envoyer au ciel.

Le père retire l'assiette et demande à Kornelius ce qu'il veut et pourquoi. Kornelius lui raconte la découverte des trois cadavres pris dans la glace, ramène l'assiette au milieu de la table et pioche dedans à nouveau.

— On sait depuis combien de temps ils étaient là-dedans ?

— Non. Les forces spéciales et une armée d'experts cherchent à les en extraire en ce moment. C'est pour ça que j'ai besoin de toi.

Il s'explique et son père reconnaît que son idée n'est pas saugrenue. Ils vont fouiller dans une remise encombrée de souvenirs oubliés et mettent la main sur ce qu'ils cherchaient après une heure de remue-ménage dans des volutes de poussière. Son père l'aide à tout charger dans la Saab, y compris le fût métallique, les vieilles planches et le charbon de bois dans le coffre qui ne ferme pas et qu'ils sécurisent d'un bout de ficelle.

— J'embarque les *kleinur* aussi. Il n'y a rien à manger là-bas.

— Pourquoi tu ne reviens pas dîner quand tu as fini ?

— Je crains d'en avoir pour toute la nuit. Demain ?

— Demain si tu veux. C'est dîner *pylsur*, à la demande de Saphir.

— Humm, des hot-dogs à l'islandaise ! gémit de gourmandise Kornelius. Prévois-en dix pour moi. Saucisses aux trois viandes, j'espère !

— Bien sûr, sinon ce ne seraient que des hot-dogs. Là, je te parle d'authentiques *pylsur* : agneau, bœuf et porc. Tu passes voir Alma ?

— Je ne vais pas avoir le temps. Mes cadavres m'attendent peut-être déjà sur la moraine. Dis-lui que je viens dîner demain.

Quand il démarre, la Saab surchargée patine dans les herbes avant d'accrocher l'asphalte. Kornelius fait demi-tour un peu plus loin et repasse devant la maison. Il salue de la main son père qui ne bouge pas, et Saphir qui bondit comme un elfe. Comme il s'éloigne, le soleil perd pied dans le crépuscule qui chamarre ses derniers éclats. Loin devant, juste au-dessus de la route, un nuage lourd comme un zeppelin déverse une pluie drue et précise. Kornelius sourit et regarde son compteur. Trouver la bonne vitesse pour arriver sous le nuage quand il ne sera plus qu'une baudruche vide et asséchée dans l'air purifié du soir. Son père jouait à ça pour l'amuser. Il y joue, lui aussi. Il y a tant de jeux de pluie dans ce pays !

Le soir tombé, il rejoint la lagune. Les curieux ont déserté la ligne de crête des moraines, mais quand il descend la pente caillouteuse, il piège une silhouette immobile dans la lumière de ses phares.

— Ils ont laissé ça comme ça et ont tous fichu le camp, s'excuse Ari quand Kornelius le rejoint.

Le bloc de glace est plus conséquent qu'il ne l'aurait imaginé. À travers la matière translucide, les corps prennent vie dans le faisceau de leurs lampes. C'est sidérant la façon dont la glace les a conservés. Kornelius a le sentiment troublant qu'il suffirait de la faire fondre pour qu'ils se relèvent, défroissent leurs vêtements cartonnés par le gel et leur expliquent de vive voix ce qui leur est arrivé.

— Aide-moi, dit-il à Ari en lui désignant la voiture.

— Qu'est-ce que c'est ?
— Un décongeleur…

C'est un auvent, un abri de jardin en toile, une grande tente. Le père de Kornelius l'avait acheté pour y abriter sa voiture neuve. Une Saab 95 break de 1970. Obsession héréditaire compulsive, sans doute. Kornelius y a souvent pensé. Même marque, même esprit, mais break et familiale pour le père, coupé deux places et individualiste pour le fils. Une façon d'afficher à la fois leur lien et leur rupture. De quoi alimenter des années de thérapie si l'un ou l'autre croyait en l'analyse.

Ils assemblent l'abri autour du bloc de glace. Il leur faut moins d'une demi-heure pour tendre enfin la toile sur l'armature métallique. Ils roulent ensuite le fût à l'intérieur, le chargent de planches et de charbon de bois, et l'allument comme un brasero. Ari n'est pas vraiment partant pour cette étrange veillée funèbre, mais Kornelius a besoin de lui. Il veut collecter le maximum d'informations sur les trois hommes. Il enregistre ses constatations sur le dictaphone de son téléphone. Description et positionnement des trois corps dans la glace. Attitude. Blessures. Vêtements… Ari prend les photos correspondantes. Chaque détail. Tout ce qui pourrait devenir un indice.

Il fait chaud sous la tente. La glace fond. L'eau ruisselle sur les cailloux à présent. Elle glisse sous la bâche de l'abri et rejoint la lagune grâce à la légère pente.

— Ils seront bientôt à nous, juge Kornelius. Nous pourrons retourner celui qui est face contre terre.

— Tu as vu celui-ci, il est pratiquement en position fœtale.

— Oui. Les autres sont peut-être morts sur le coup, d'une chute par exemple, mais lui a sûrement eu le temps de se voir mourir. Il faudra trouver un moyen de repérer la verticale. Il pourrait être mort couché sur le côté, ou assis dans la même position, contre une paroi probablement.

— Qu'est-ce que ça changerait ?

— Je n'en sais rien, Ari, mais nous sommes dans le temps de l'enquête. Il faut noter tous les faits, tous les indices et toutes nos hypothèses spontanées sans chercher à comprendre. Le temps de l'analyse et des déductions viendra plus tard.

Ari s'est agenouillé pour prendre des photos, mais se fige dans son mouvement.

— Homme sans main, homme sans demain !

— Je t'en prie, inspecteur Ari, arrête avec tes dictons de grand-père qui ne veulent rien dire, ça me fatigue.

— Je le trouve plutôt sensé, moi, cet aphorisme. Un amputé a moins d'avenir qu'un homme valide, non ?

— Peut-être, encore que ça se discute, mais surtout, je ne vois pas ce que ça vient faire dans notre affaire.

— Tout simplement parce qu'il manque une main à celui-là, dit Ari en désignant le cadavre engoncé dans son gros manteau.

Kornelius se penche sur le corps et observe l'avant-bras de l'amputé.

— Tranché net ! s'étonne Ari.

Ils fouillent de leurs lampes la glace qui fond et la lumière accroche un reflet métallique.

— Des menottes !

— Tu as des sachets à indices ?

— Non…

— Va en chercher dans la boîte à gants de ma voiture. Prends-les tous.

Quand Ari revient, Kornelius a dégagé les menottes. Il les tend à Ari qui les glisse directement dans le sachet.

— Récupère aussi ces billets de banque, et surtout ça…

De la pointe d'un pic, Kornelius creuse prudemment la glace sous l'entrejambe du mort recroquevillé en position fœtale.

— Où as-tu trouvé ce piolet ?

— C'était à un des trois, je suppose. J'en avais besoin.

Il braque sa lampe et montre à Ari ce qu'il dégage. Une main. LA main.

— La voilà, notre verticale. Une main, ça ne se balade pas en l'air n'importe où en attendant de geler. Elle devait être au sol, sur la glace. Donc si tu l'imagines à plat, notre fœtus n'était pas couché sur le côté, mais bien assis par-dessus la main.

Ari s'apprête à approuver la déduction de Kornelius quand des lueurs agitées éclairent la tente depuis l'extérieur.

— Ils sont déjà là. Ari, récupère ce que tu peux trouver qui nous permettra de faire des recherches d'ADN et deux ou trois bricoles. Vite. Un sachet par cadavre, et tu les glisses sous la toile à l'extérieur, et surtout, côté lagune.

Kornelius sort de la tente et se dirige côté opposé à la lagune. Les deux voitures l'aveuglent de leurs grands phares et foncent sur lui en rebondissant sur les cailloux. Un gros 4x4 et un van. À l'arrogance de leur conduite, à leur façon de descendre comme des cowboys sûrs de leur droit et de leurs armes, au silence qu'ils gardent jusqu'à s'arrêter à un mètre cinquante de lui, distance tactique réglementaire, Kornelius sait déjà à qui il a affaire.

— Jakobsson, ça fait plaisir de mettre un visage sur une réputation comme la vôtre, dit un homme trapu et déjà chauve, en costume cravate.

— Qu'est-ce que vous venez faire à quatre sur une scène de crime ? fait mine de s'étonner Kornelius qui n'a aucune illusion sur leurs intentions.

— Récupérer les corps de nos compatriotes.

— Comment savez-vous qu'il s'agit de citoyens des États-Unis ?

— La question ne se pose pas pour vous. Elle a déjà été réglée entre notre ambassade et votre gouvernement.

— Aucune nouvelle.

— Vous n'avez pas à en recevoir, pas la peine de consulter votre messagerie, vous n'êtes qu'un consultant contractuel sur cette affaire, Jakobsson. C'est l'inspecteur Ari Eiriksson qui est l'officier de police judiciaire en charge.

— Et ?

— Et...

Pour toute réponse, l'Américain affiche un sourire arrogant et satisfait quand il entend sonner le téléphone d'Ari à l'intérieur de la tente. Il l'élargit jusqu'à la provocation quand Ari sort à son tour.

— Kornelius, un message du commissaire national.

— Et voilà, conclut l'Américain.

Il passe devant Kornelius, le gratifiant au passage d'une tape condescendante sur l'épaule, et se dirige vers la tente en ignorant l'inspecteur Eiriksson.

— Laisse faire le petit homme, Ari, il a les passe-droits nécessaires.

Ari s'écarte et l'homme pénètre sous la tente, suivi des trois autres.

— Désolé, petit homme, dit Ari, nous n'avons pas tout à fait fini de les décongeler, mais je suppose que vous avez des micro-ondes à l'ambassade.

— Écoute gamin, toi ou l'autre loser de troll m'appelez encore une fois petit homme et je vous fracasse sur place.

— Agresser deux policiers islandais, sur une scène de crime en Islande, pour soustraire trois corps aux autorités islandaises et empêcher la justice de ce pays d'enquêter sur les circonstances de leur mort ? Vous êtes certain d'avoir les autorisations nécessaires pour prendre ce genre d'initiative, petit homme ?

— Pauvre con ! grogne l'homme qui préfère donner des ordres à ceux qui l'ont suivi à l'intérieur. On les embarque et on dégage.

Kornelius reste à l'extérieur, côté opposé à la lagune, pour canaliser les Américains. Ils transportent les corps jusqu'à leur van. Deux hommes à chaque fois, en trois voyages grincheux. La glace qui glisse, la flotte qui mouille leurs belles chaussures ruinées dans les flaques, les corps raides et lourds. Ari s'amuse de la ruse de Kornelius qui les pousse d'eux-mêmes à passer en amont de la tente pour éviter l'eau qui ruisselle. Il a eu le temps de glisser sous la bâche côté lagune une douzaine de sachets à indices. Quand les hommes de l'ambassade emportent le troisième corps, Kornelius et Ari les suivent pour ne pas leur donner le prétexte de revenir vers la tente.

— Il porte bien son nom, lâche Ari en désignant le 4x4 Cadillac dont l'homme ouvre la portière.

— Qu'est-ce que ça veut dire ?

— Pour un si petit homme dans une si grosse voiture, Escalade, ça le fait, non ?

L'homme claque la portière et revient vers Ari, le visage blanchi par la colère et les poings serrés. Kornelius veut interposer son corps géant de granit, mais l'inspecteur est plus vif. Il évite le direct du petit homme et dans le même mouvement le sèche d'un crochet au foie. Les trois autres accourent en défouraillant leur arme, mais le petit homme, blanc de douleur cette fois, les arrête d'un geste et regagne sa Cadillac Escalade. Ils démarrent en trombe, comme dans les films d'action américains, et Kornelius regarde leurs phares cisailler en panique la nuit et le ciel tant qu'ils roulent sur la caillasse, puis se caler à l'horizontale et fuir à l'ouest dès qu'ils bondissent sur l'asphalte de la route 1.

— Pas mal le crochet, apprécie Kornelius impressionné. On récupère les sachets et on mange un bout ?

— Vous avez de quoi ?

X

Jakobssonnien !

Lingue bleue grillée au charbon de bois sauce crémeuse aux moules, petits oignons rôtis et fleurs de sureau, accompagnée de panais doux et de noisettes de fenouil.

Carpaccio de renne mariné au xérès, purée de cèpes, fricassée de pleurotes et de noisettes avec sauce foie gras et parmesan.

Filet de bœuf sashi maturé et poêlé Rossini, pommes de terre Anna au foie gras, truffes et oignons au vin rouge, sauce madère.

Glace pétillante au yoghourt, jus de concombre et citron vert.

Fondant au chocolat en croûte de gingembre, dulce de leche *façon Porteña, bâton de cannelle et* gelato di panna *à l'italienne.*

— Mon Dieu, soupire Botty, il faut vraiment choisir ?

— Surtout pas, s'amuse Ida. Le principe du Fiskfélagið, c'est le menu dégustation imposé, ne va pas vexer le chef.

Jakobssonnien !

— Nous allons déguster tout ça ?

— Le meilleur remède contre les coups de blues commence par la lingue bleue.

Botty remarque alors que la table est dressée pour trois couverts.

— Nous attendons quelqu'un d'autre ?

— Oui… ah, tiens, justement, la voilà…

C'est une très jolie femme, la cinquantaine resplendissante et qui le sait. On le devine à sa démarche élégante et assurée. Le restaurant est un endroit curieux. Des murs en pierres de château fort, des poutres et des poteaux en bois de carcasses et d'étraves de drakkar. Des lustres en tubes de cuivre. Une mappemonde à l'ancienne. C'est cosy et un peu sombre. Lourd. Un peu surchargé. Une ambiance d'entreponts luxueux.

La femme qui les rejoint y a ses habitudes. On la reconnaît. Elle répond à des salutations. S'arrête plusieurs fois pour une bise, puis fait signe qu'elle est déjà très en retard pour en éviter d'autres et rejoindre ses convives.

Ida se lève pour l'embrasser. Botty l'imite, mais tend la main. La femme la saisit et tire la jeune femme contre elle pour lui faire la bise quand même.

— Mon héroïne ! dit-elle dans un grand rire.

— Botty, je te présente Emy Galdursdóttir.

— Vous êtes la Galdursdóttir de…

— Oui, je suis !

Emy Galdursdóttir, directrice de *Bergmál*, l'autre tabloïd populaire du week-end.

— Étant donné ton grand désarroi dans cette affaire, explique Ida, j'ai pensé que c'était la personne la plus appropriée pour te parler du député Gunnar Bergmansson.

— Ida, j'enquête sur Bergmansson. Le simple fait de parler de lui avec la directrice d'un journal est contraire à la déontologie.

— Botty, ma chérie, ce n'est plus toi, mais Petra Haraldsdóttir qui est responsable de cette enquête, non ?

— Oui, mais je suis toujours membre du groupe d'enquête et la déontologie me concerne tout autant.

— Pas pour longtemps, ma chérie…

Emy Galdursdóttir se tait, mais la regarde droit dans les yeux, et Botty comprend que la suite ne va pas lui plaire.

— Pourquoi dites-vous ça ?

— Parce que dans quarante-huit heures, tu vas être suspendue de tes fonctions, dit-elle, posant sur le bras de Botty une main désolée qu'elle veut compatissante.

La nouvelle cisaille la jeune enquêtrice et les larmes lui montent aux yeux.

— Comment pouvez-vous…

— Comme toujours, Botty, une « source bien informée, proche des autorités compétentes ». Une fuite en fait, organisée sans aucun doute. Les principaux journaux du pays ont très certainement reçu les mêmes confidences par le même canal.

Ida est désolée. Elle avait prévu un dîner joyeux entre filles intelligentes et ne s'attendait pas à une telle nouvelle. Elle s'adresse à Emy pour laisser Botty récupérer.

— Je te connais trop bien, Emy. Tu sais d'où viennent ces fuites, n'est-ce pas ?

— Bien sûr. J'ai fondé et je dirige *Bergmál*. C'est une source proche de Simonis, un ex-avocat véreux.

— Ex-avocat ? Il a été radié ?

— On peut dire ça comme ça. Radié à vie. Radié de la vie, en fait. On l'a retrouvé passoirisé il y a deux ans, lui et toute sa petite famille, en Lituanie, dans sa maison sur les dunes entre la Baltique et la lagune de Courlande. Je pensais que tu le savais.

— Non, mais je me souviens bien de lui, évidemment, murmure Ida. Il m'a kidnappée pour faire pression sur Kornelius pendant sa dernière enquête. Mais comment cet avocat mort et véreux peut-il être lié à notre affaire ?

— Par Björn Johansson, l'avocat du député. Il a récupéré certaines affaires et certains dossiers tordus de Simonis quand ce dernier a fui l'Islande pour se réfugier au pays.

Elles se taisent quand le premier plat arrive, la lingue bleue grillée au charbon de bois. Emy Galdursdóttir insiste pour choisir le vin. Un Bouchard aîné et fils, pommard premier cru.

— Mais quel intérêt pour Johansson de faire fuiter l'information sur ma suspension ?

— Comme avocat de Bergmansson, il ne peut que plaider le crime passionnel. Tout ce qui a pu exacerber la rage et la colère du député pour le pousser à bout lui sera utile. Il va s'appuyer sur l'incompétence de la police pour justifier sa folie vengeresse, et il commence par toi.

— Quel délice ! murmure Ida en savourant son plat.

Botty garde le silence un long moment, plus obsédée par l'affaire que par la lingue bleue grillée dont la sauce est quand même un régal.

— Mais ça n'a pas de sens ! finit-elle par réagir. Pourquoi ne s'est-il pas manifesté pendant l'enquête s'il était épris de cette gamine comme il le prétend ? Ne serait-ce qu'officieusement ? N'importe quel homme fou d'amour aurait fait ça, surtout qu'il en avait les moyens !

— Peut-être pas un homme qui mettrait toute sa carrière en jeu, dit Ida.

— Je n'y crois pas une seule seconde, insiste Botty, je sais comment ce monde fonctionne, ma mère était commissaire nationale et mon père est toujours lobbyiste. Je connais les coups de fil à la hiérarchie, les rencontres soi-disant fortuites chez le même hôte, les amis d'amis qui viennent à la pêche aux informations. Je n'ai rien remarqué de tout ça pendant mon enquête sur Anika. Pas la moindre trace de Bergmansson. Pas même l'ombre de son ombre.

Emy Galdursdóttir va répondre quand le serveur débarrasse et qu'une serveuse dépose devant chacune d'elles le carpaccio de renne mariné au xérès. Dans le même réflexe gourmand, les trois femmes se penchent sur leur assiette pour humer le fumet de la purée de cèpes et de la sauce au foie gras.

— Bon appétit, mes chéries. Je dois dire que je suis d'accord avec Botty : je n'imagine pas une seule seconde Bergmansson amoureux de cette gamine. Ce n'est pas son genre.

— Il n'aime pas les gamines ?

— Oh que si, une gamine de quinze ans, c'est bien le genre de fille qu'il apprécie. Mais quand on sait ce qu'il leur fait et comment il les traite, ce qui n'est pas son genre, c'est d'en tomber amoureux.

— Tu veux dire que…

— Oui, c'est ce que je veux dire. Pardonnez-moi l'expression, mais… hum, ce carpaccio de renne est une tuerie… mais, disais-je, des mômes de quinze ans, Bergmansson s'en tape au moins une par semaine. Nous avons toutes eu quinze ans et nous savons toutes les trois comment ça marche chez nous, n'est-ce pas ? L'alcool si cher dans les bars que nous, nous arrivions en boîte déjà ivres, comme tout le monde, d'avoir bu entre amis à la maison avant de sortir. Et avouez qu'une fois dans la boîte, nous ne cherchions qu'une chose : les afters chez des particuliers qui se terminent en quasi-coma éthylique avec des quasi-inconnus à cinq heures du matin.

— Anika n'était pas de ce genre-là, proteste Botty.

— Je sais. Crois-moi, nous avons enquêté sur elle au moins autant que vous. Je sais tout de cette pauvre gamine. Mais là, je te parle de Bergmansson. Lui, c'est un prédateur, et son soir de chasse préféré, c'est le jeudi, le petit week-end comme on dit ici, le jour des gamines.

— Ne me dis pas que le député va draguer en boîte !

— Il n'en a pas besoin. Il a ses rabatteurs. Lui se contente d'organiser les afters dans une des trois maisons d'hôte qu'il possède en ville. Notamment cette belle maison d'architecte tout au bout de Norðurströnd, sur Steinavör, à Seltjarnarnes, face à la mer.

— Mais à moins de vingt ans, on ne peut ni entrer dans une boîte ou un bar ni boire d'alcool.

— Allons, ne me dis pas que tu n'as jamais fait ça ? Attendre dehors comme une meute de fans de K-pop et t'intégrer au premier groupe qui sort pour partir en after avec n'importe qui ? L'occasion idéale pour des prédateurs comme Bergmansson et ses rabatteurs.

— Prédateur ? Tu veux dire qu'il baise vraiment des gamines de quinze ans ?

— Quinze ans ou moins, il n'est pas très regardant sur l'âge tant que ce n'est pas au-dessus de dix-sept. J'en sais quelque chose.

— Quoi, il t'a…

— Mais non, c'est juste que nous sommes allés à l'université ensemble. Il était déjà comme ça à l'époque et il n'a pas changé depuis. Étudiant, entrepreneur, homme d'affaires, politicien, le même, toujours et encore.

— Mais si vous savez tout ça, intervient Botty, pourquoi n'avez-vous jamais rien publié sur lui ?

— Ma chérie, je pourrais te répondre que c'est parce que nous attendons des preuves plus solides, des témoignages directs, des plaintes officielles, et ce serait vrai. Le dossier Bergmansson est passé plusieurs fois entre les mains de nos avocats et leur conseil est de ne pas bouger pour l'instant. Il était entrepreneur, lobbyiste, député et manœuvrait pour se faire nommer ministre à très court terme. Ce type au succès arrogant avait une capacité de nuisance proportionnelle à ses ambitions.

— Mais ?

— Mais quoi ?

— Vous avez commencé votre phrase par un conditionnel, ça veut dire qu'il y a un mais.

Le serveur les interrompt à nouveau en apportant cette fois le filet de bœuf sashi. Emy et Ida ont le même réflexe de se pencher sur leur assiette, les yeux clos, pour flairer les truffes et la sauce madère. Pas Botty, qui insiste.

— Mais ?

— Mais, ma chérie, la vraie raison, c'est que nous attendions le bon moment.

— Comment pouvez-vous dire ça ? se courrouce Botty. Il ne vous est pas venu à l'esprit que le bon moment, c'était avant qu'Anika meure ?

— Chérie, Bergmansson a tué les assassins d'Anika, pas Anika. Écoute, puisque tu vas bientôt avoir du temps de libre, voici ce que je te propose : je te donne libre accès à toutes les archives et tous les dossiers de *Bergmál* concernant nos enquêtes sur Anika et Bergmansson. Peut-être qu'avec ton regard de flic, tu trouveras des liens entre eux qui nous auraient échappé, mais qui prouveraient leur relation.

— Je vous l'ai déjà dit…

— Je t'en prie, chérie, laisse tomber le vouvoiement, ça me donne l'impression d'avoir quatre fois ton âge. Tutoyons-nous.

— Je te l'ai déjà dit, je suis flic. Même suspendue, je reste flic et travailler avec la presse n'est pas déontologique.

— Alors, écoute-moi bien, réplique Emy Galdursdóttir soudain sérieuse, les yeux droits dans ceux de Botty. Tu connais Kornelius Jakobsson, je crois, très bien même, selon mes informations, alors souviens-toi de la façon dont nous avons coopéré dans sa dernière enquête et comment nous avons contribué à la faire aboutir.

— Oui, mais je me souviens aussi que cette collaboration a coûté la vie à votre journaliste, Sara Jóhannsdóttir, et que cette enquête a été la dernière de Kornelius qui s'est aussitôt fait jeter de la police.

Emy ne répond pas et un silence gêné s'installe, brisé par le vibreur du portable d'Ida. Quand elle voit s'afficher le nom du correspondant sur l'écran, elle hésite, soupire, et finit par décrocher.

— Je ne te dérange pas, j'espère ?

— Kornelius ? C'est quoi cette voix ?

— J'ai la bouche pleine, excuse-moi, d'habitude tu ne décroches pas aussi vite.

— Tu manges ?

— Oui, quelques *kleinur*, c'est tout ce que j'ai à me mettre sous la dent. Et toi ?

— Je dîne aussi.

— C'est meilleur que moi, j'espère.

Elle n'ose lui dire ni où elle est, ni ce qu'on lui sert.

— Une *pylsa*, ment-elle en s'excusant des yeux auprès d'Emy et de Botty.

— Donc c'est meilleur. Tu l'as prise où, chez Bæjarins ?

— Si tu me disais plutôt ce que tu veux, Kornelius.

— Ah oui, excuse-moi. Tu es peut-être en compagnie.

— Oui, c'est ça, je suis en compagnie. Alors ?

— Tes corps ont disparu…

— …

— Tu m'entends, Ida ? Tes corps ont disparu.

— Mes corps ? Tu veux dire les trois corps dans la glace ? Comment ça, disparu ?

— Quatre hommes de l'ambassade des États-Unis. Ils sont venus les récupérer *manu militari*. Ils avaient l'autorisation du commissaire national et de plus haut que ça encore.

— Kornelius, d'après les photos que m'a envoyées Freyr Petersson, ces corps étaient enchâssés dans deux tonnes de glace au moins. Comment ont-ils pu les embarquer s'ils n'étaient que quatre ?

— …

— Kornelius, qu'est-ce que tu me caches encore ?

— J'avais réussi à les décongeler. Ils n'ont eu qu'à embarquer les corps.

— Les quoi ?

Kornelius lui décrit la tente de jardin montée autour des hommes avec le brasero à l'intérieur et Ida soupire à chaque explication.

— Nous n'avons plus rien, alors ?

— Si, j'ai fait une centaine de photos sans la glace, j'ai récupéré de quoi effectuer des recherches ADN pour les trois corps, et j'ai piqué quelques indices pour l'enquête.

— Viens à Reykjavik demain, je veux tout récupérer à la première heure. Je te préviens que si…

— Ida, je n'ai aucun ordre à recevoir. Seul l'inspecteur Ari est responsable de cette enquête.

— Et moi, je suis la légiste qui…

— Tu es la légiste qui a laissé ses corps abandonnés sur la moraine pour courir à Reykjavik.

— Je raccroche, Kornelius. Ne bouge pas d'où tu es, je te rappelle dans dix minutes.

Elle coupe la communication sans lui laisser le temps de répondre.

— Emy, je vais dire devant toi des choses que je ne t'aurai jamais dites. Nous sommes bien d'accord ?

— Pour l'instant, oui.

Ida résume alors pour Botty sa discussion avec Kornelius.

— Qu'est-ce que l'ambassade américaine vient faire dans cette histoire ? s'étonne Botty. Et comment l'ambassade peut-elle être sûre que les trois cadavres sont ceux de ressortissants américains avant même que toute enquête et toute expertise ne le démontrent ?

— S'ils ont fait ça aussi vite et en pleine nuit, c'est qu'il y a anguille sous roche, dit Emy. Tu dis que Kornelius a des photos des corps hors de la glace ?

— Oui.

— Alors, arrange-toi pour que j'en récupère une de chaque visage. Nous avions déjà prévu de faire une double page sur cette histoire, mais avec les trois portraits à la une, nous devrions pouvoir gripper la belle machine des Américains et les forcer à s'expliquer.

Elles passent le reste de la soirée, autour de la pétillante glace au yoghourt et du fondant au chocolat en croûte de gingembre, à échafauder des plans et des stratégies. Emy réserve toutes les informations de *Bergmál* sur le député Bergmansson à Botty. *Bergmál* organisera les fuites que Botty, même écartée de l'enquête, jugera utiles pour faire bouger les choses et faire sauter les blocages qui ne manqueront pas. Dans l'autre affaire, *Bergmál* harcèlera l'ambassade pour obtenir des interviews ou un communiqué dès la publication des photos fournies par Kornelius…

— Kornelius ! s'écrie Ida.

Elle l'a oublié. Elle pianote sur l'écran de son téléphone pour le rappeler.

— Secrétariat de monsieur Jakobsson, j'écoute ?

— … C’est quoi, cette connerie ? C’est toi, Eiriksson ?

— Oui, madame, je prends les communications de monsieur Jakobsson.

— Il est à côté de toi ?

— Oui, madame.

— Passe-le-moi !

— Je ne peux pas, madame, il conduit.

— Il conduit ? Mais où va-t-il ?

— Au mont Fagradalsfjall, madame, il veut aller admirer l’éruption en cours.

— Dis-lui de…

— Je sais, madame, il m’a prévenu. C’est moi qui passerai demain matin vous déposer les éléments prélevés sur les trois corps.

— Ce dont j’ai besoin urgemment, ce sont plutôt…

— Pour les photos, madame, Kornelius vous a déjà envoyé par courriel un dossier ZIP avec une large sélection.

— Dans ce cas, pourquoi ne vient-il pas…

— Madame, avec tout le respect que je vous dois, si vous m’aviez traité aussi froidement devant tout le monde que vous l’avez fait avec M. Jakobsson ce matin, je crois bien que moi-même, je ne chercherais pas à vous revoir.

— Pauvre petit con ! Qui t’autorise à…

— Je dois raccrocher maintenant, madame, nous allons traverser un orage.

Ida reste pantoise, son téléphone à la main, sans savoir quoi expliquer à ses amies. L'éruption du mont Fagradalsfjall !

Dans la voiture, sous un ciel pétillant d'étoiles, Kornelius tend la main pour récupérer son téléphone.

— Comment ai-je été ?

Kornelius sourit.

— Jakobssonnien !

XI

… faire sortir le loup du bois.

L'Islande est ainsi faite que la Maison du gouvernement, sobre et blanche, une demeure aux allures de résidence secondaire posée sur une simple pelouse, est située juste à côté d'un mini musée consacré au mouvement punk islandais installé dans d'anciennes toilettes publiques. Le ministre de la Justice et de la Police, dont le ministère n'est qu'à deux cents mètres dans un mauvais quartier un peu austère, la rejoint à pied, protégé du vent frisquet par un K-way rouge. Il est passé par Ingólfsstræti pour redescendre par Bankastræti et prendre au passage quelques *snúðar* à la cannelle et des *kleinur* encore tièdes au café Sólon. La jeune Première ministre en est gourmande. D'ailleurs, ils auraient pu se retrouver au Sólon pour le petit-déjeuner, comme au temps où ils étaient étudiants ambitieux, et amants de circonstance. Elle le reçoit dans un petit salon aux murs peints de blanc et de bleu pastel, autour d'un guéridon sur lequel elle a elle-même servi un arabica bien corsé.

— Tu n'as pas oublié mes points faibles, sourit-elle en piochant dans le sachet des *snúðar*.

— Je n'ai rien oublié de toi, tu peux me croire !

— Restons sérieux, tu veux. Alors, où en est-on ?

— Le lien entre Gunnarsson et la petite Anika est une surprise totale.

— Personne n'a rien vu venir ?

— Non, mais peut-être n'y avait-il rien à voir.

— Que veux-tu dire ?

Le ministre s'explique. Il a toute confiance en la police et plus particulièrement en l'inspectrice Sigmarsdóttir. Elle a mené une enquête si approfondie et si acharnée pour élucider la mort d'Anika qu'elle ne peut pas être passée à côté de quelque chose d'aussi énorme qu'une relation amoureuse avec un adulte, député de surcroît. C'est impossible. Par ailleurs, tout le monde connaît Bergmansson et son appétence pour les corps juvéniles.

— Pédophile ?

— L'âge légal du consentement sexuel est établi à quinze ans chez nous, comme tu le sais. Anika avait quinze ans et deux mois.

— Ça ne me dit pas où nous en sommes.

— Bergmansson a tué les jumeaux groenlandais, ça, c'est indéniable, mais probablement pas par amour pour Anika. Nous cherchons un autre mobile. Björn Johansson, l'avocat de Bergmansson, va tout jouer sur le crime passionnel. Il va même faire porter le pétage de plomb de Bergmansson sur l'indigence et l'incapacité de la police.

— Et cette rumeur selon laquelle nous allons suspendre l'inspectrice Botty Sigmarsdóttir ?

— Tu es déjà au courant ?

— On m'a téléphoné dans la nuit.

— C'est une idée du commissaire national.

— Sous la pression de Johansson ? Il aurait quelque chose à se reprocher ?

— Non, c'est un incorruptible. Il m'a dit qu'il avait ses raisons et je veux bien le croire.

— Donc tu vas le laisser suspendre cette inspectrice et laisser le discrédit planer sur notre police ?

— Le commissaire national est légalement sous mon autorité, mais moralement et déontologiquement, il est indépendant. Je lui fais confiance et je le laisse faire.

— Très bien, je te laisse faire moi aussi, mais tiens-moi au courant si l'affaire engage notre image et notre crédibilité. Et pour l'autre dossier ?

— Tu sais très bien ce qu'il en est, Helga, c'est toi qui as autorisé les hommes de l'ambassade à récupérer les corps.

— Artúr, j'ai reçu un appel de Malcolm Lloyd en personne.

— Connais pas…

— C'est le premier conseiller du secrétaire américain à la Défense. Notre ministre de la Défense, en fait. Tu sais très bien que ce sont les États-Unis qui gèrent et assurent notre sécurité. En ce moment, avec les Russes qui forcent sans vergogne le passage naval de la route du Grand Nord et les Chinois qui achètent le Groenland à grands coups d'investissements, nous ne pouvons pas leur refuser grand-chose. Est-ce que nous risquons quoi que ce soit dans ce dossier ?

— Non, rien de particulier, sinon que le commissaire national y a réaffecté l'inspecteur Jakobsson.

— Jakobsson ? Kornelius Jakobsson ? Mais quelle idée !

— Écoute, les Américains ont récupéré les corps. Peut-être qu'ils les dissèquent en ce moment, ou qu'ils les ont balancés à la mer ou dans un cratère de Fagradalsfjall ou dans l'incinérateur de leur ambassade petit bout par petit bout, on s'en moque. C'est devenu une affaire américaine, et si ça vire au scandale pour une raison ou pour une autre, ce sera un scandale américain. Pour nous, l'affaire s'arrête là.

— Aucun loup à redouter ? Le dossier est bordé ?

— La presse cherchera peut-être à savoir qui étaient les trois morts. Si quelqu'un insiste, l'ambassade fournira les identifications, qu'elles soient authentiques ou forgées, et tout le monde oubliera ça très vite.

La Première ministre savoure une dernière *kleina* et termine son café.

— Je ne sais pas pourquoi, mais je ne suis pas du tout rassurée. J'ai le pressentiment qu'une de ces deux affaires va tourner au vinaigre. Sois gentil, Artúr, suis ces histoires de près et fais-moi un point tous les jours à la même heure.

— Du moment que ça me permet de te voir en tête-à-tête tous les jours…

— Laisse tomber, monsieur le ministre de la Justice, c'est fini ce temps-là.

Le ministre enfile son K-Way rouge et sort en entonnant une chanson.

Le temps des uns
et le temps des autres,
le tien, le mien
peut devenir nôtre

Mais la Première ministre ne comprend pas le français et le laisse partir comme un homme qui a été un bon amant et ne le sera plus. Elle reste un instant en haut des marches du petit perron à regarder sa ville et son pays à la fois, au-delà de la pelouse. Au nord, du côté de la statue de Kristján IX de Danemark, qu'on appela le beau-père de l'Europe pour avoir fait monter sur les trônes du Danemark, de Grèce, du Royaume-Uni et de Russie une partie de sa progéniture, un ciel d'ardoise luisant de pluie pèse sur une mer de marbre bleu noir. Au sud, par-delà la statue de Hannes Hafstein, Premier ministre et poète islandais, le patchwork coloré des maisons de Reykjavik contre le velours acidulé des hauteurs lointaines sous un ciel bleu lumineux. L'Islande !

Doux pays, pays de combats,
pays de laves et de courants marins rapides,
pays de feu et de collines givrées,
cher aux cœurs entre montagne et vallée !

… faire sortir le loup du bois.

Heureuse de ces vers de Hannes Hafstein, elle cherche des yeux un arc-en-ciel et le trouve puis, le temps qu'il s'éteigne, rentre dans la Maison du gouvernement pour s'occuper de son pays.

— Maître Johansson vous a appelé.

— Je ne veux pas lui parler.

— Il dit que c'est urgent.

— Qu'il se débrouille, avec ses urgences, je ne veux pas lui parler.

— Il dit que c'est urgent pour vous…

Depuis la route, ce n'est pas même une maison. Juste une dépendance. Une petite grange peinte de rouge à l'ancienne. Terre d'ocre mélangée à de l'huile de foie de morue. Et tous les contours en blanc. Sur les côtés, personne ne pourrait deviner que les fenêtres sont fausses, posées à même le bardage sans ouverture, les vitres remplacées par des miroirs. Illusion complète. De toute façon, les véhicules sont rares sur cette route de terre qui contourne le lac Hafravatn par l'est. À trente minutes à peine de la capitale, c'est déjà tout au bout de l'Islande. Isolé. Perdu. Sauvage. La route passe à deux cents mètres des berges. La grange sert en fait de portail. La porte à double battant est équipée d'une ouverture automatique et le visiteur découvre la beauté brutale du paysage à travers la construction sans fond. Comme s'il passait un de ces vieux ponts couverts bien entretenus de la Nouvelle-Angleterre. De l'autre côté de la grange, un large chemin gravillonné descend en pente douce jusqu'à la maison. Une demeure. Quelque chose de chic à l'américaine, l'élégance de Martha's Vineyard, mais en moins blanc, moins ostentatoire. Les bardages en bleu pétrole et le toit vert anglais se fondent entre la lande et le lac. Un vaste plain-pied pour plus de confort, et un chapiteau central pour profiter de la vue sur le lac et les montagnes derrière. Trois véhicules sont garés sous un abri, et un homme l'attend devant l'entrée. Johansson. Elle ne l'aime pas. Il l'accueille par son titre.

— Madame la Première ministre…

— Je ne suis pas chez Bergmansson, j'espère, s'enquiert Helga, suspicieuse.

— Bien sûr que non, répond l'avocat en lui ouvrant la porte.

Elle le précède sans le saluer puis s'arrête, estomaquée par la magnificence de la vue sur le lac. La façade de ce côté n'est qu'une succession de baies vitrées. L'eau en miroir sous un ciel d'étain. Le massif roux et montagneux sur l'autre berge. Les landes plissées de lichen. Et cette lumière unique à l'Islande qui plonge l'intérieur cossu dans un violent contre-jour.

— C'est magnifique, n'est-ce pas ?

— Qui habite ici ?

— Un ami du député.

— Il est ici ?

— Non, il nous prête sa maison.

— À qui sont les autres voitures, alors ?

Elle devine un mouvement dans le clair-obscur du salon. Deux ombres émergent de profonds fauteuils capitonnés de cuir.

— À nous, Helga.

Elle les reconnaît aussitôt avant même de les voir. Par leur silhouette et leur voix. Le premier, Elias Adamsson, grand et dégingandé, toujours mal fagoté malgré ses costumes sur mesure, faussement maladroit, hâbleur et joueur d'échecs redouté, toujours à la recherche d'un accord, est le chef du Parti social-démocrate. L'autre, Harald Fergusson, tout en rondeur, tout en sinuosité, affiche en permanence une évidente ardeur à tout manipuler. Elle comprend aussitôt.

— C'est non, dit-elle.

— Helga, c'est ça ou tu n'as plus de majorité.

— C'est non quand même.

— Écoute au moins ce que nous avons à te dire.

— Je le sais déjà. Bergmansson est un député du troisième parti de notre majorité, mais je ne bougerai pas le petit doigt pour lui et le ministre de la Justice que je quitte à l'instant est sur la même longueur d'onde que moi. D'ailleurs, je ne vois pas ce qui justifie votre inquiétude. Bergmansson a abattu ces deux garçons devant tout le monde et a revendiqué son crime haut et fort. Il n'y a rien qui puisse être caché.

— Le crime ne nous dérange pas. C'est plutôt le mobile.

L'avocat comprend, à son silence, qu'elle encaisse l'information.

— Est-ce que je peux vous servir un thé ou un café ?

— À voir la tête que vous faites, trouvez-moi plutôt quelque chose de plus fort.

Elle soupire et se laisse tomber dans un fauteuil, puis se relève pour s'asseoir dans un grand canapé face au lac. Que de choses basses et vilaines, mesquines, superficielles, vont se dire devant ce paysage catégorique qui leur survivra pour des millénaires et des millénaires en oubliant toute trace de ce que leurs petites vies de manigances auront été. Les autres profitent du silence pour s'asseoir à nouveau.

— Du Lagavulin, dit l'avocat d'une voix de larbin prétentieux en lui portant son whisky.

Elle prend le verre sans le remercier.

— Alors ?

— Helga, il n'y a rien d'illégal ni même de moralement répréhensible dans ce que nous voulons te demander, dit le progressiste, et pour l'avenir de la coalition, il serait mieux pour tout le monde que tu nous laisses t'expliquer.

— Je t'en prie, Harald. Arrête ton numéro de trapéziste et parle-moi du mobile.

C'est le social-démocrate mal fagoté qui répond.

— Helga, Bergmansson n'avait rien à avouer concernant le crime puisqu'il l'a commis devant des dizaines de témoins, d'accord ? Par contre, il a avoué devant tout le monde son mobile, d'accord ? Son amour pour cette fille, d'accord ? Alors nous te demandons de…

— Madame la Première ministre, coupe l'avocat, nous voudrions simplement nous en tenir au mobile avoué par mon client.

— Son mobile ? Je ne comprends pas, c'est exactement ce que cherche à confirmer la police, non ?

— Justement, Helga, est-il vraiment utile et nécessaire que nos forces de police et de justice perdent leur temps à confirmer un mobile que le meurtrier a spontanément avoué ?

Un vent soudain friselle le lac. Sa surface se froisse de rides argentées. Un rai de soleil surgit de nulle part et roussit la lande qui s'embrase, vite éteinte par l'ombre d'un nuage. Il doit pleuvoir quelque part. Un bout d'arc-en-ciel se suspend dans le ciel et disparaît.

— Je ne comprends toujours pas, et vos manigances me fatiguent. J'ai de vrais dossiers à traiter, je vous laisse…

Elle pose son whisky sur une table basse dont le verre reflète la splendeur du lac.

— Tu te souviens de la démission de Benediktsson ?

Elle s'arrête et se retourne pour faire face à Harald, parce que sa question est une menace directe.

— Oui, je m'en souviens. Son parti l'a lâché pour avoir caché que son père avait signé une lettre de recommandation en faveur d'un pédophile condamné à cinq ans de réclusion pour le viol quotidien de sa fille adoptive pendant douze ans. Quel est le rapport ?

Aucun ne répond et le cœur de la Première ministre trébuche dans sa poitrine.

— Oh non !

Elle revient s'asseoir et c'est l'avocat qui lui parle.

— Le député Bergmansson n'est pas un pédophile, madame la Première ministre, même si c'est un homme qui aime les très jeunes filles. Mais manipulée par une presse ou une opposition hostile, l'opinion pourrait s'y méprendre. Chercher à son geste d'autres raisons que la vengeance d'un amour fou serait tendre le bâton pour se faire battre.

— Monsieur l'avocat, c'est vous le défenseur de votre client, pas moi, et j'apprécie assez peu la façon dont vous faites basculer le risque sur moi plutôt que sur lui.

— Helga, ce que Johansson veut dire, d'accord, c'est que son Bergmansson ne risque rien de plus que ce qu'il mérite. Il a commis un crime qu'il a avoué et pour lequel il sera jugé et puni, d'accord ?

— … Mais pour nous, pour toi, pour le parti, pour la coalition, et pour la classe politique tout entière et pour la stabilité du pays, continue Harald le progressiste, la différence viendrait de ce qu'une enquête inutilement approfondie révélerait des vilaines habitudes de Bergmansson.

— En d'autres termes, madame la Première ministre, je vais bien entendu plaider le crime passionnel, reprend l'avocat, et m'appuyer sur le ressentiment incontrôlable de mon client envers la police qui n'a pas su empêcher le meurtre d'Anika.

— Vous plaisantez, j'espère ! Nos forces spéciales et l'inspectrice Botty Sigmarsdóttir ont risqué leur vie dans la tempête pour arrêter les assassins de cette jeune fille. Le geste de Bergmansson est une insulte à leur courage en privant l'enquête de l'audition et des aveux de ces deux suspects.

— Assassins, madame la Première ministre, assassins !

— Monsieur l'avocat, c'est à vous que je dois rappeler qu'un suspect ne devient assassin qu'après avoir été reconnu comme tel par un tribunal ?

Un malaise plane, accentué par le passage d'un nuage sombre qui étouffe le paysage.

— D'accord, Helga, coupons court à ces discours inutiles. Bergmansson va être inculpé, jugé et condamné, ça ne fait aucun doute, d'accord ? Alors Harald et moi, au nom de nos partis respectifs, voulons qu'il le soit au mobile d'un crime passionnel, d'accord ? Nous ne voulons pas que la police aille remuer je ne sais quelle part d'ombre de sa vie qui irait le faire passer pour un pervers sexuel ou un pédophile, d'accord ?

— Non, répond la Première ministre.

— Helga, avec tout le respect que nous te devons, à toi comme au remarquable travail que tu as accompli au poste où nous t'avons portée, c'est à prendre ou à laisser. Que l'enquête se concentre sur la vie amoureuse de Bergmansson, mais qu'elle n'aborde pas sa vie sexuelle. Du sentiment, pas du sordide. La coalition est à ce prix.

— Quoi, vous me mettriez en minorité à propos de l'affaire Bergmansson ?

— En minorité, oui, dès demain et sur n'importe quel dossier.

— Pour me forcer à obliger la police et la justice à se contenter des aveux de Bergmansson sans chercher à les vérifier pour éviter d'éventuelles rumeurs pédophiles ?

— Oui.

— Alors excusez-moi de vous le dire comme ça, messieurs, mais vous êtes les rois des imbéciles. Si demain vous me mettez en minorité, je démissionnerai sans hésiter, mais en donnant les vraies raisons de votre défection, et la vie sexuelle de Bergmansson n'en sera que plus exposée.

— Madame la Première ministre, je…

— Vous la fermez, Johansson. Chacun s'en retourne faire son boulot. Vous, vous allez défendre votre client comme vous l'entendez, vous, Elias et Harald, vous allez donc expliquer à l'état-major de vos partis respectifs le chantage auquel je n'ai pas cédé, moi je vais m'occuper des affaires du pays, et la police mènera son enquête comme elle doit le faire.

— Helga…

— Ferme-la aussi, Harald, et ne me prends pas pour plus bête que je ne le suis. J'ai très bien compris votre jeu, et je saurai m'en souvenir.

Elle se lève et se dirige vers la porte. Les autres la suivent en silence, faussement penauds, se regardant par en dessous pour se féliciter d'avoir si bien joué. Ils restent sur le palier sans la raccompagner jusqu'à sa voiture et la regardent partir vers la grange où un capteur déclenche l'ouverture de la porte.

La voiture s'éloigne. Ils la suivent des yeux jusqu'à ce qu'elle passe le pont en bois enjambant la rivière qui se défile du lac. Le ciel gris est couru de nuages qui fuient l'averse qui les poursuit. Aux premières gouttes, ils rentrent dans la maison et regardent le lac crépiter en silence sous la giboulée.

— Vous croyez qu'elle a compris ?

Bien sûr qu'elle a compris, c'est ce qui la met hors d'elle. Il pleut soudain du gravier. Elle traverse la drache sans ralentir, ajoutant des gerbes de boue à la pluie. Plusieurs fois, la voiture s'affaisse dans une ornière et elle la ramène sur la route d'un geste sec et sûr.

Bien sûr qu'elle a compris.

Ils se moquaient de l'enquête et du rôle de la police. Qu'elle intervienne ou pas. Que Bergmansson soit pédophile ou jaloux. L'essentiel était qu'elle le sache, et maintenant elle le sait et ils la tiennent. Piégée comme Benediktsson qui était au courant de la lettre de son père. Si elle doit démissionner, elle doit le faire maintenant. Dès demain, elle sera complice par abstention. Elias et Harald se moquent bien de la mort d'Anika, de celle des jumeaux groenlandais et du sort de Bergmansson. Ils viennent juste de profiter de cette macabre situation pour la piéger elle et la tenir. Désormais, à la moindre incartade dans la discipline de coalition, une fuite dans la presse suffira à la pousser à la démission sans que les partis aient besoin de la demander. Un seul titre suffirait. « La Première ministre savait pour Bergmansson. » Même pas besoin de l'expliciter.

Elle traverse l'orage sans même s'en apercevoir. Derrière le rideau de pluie, la lande est à nouveau inondée de soleil. Heureux de la pluie passée autant que du soleil retrouvé, trois chevaux à la crinière insolente, un roux et deux blancs, galopent avec elle de l'autre côté d'une barrière. C'est l'avocat le roux. Elias et Harald ne sont que les blancs qui suivent. Bien sûr, ils auraient pu imaginer cette manigance, mais comment auraient-ils pu avoir l'idée de la proposer à l'avocat ? C'est donc lui qui est venu à eux. Elle en est soudain persuadée. Maintenant qu'elle comprend, elle se calme. Elle lève le pied et ralentit. Une brigue de politiciens, ça se retourne. Une alliance aussi. Elle en fera son affaire le moment venu. Reste Johansson, l'avocat. C'est lui qu'il faut faire payer.

Elle s'arrête sur le bas-côté après avoir rejoint la 430, à hauteur d'un petit bois. Un hectare à peine d'arbres tassés les uns contre les autres pour résister aux vents. Un premier rideau de bouleaux pubescents, devant des pins tordus et des épicéas de Sitka. Vestige des vicissitudes du programme national de reboisement. Des arbres encore petits. Si tu te perds en forêt, plaisante-t-on dans ce pays, lève la tête pour retrouver ton chemin. Petits, mais tenaces, malgré le vent et le gel qui les rabotent.

— C'est moi.

— Je sais, madame la Première ministre, ta photo s'affiche quand tu m'appelles. Du temps où...

— Artúr, pour ce dont nous avons parlé ce matin, tu laisses faire l'avocat.

— Qu'est-ce qui te prend ?

— Je t'expliquerai plus tard. Tu t'arranges pour faire ce qu'il demande sauf s'il va trop loin, mais tu commences par écarter l'inspectrice Botty Sigmarsdóttir. Trouve une bonne excuse. Une semaine d'arrêt pour un bilan de santé après son exploit en mer avec les Vikings. Une blessure même, si tu préfères. Ou un contrecoup dépressif. Comme tu veux.

— On peut savoir pourquoi ?

Elle regarde les arbres de l'autre côté de la route et sourit.

— Pour faire sortir le loup du bois.

XII

… qu'il est pressé.

Sur la paillasse de son laboratoire, Ida étale les indices que le jeune inspecteur Ari vient de lui livrer.

— Bien évidemment, ça, c'est pour moi, dit-elle en mettant de côté la main tranchée. Les prélèvements de peau et de cheveux aussi. Ça, qu'est-ce que c'est ?

— Un bout de médicament, je pense. La boîte était prise dans la poche de son manteau encore gelé. J'ai réussi à en casser un morceau.

— Je garde.

— Moi je garde la paire de menottes et les billets, bien entendu.

— Et ça, qu'est-ce que c'est ?

— Une petite pièce de fixation en laiton, apparemment. Je l'ai prise parce qu'elle était incrustée dans la glace, mais elle me semblait sans rapport direct avec les corps. Nous verrons bien.

— Et cette bague ?

— Récupérée sur un des corps. Je n'ai pas eu le temps de prendre celles des autres, les Américains arrivaient.

— Ne me dis pas que…
— Si, j'ai cassé le doigt pour l'enlever.
— Tu l'as gardé, au moins ?
— Non, dans la panique, il m'a échappé et je n'ai pas eu le temps de le chercher.
— Dommage pour les empreintes.
— Pour ça, pas de problème, je les ai prises, dit l'inspecteur Ari en sortant ses lunettes de soleil. C'est la première chose que j'ai faite : appliquer un doigt de chaque victime sur mes verres. Ça peut marcher ?
— Si tu l'as fait avant que l'air oxyde les traces, on a encore une petite chance. Et tout le reste, c'est quoi ?
— Un écusson, des boutons, deux pin's… des choses que j'ai récupérées un peu au hasard. De toute façon, j'ai fait une bonne centaine de photos pour Kornelius. Nous y trouverons sûrement une grande quantité d'indices pour identifier ces corps.
Ida va répondre quand Botty apparaît.
— Bonjour, je vous dérange ?
— Petite mine ! constate aussitôt Ida. Ils t'ont officiellement suspendue ?
— L'inspectrice est suspendue ? s'alarme Ari.
— Pas encore, alors j'en profite. Tu as les résultats pour Bergmansson ?
— Oui. Chargé. Presque un gramme, soit trois bons gros whiskys.
— Et les Groenlandais ?
— La même chose, mais en bière, d'après l'analyse du bol alimentaire.

— Et côté stupéfiants ?

— Cocaïne pour tout le monde, d'après l'analyse des cheveux. Consommation régulière sur les trois derniers mois pour Bergmansson, occasionnelle chez les Groenlandais.

— Dernière consommation ?

— Il y a moins de quatre jours pour tout le monde.

— Comment pouvez-vous le savoir ? s'étonne Ari. Je croyais qu'un cheveu poussait de moins de 0,5 millimètre par jour et que ça ne suffisait pas pour une analyse ?

— La cocaïne reste traçable dans les urines jusqu'à quatre jours, répond doctement Ida.

— D'accord, au temps pour moi. Quoi qu'il en soit, on n'achète pas une pièce d'or avec une poignée de boutons de bois !

— Ça ne veut rien dire !

— Si, mon grand-père disait ça pour parler de quelqu'un dont on pouvait douter des revenus.

— Et alors, en quoi c'est pertinent pour les Groenlandais ?

— Eh bien, deux pauvres marins pêcheurs qui sniffent de la coke, on peut se demander comment ils se la paient, non ?

Botty regarde Ida, amusée, puis se rapproche de la paillasse.

— Ça vient des morts du glacier, ça ? C'étaient des flics ?

— Pourquoi tu dis ça ?

— Les menottes, elles sont fermées, constate Botty. Qui d'autre se promène avec une paire de menottes fermées ?

— N'importe qui, c'est un article en vente libre, il s'en vend des millions par an.

Mais Botty n'écoute plus Ari. Elle vient d'apercevoir la main dans le sachet plastique. Elle l'observe longuement, regarde un à un tous les autres indices, puis se penche sur le petit bout de laiton. Ida et Ari, intrigués, la regardent faire.

— Transport de fonds, finit-elle par lâcher.

— Pardon ?

— Transport de fonds. Cette pièce en laiton, ça ressemble à la plaque de propreté d'une serrure d'attaché-case…

— Il n'y avait pas d'attaché-case, coupe Ari.

— Dis plutôt que vous n'en avez pas trouvé, mais imagine un attaché-case sans poignée d'un côté, et un type sans main de l'autre, avec entre les deux une paire de menottes fermées.

— Tu crois que ce type transportait une mallette et qu'on lui aurait coupé la main pour la lui voler ?

— Pourquoi pas ? Tu as même une liasse de dollars, et pas n'importe laquelle : des billets de cinq cents. Au bas mot cinquante mille dollars. Tu peux blinder une mallette de plusieurs millions de dollars avec ça, non ?

— Mais ça n'a pas de sens, se défend Ari. Si tu tranches la main du transporteur, pourquoi aurais-tu besoin de briser la poignée de la mallette ?

— Parce qu'une mallette avec une paire de menottes attachée à la poignée, ça attire l'attention.

— En plein glacier ?

— Ari, ces types sont morts dans les glaces du Vatnajökull, mais je doute que c'était leur but. Il aurait bien fallu qu'ils reviennent en public à un moment ou à un autre.

— De toute façon…

Petra Haraldsdóttir entre dans la pièce, plus grande que tout le monde, large des épaules et des hanches, les cheveux courts, un regard bleu de glace et la bouche sans lèvre, taillée au rasoir.

— Qu'est-ce que tu fais là ? aboie-t-elle.

— Mon job, répond Botty.

— Tu n'as plus de job, c'est mon enquête.

— Elle ne travaille pas sur ton enquête, intervient Ari, c'est moi qui lui ai demandé de venir. J'avais besoin de son avis sur un indice dans l'affaire du glacier.

— Quoi ? Elle n'a pas su voir que sa victime était la maîtresse de Bergmansson et toi, tu la prends comme experte ?

Ida intervient à son tour pour calmer la colère de Botty. Elle la connaît et la sent prête à exploser. Elle prend les devants et se dirige vers Haraldsdóttir pour lui tendre un dossier.

— Petra, voici mes conclusions sur ton affaire. Prends-les, dégage, et la prochaine fois téléphone avant de venir. Ce n'est pas un moulin, ici.

Petra Haraldsdóttir leur tourne le dos et sort de la pièce.

— Pourtant, avec tous ces brasseurs de vent…

Ida retient Botty par l'épaule.

— Il n'y a pas plus ridicule qu'un chat qui pète, murmure l'inspecteur Ari en secouant la tête.

— Pardon ?

— Mon grand-père disait ça pour qualifier ceux qui ne sont pas à la hauteur de la posture qu'ils se donnent.

— Ton grand-père était un sage, se moque Ida dans un regard complice avec Botty.

— N'est-ce pas ? Parce que ce même dicton avec un chien, ça n'a plus aucun sens. Il faut la prétention et la suffisance du chat pour…

— Nous avons compris, Ari, merci.

— De toute façon, j'y vais, dit Botty. Je dois aller au rendez-vous dont nous avons parlé hier soir avec Emy.

— Très bien. De mon côté, je vais travailler sur les indices que Kornelius m'a fait porter. Et vous, inspecteur Ari ?

— Je vais travailler sur les miens en attendant que Kornelius me rejoigne pour étudier toutes les photos.

Elles se font la bise. Lui n'ose pas et leur serre la main, ce qui les fait rire.

— L'enfant qui attend naîtra moins vite ! lâche-t-il en sortant.

Elles se regardent.

— Je suppose que ça veut dire qu'il est pressé.

XIII

… comme s'il était d'accord.

Kornelius n'a pas percuté parce qu'il était trop préoccupé. Il n'a vu ni le chien en laisse attaché à la balustrade ni les cartons sur le perron. Il est reparti aussitôt après avoir déposé Ari sans trop savoir où aller. Il a fini par se garer dans le centre de Reykjavik pour échouer sur les berges du petit lac Tjörnin au cœur de la vieille ville. Les Islandais ne parlent pas de lac, encore moins de petit lac. Ils disent Tjörnin, tout simplement, parce que ça signifie « l'étang ». Il n'y a vraiment que les Américains pour parler de l'adorable petit lac de l'étang… Un résumé de l'Islande : un authentique vestige naturel d'un ancien lac glaciaire dont les eaux sont chauffées par des sources géothermiques. Il ne gèle jamais complètement, même aux pires hivers, au grand plaisir des cygnes, des oies et des eiders.

Ida habite à deux pas. Kornelius n'y a que des souvenirs amoureux. Les autres, il les a oubliés. Il se rend compte trop tard qu'il n'aurait pas dû venir là. Il hésite à marcher jusqu'au cimetière voisin et son fouillis de fougères entre les tombes, à l'ombre de quelques hêtres courbés et tortueux. Mais même s'il s'efforce de vivre dans une nostalgie heureuse, l'idée de se morfondre entre les tombes le décide. Il reprend sa voiture et file vers le quartier de Laugarnes. Il y rejoint une petite zone industrielle et l'entrepôt anonyme qui abrite la salle de force qu'il fréquente. Son exutoire, son cautère, sa soupape. Ce dont il a besoin pour se purger l'esprit et le corps. Se vider. Rester sans force à la fin, exténué. Expulser l'énergie qui le sature de l'intérieur. Et pas besoin de fonte pour ça. La tradition des anciens lui suffit. Dans ce lieu anonyme, on ne manipule que les quatre lourdes pierres rondes et quelques troncs. 20, 49, 140 et 155 kg pour les pierres. Entre 80 et 220 kg pour les troncs. À porter à bras-le-corps ou sur le dos sur plusieurs mètres dans une arène de sable. Et quand il s'est épuisé à s'en faire éclater l'aorte, il rince ce qui lui reste de colère et de chagrin sous le fouet d'une eau bouillante à la bonne odeur de soufre.

— Un jour, tu vas claquer sur place à force de te malmener de la sorte.

Sec et court sur pattes, Ragnar est le patron de la salle.

— Je suis celui qui me malmène le moins, Ragnar. Si tu savais ce que font de moi tous les autres : les flics, les truands, les femmes, ma famille, la vie, mon métier…

— Tu retravailles pour la police ?

Kornelius lui résume l'affaire des trois cadavres et du Beaver dans la glace du Vatnajökull.

— Ça s'est passé quand ?

— Aucune idée.

— Ils n'avaient aucun document sur eux ?

— On m'a volé les corps.

— Kornelius, comment fais-tu pour te mettre dans des pétrins comme ça ?

— Je n'y suis pour rien, Ragnar, ils me tombent dessus sans prévenir, comme des giboulées. Je ne les cherche pas, tu peux me croire.

Ragnar regarde ce géant de granit, cet ami taiseux, cette force naturelle…

— Tu te souviens de Howard, le mastodonte qui nous a largués pour rejoindre la fabrique de monstres ?

— La salle de force du Nid des anges ?

— Oui, c'est ça.

— Ce n'est pas cet Américain qui voulait entrer dans le *Guinness des records* pour décrocher un rôle dans *Game of Thrones* ?

— Celui-là même ! Il est resté ici. Il a épousé une fille de Grindavík à qui il a fait quatre ou cinq gosses. Il travaillait à l'aéroport de Keflavík quand l'armée américaine le gérait encore *de facto*.

— Et alors ?

— On ne l'appelait pas la Tour de contrôle simplement à cause de ses 2,04 mètres. Il travaillait aussi au contrôle aérien. Peut-être qu'il pourrait savoir des choses sur ton Beaver.

… comme s'il était d'accord.

— Tu sais où il habite ?

— À deux pas d'ici, dans le quartier de Heimar. Je t'accompagne, décide Ragnar.

C'est un quartier récent. De petits immeubles dispersés de façon géométrique. Carrés. Blancs. Froids. Nul doute qu'ils sont aménagés de façon chaleureuse à l'intérieur. Mais quelle tristesse de l'extérieur ! La rue Álfheimar aligne sept petites barres de quatre étages, le long d'une friche en partie occupée par des potagers. Howard habite un demi-sous-sol dans le troisième bâtiment. Il doit toujours peser cent quarante kilos, mais en vrac dans un mauvais survêtement et tassé au fond d'un fauteuil roulant.

— Accident cardio-vasculaire pendant une compétition, et complications dues à son régime hypercalorique, lâche sa petite femme, dure, fermée, désespérée. À bout.

— Je ne serai pas l'homme le plus fort du monde et dans six mois je ne pourrai plus payer mon loyer. Alors, c'est quoi votre histoire d'avion ?

Kornelius lui explique l'affaire sans parler de l'intervention de l'ambassade des États-Unis.

— Est-ce qu'il existe des archives quelque part pour identifier un vol au départ ou à destination de Höfn et qui se serait écrasé en route ?

— Jusqu'en 2006, nous avions notre base américaine à Keyflavík et nous étions maîtres du ciel. Depuis, ils gèrent l'aéroport eux-mêmes dit-il en parlant des Islandais comme d'un peuple étranger. Si l'accident est antérieur à 2006, les archives vont dépendre de l'US Army. S'il a eu lieu après 2006, peut-être que les archives de l'aviation civile auront quelque chose.

— Un moyen d'accéder aux archives militaires ? demande Kornelius.

— Aucune chance. Notre base était aussi une base de l'Otan. Tous les mouvements d'avions étaient classifiés. Sans compter les vols de tous les services secrets : CIA, DIA, DEA...

— Mais il fallait bien qu'ils déposent un plan de vol pour pouvoir être suivis par les radars au sol jusqu'à l'approche de l'aéroport de destination ?

— Classifiés.

— Et les archives civiles ?

— Je n'en sais rien. Je peux me renseigner. Mais...

— Mais ?

— Mais vous semblez croire que ce zinc ne pouvait venir que de Höfn, ou s'y rendre. Il existe vingt-neuf aéroports ou aérodromes en Islande et votre avion pouvait aussi bien se rendre à Höfn qu'à Fagurhólsmýri, cinquante kilomètres au sud-ouest, ou Djúpivogur, trente kilomètres au nord-est. En fait, avec une autonomie de plus de sept cents kilomètres, ce Beaver pouvait venir de n'importe quel autre coin du pays. Ou s'y diriger.

— Bref, nous ne sommes pas sortis de l'auberge, c'est ça ?

— Oui, avoue Howard, d'autant que le Beaver est sûrement le genre de petit avion-baroudeur le plus répandu sur l'île.

… comme s'il était d'accord.

— Donc il va falloir interroger les vingt-neuf aéroports sur tous les vols au cours des décennies précédentes…

— Seulement les vols de Beaver qui ne sont pas arrivés à destination, tente de modérer Ragnar.

Howard tourne sur place dans son fauteuil roulant, comme d'autres font les cent pas. Kornelius est impressionné par la différence entre la masse inerte de son corps et la puissance de ses bras.

— Nous nous trompons, murmure l'Américain, nous nous trompons. Il ne faut pas partir des vols ou de l'avion, il faut partir de l'accident. C'est la seule information centralisée.

— Que veux-tu dire ? demande Ragnar.

— Le réseau de secours des volontaires de l'ICE-SAR ! C'est la seule organisation à intervenir sur tous les accidents. Peu importe que cet avion ait été attendu ici ou là. Il est tombé dans les glaces du Vatnajökull, et c'est sûrement depuis Höfn que les secours ont été activés. S'il existe une trace de cet accident, c'est dans leurs archives ou dans le souvenir des volontaires.

Kornelius se dit qu'il a dû devenir un bien piètre flic pour ne pas avoir pensé à ça. Il prend son téléphone et compose un numéro.

— C'est moi. Tu connais quelqu'un chez les volontaires de l'ICE-SAR de Höfn ?

— Quel genre de quelqu'un ?

— Quelqu'un qui aurait accès aux archives des recherches, par exemple.

— À quelle époque ?

— Au cours des quarante ou cinquante dernières années, environ.

— …

— Tu connais ?

— Tu viens toujours dîner ce soir ?

— Si tu connais quelqu'un, oui.

— Tu verras bien.

Quand ils ressortent du demi-sous-sol, un orage est passé et a disparu sous un nouveau soleil. Ragnar annonce à Kornelius qu'il va profiter de ce beau temps inattendu pour rentrer à pied jusqu'à la salle de force. Kornelius le remercie et regagne sa Saab.

Quand il s'assied au volant, il aperçoit dans son rétroviseur le 4x4 noir de l'ambassade américaine. Il se demande depuis combien de temps ils le suivent. Ils l'ont probablement localisé à la salle de force. Il faudra qu'il vérifie s'ils n'ont pas posé un mouchard sur sa voiture. Plutôt que de regagner l'avenue au bout de la rue Álfheimar, Kornelius met son clignotant pour tourner dans la petite rue Glaðheimar. Il profite de la manœuvre pour marquer un temps d'arrêt et observer le 4x4. Il n'a pas démarré pour le suivre, mais quand il voit deux hommes en descendre, il espère qu'il n'aura pas trop causé de problèmes au pauvre Howard. Au dernier moment, il fait demi-tour et remonte vers le 4x4 et les deux Américains qui se sont arrêtés pour le regarder revenir vers eux. Il veut se montrer pour les dissuader de faire des ennuis à Howard, mais son téléphone sonne et affiche le nom de l'inspecteur Ari.

Il est assis sur les marches en bois du perron, empêchant le jeune chien fou de lécher ses larmes. Kornelius se gare devant la petite maison. Un rideau bouge à une fenêtre. Il devine qu'une femme les surveille.

— Le mouton a peur du loup, mais c'est toujours la bergère qui finit par le cuire. Ça veut dire que…

— J'ai compris ce que ça veut dire, Ari : elle t'a fichu dehors. Je connais ça, crois-moi, pas la peine de m'expliquer.

Il fait signe à Ari de charger ses deux cartons dans le coffre et de faire monter le chien à l'arrière.

— C'est quoi comme race ?

— Un border collie, il est encore jeune. Où tu nous emmènes ?

— Dîner chez mon père, du côté de Höfn.

— C'est à cinq heures de route…

— Ça te laissera une heure pour te plaindre des misères de la vie, et quatre heures pour faire le point sur l'affaire.

Kornelius démarre et le chien aboie, comme s'il était d'accord.

XIV

… pour mieux succomber !

La maison est d'un luxe islandais : sobre et contemporaine, lumineuse, intégrée au paysage et ouverte sur la mer. Devant la baie vitrée, une grande terrasse en bois court jusqu'à une plage de rochers noirs déchiquetés où les vagues se brisent en écumes. Au milieu du deck, un *hot pot* d'eau chaude sulfureuse dont le vent chahute les fumerolles.

— Voulez-vous un café ? propose Andrea Ólafsdóttir.

— Volontiers, accepte la Première ministre.

— Des biscuits ? Ils sont au gingembre.

— Soyons folles !

— Alors mettez-vous à l'aise, nous les prendrons dans le *hot pot*. Voulez-vous que je vous prête un maillot ?

— Non merci, ça ira.

Andrea entre dans la maison et la Première ministre se déchausse du bout des pieds, déboutonne son corsage et fait glisser sa jupe. Quand elle a dégrafé son soutien-gorge, elle laisse ses seins se hérisser sous la caresse du vent frisquet et entre dans l'eau à trente-cinq degrés. Andrea revient et pose le café et les biscuits sur le rebord du *hot pot*, se déshabille, et entre dans l'eau comme la Première ministre, en culotte et les seins nus.

— Je regrette que la Maison du gouvernement n'ait pas de *hot pot*. Je me souviens des bains chauds que l'on prenait quand j'étais enfant et qui nous permettaient de mettre à plat les petits problèmes familiaux ou scolaires. Et de ceux que l'on prenait, plus tard, avec les amis proches, toujours le même jour et à la même heure. On m'a demandée deux fois en mariage dans un *hot pot*.

— Je ne vous savais pas mariée.

— Justement, j'ai refusé les deux fois. Ces bains chauds sont le meilleur moyen de désamorcer les conversations difficiles.

— La nôtre va l'être ?

— Non, je ne pense pas, mais le sujet, lui, est délicat.

— Alors je vous écoute…

Le corps piquant de chaleur, le visage fouetté par des sautes du vent frisquet, la Première ministre expose l'affaire Bergmansson et sa rencontre arrangée avec l'avocat et les deux politiciens.

— Helga, je peux vous appeler Helga ? Pourquoi voulez-vous parler de ça avec moi ?

— Parce que vous avez été commissaire nationale et que votre avis sur cette affaire m'intéresse.

— Dans ce cas, pourquoi avoir écarté ma fille de cette enquête ? C'est une excellente enquêtrice.

— Ce n'est pas de mon ressort, vous le savez, mais ça fait partie des questions que je me pose.

— La réponse est facile : l'inspectrice qui reprend l'enquête est Petra Haraldsdóttir.

La Première ministre ne savait pas. Elle fait aussitôt le rapprochement.

— La fille de Harald Fergusson, le chef du Parti progressiste ?

— Lui-même. Celui qui, si j'en crois votre récit, vous a demandé d'intervenir dans l'enquête.

Helga reste un long moment silencieuse, à essayer de donner un sens au désordre des vagues, au contre-jour d'un orage qui passe au loin, à la clarté métallique d'un ruban de mer à l'horizon.

— Dans ce cas, Andrea, l'autre question que je voulais vous poser prend tout son sens.

— Celle sur la maison de Sigmar ?

— Vous aviez déjà compris ?

— J'ai été le flic le plus haut gradé de ce pays, et je n'y suis pas parvenue sans compétences.

— Alors dites-moi…

— La maison sur le lac Hafravatn appartient bien à mon ex, Sigmar Petersson, comme celle-ci, que j'ai récupérée dans le divorce, et une demi-douzaine à travers le pays, toutes plus belles les unes que les autres.

— Pourquoi a-t-il prêté celle de Hafravatn pour ce traquenard que m'a tendu l'avocat ? Existe-t-il un lien entre Bergmansson et votre ex ?

— Gunnar et Sigmar ont fait fortune ensemble il y a une vingtaine d'années. Même si Sigmar est resté dans les affaires et que Gunnar est entré en politique, ils continuent à s'entraider quand il le faut.

— Et là, il le fallait ?

— Je n'en sais rien. L'avocat aura demandé à Gunnar s'il connaissait une maison tranquille en terrain neutre et il aura pensé à une des maisons de Sigmar. Je suppose que Sigmar aura accepté sans chercher à savoir de quoi il s'agissait. Ils ont beau être amis d'enfance, leurs chemins se sont éloignés.

Les deux femmes laissent leur esprit dériver dans la chaleur de l'eau. Une bruine qu'elles n'ont pas sentie venir leur rafraîchit le visage et le cou. La Première ministre ferme les yeux, la nuque posée contre le bois du deck, pour profiter de l'instant. Quand elle les ouvre à nouveau, des oiseaux de mer immobiles jouent au cerf-volant dans un ciel bleu.

— Je me suis endormie ?

— Une micro-sieste. Le poids de la charge, je suppose.

Helga sourit.

— Vous avez gardé des liens avec votre ex ?

— Notre fille est de loin notre lien le plus solide, mais nous avons gardé de bons rapports. Dans tous les sens du terme.

— Vous couchez encore avec lui ?

— Nous ne sommes plus amoureux, mais il reste un bon coup. Disons que nous baisons de temps en temps et que c'est agréable.

— À propos de ça, justement, est-ce que votre ex partageait la vie nocturne de Bergmansson ?

— Andrea, autant que la plus désirable des femmes, ce qui fait encore bander Sigmar, c'est une risée à la surface émeraude d'un lac glaciaire, un coup de vent sur une lande veloutée d'un vert acidulé, l'ombre noire d'un orage sur les séracs bleus d'un glacier. Sigmar est un solitaire. Sa plus aimante maîtresse, c'est la nature de ce pays. Il n'est pas du genre à courir les modes et les vices. Il ne vient à Reykjavik que pour ses affaires, et quand il y vient, il loge dans cette maison de Hafravatn, justement. Ou ici, chez moi.

— Et comment peut-on divorcer d'un homme pareil ? sourit la Première ministre.

— Quoi, vous pourriez vous mesurer à ça, vous, Helga ? demande Andrea en désignant d'un geste le paysage qui les entoure. Aux glaces du Vatnajökull, aux chutes de Selfoss ou de Dettifoss, aux falaises de Dyrhólaey, aux orgues de basalte de Vík, aux plages de sable noir de Höfn, au lac de Mývatn, aux solfatares de Reykjanes ? Helga, Sigmar est comme ce pays : une île. Un îlot. Solitaire.

— C'est une belle déclaration d'amour, reconnaît la Première ministre.

— Non, je vous l'ai dit, je n'aime plus Sigmar. Mais, encore une fois, il reste un amant délicieux.

— Décidément, il va falloir que je le rencontre.

— Je peux organiser un dîner, si ça vous tente.

— Je plaisantais, Andrea, et j'ai déjà le même genre d'hommes dans ma vie, sans compter tous ceux qui me trouvent désirable depuis que j'ai été nommée et ne pensent qu'à me baiser pour s'approcher du pouvoir.

— J'espère que vous résistez.

— Je résiste, oui, c'est ça, je résiste pour le bien de ma fonction, malheureusement, et je vois passer toutes ces occasions qui ne se représenteront plus quand je ne serai plus Première ministre.

Andrea jaillit hors du bain, son corps nu et ruisselant fumant aussitôt dans le vent froid, et marche jusqu'à la maison. Elle en revient une bouteille et deux coupes à la main.

— Champagne, proclame-t-elle. Résister à la tentation pour mieux y succomber, a dit je ne sais plus quel sage.

— C'est tout à fait ça : résister pour mieux succomber !

XV

Tu verras bien…

Botty l'observe à travers la vitre sans tain de la salle d'interrogatoire. Gunnar Bergmansson se masse le visage de ses deux mains. Souvent. Il les remonte de chaque côté de son nez, jusqu'à son front, et les écarte jusqu'à ses tempes et ses oreilles, et recommence. Souvent. Elle a déjà vu des suspects faire ça, et Kornelius lui a expliqué. Ce n'est ni par peur, ni par abattement. Rien qu'une astuce d'avocat. Ça chauffe le visage et ça rougit les yeux. Ça creuse le regard. Donne une fausse impression de profonde fatigue. Trompe l'interrogateur. Soit il prend en compte cette fausse fatigue du prévenu et retient ses questions, soit il en profite et se précipite. Dans les deux cas, ça casse le rythme de l'interrogatoire et permet de gagner à chaque question un peu de temps pour y répondre. Ou pour se souvenir de la réponse préparée avec l'avocat.

Botty n'est pas dupe, tout comme elle n'est pas dupe des questions de Petra Haraldsdóttir. Elle interroge le député sur son emploi du temps le matin de ce qu'elle appelle « le drame ». Cherche à savoir quand, quoi, et pourquoi il a bu. D'où vient l'arme ? Depuis quand la possède-t-il ? Comment se l'est-il procurée ? La porte-t-il souvent sur lui ? Elle ne fait que tourner autour de la préméditation qui, si elle doit quand même être établie, ne pèsera rien devant l'émotion et les circonstances atténuantes du crime de vengeance passionnelle.

Botty se retient pendant une demi-heure, à écouter les questions convenues de Petra et les réponses mémorisées de Bergmansson. Mais sa patience se brise sur une question de Petra qui cherche à savoir où Bergmansson s'est procuré les munitions. Elle quitte le cagibi d'observation et entre dans la salle d'interrogatoire en clouant Petra, sidérée sur sa chaise, d'un seul regard.

— Monsieur Bergmansson, depuis quand connaissiez-vous Anika Allansdóttir ?

L'autre se frotte le visage.

— Monsieur Bergmansson, je vous déconseille de jouer à gagner du temps. Quelqu'un qui tue par amour doit savoir à l'heure près à quand remonte cet amour.

— Environ cinq mois…

— Combien de fois par semaine vous voyiez-vous ?

— …

— Monsieur Bergmansson !

— Une fois par semaine…

— C'est peu pour un amour fou, non ?

— Plus, quelques fois…

— Ce n'est toujours pas beaucoup. Le soir ou dans la journée ? Vous passiez des nuits ensemble ?

— En fin de journée, à cause de nos familles.

— Platoniques ou sexuelles, ces rencontres ?

— …

— Vous baisiez ou vous vous regardiez les yeux dans les yeux ?

— Botty ! tente d'intervenir Petra.

— Ne m'interromps pas, Petra, je pose les questions qu'il faut pour établir le mobile.

Petra Haraldsdóttir pâlit de rage, se lève et sort en claquant la porte.

— Alors Bergmansson, baise ou pas ?

— Nous faisions l'amour, oui, c'est vrai.

— Où ?

— Comment ça, où ?

— Chez vous, chez elle, à l'hôtel, dans la lande, dans votre voiture, dans un *hot pot* ? Où, monsieur Bergmansson ?

— Chez moi, dans une des maisons que je possède en ville.

— Laquelle ?

— Celle de Seltjarnarnes, au bout de Norðurströnd, répond-il par réflexe, sans réfléchir, sans se souvenir de la réponse préparée par l'avocat.

— À quel endroit, dans cette maison ? Genre « bunga bunga » à l'italienne un peu partout dans toutes les pièces, dans le jardin à la Lady Chatterley, façon…

— Dans une des chambres, répond Bergmansson paniqué par le rythme et la violence des questions.

— Toujours la même ?

— La fille ?

— Non, la chambre.

— Oui. Celle au fond, avec le grand lit.

— Et qu'est-ce que…

Botty n'a pas le temps de terminer sa question, la porte s'ouvre sur une Petra en furie, suivie du commissaire national au regard noir.

— Sigmarsdóttir, je vous avais…

Elle ne lui laisse pas le temps de terminer et sort sous son nez.

— Je suis toujours sur cette enquête, monsieur le commissaire, et vous n'avez reçu l'ordre de me suspendre que demain.

— Sigmarsdóttir, j'exige que vous remettiez à Haraldsdóttir toutes les réponses du député Bergmansson !

— Du prévenu Bergmansson, vous voulez dire. Ne vous en faites pas, Petra et vous en recevrez une copie. Elle, pour ne rien en faire, sans doute. Et vous, pour en faire ce que vous voulez.

Elle disparaît dans le couloir et les laisse plantés là, avec Gunnarsson qui revient à lui, hurle au scandale et à la violation de ses droits.

— Pauvre imbécile ! jure l'avocat, comment peux-tu tomber dans un piège aussi grossier après tout ce que nous avons répété !

— Il fallait bien que je réponde ! bougonne Bergmansson.

— Et le silence, abruti ! Le droit au silence !

— De toute façon, je ne vois pas en quoi…

— Gunnar, écoute-moi, écoute-moi bien cette fois, parce que désormais tu risques gros. Toute notre stratégie repose sur une vengeance passionnelle. Tu tues les Groenlandais parce qu'ils ont tué l'amour de ta vie, tu te souviens de ça, au moins ?

— Oui…

— Alors elle, cette Botty Sigmarsdóttir, elle cherche à vérifier ça.

— Ça quoi ?

— Ton amour pour la gamine, sombre idiot. Sans cet amour, pas de passion, pas de vengeance, pas de circonstances atténuantes et, cerise sur le gâteau, nouvelle enquête pour établir le vrai mobile de l'assassinat des Groenlandais. Tu comprends ?

— Mais en quoi…

— En ce que tu as avoué ne connaître Anika que depuis quelques mois, ne la voir qu'une fois par semaine et que tu leur as dit dans quelle maison et dans quel lit !

— Et alors ?

— Alors cette Botty Sigmarsdóttir doit déjà être au téléphone avec le juge pour demander un mandat de perquisition et quand ils vont mettre ta maison de Seltjarnarnes sens dessus dessous, ils n'y trouveront pas le moindre cheveu ni le plus petit poil de cul de la gamine. Merde, Gunnar, tu comprends dans quel merdier tu nous as mis ?

— Putain, qu'est-ce qu'on peut faire ?

L'avocat se calme aussitôt. Il a déjà réfléchi pendant qu'il hurlait après Bergmansson. Il a un plan.

— D'abord, je vais contester les circonstances de l'interrogatoire et menacer le commissaire national d'un procès contre l'État s'il prend la moindre initiative basée sur tes réponses à cette Sigmarsdóttir. Avant que leurs avocats et moi nous soyons mis d'accord, ça va nous laisser vingt-quatre heures.

— Et on fait quoi pendant ces vingt-quatre heures ?

— Toi, rien, surtout. Rien de rien. Tu es malade. Tu as la chiasse, la nausée, la fièvre, tout ce que tu veux, mais tu n'es pas en état de parler pendant au moins vingt-quatre heures.

Bergmansson n'est plus qu'une chiffe dans la petite salle où l'avocat a obtenu de s'entretenir avec lui.

— Björn, tu vas me sortir de là, n'est-ce pas ?

— Tu verras bien…

XVI

… le fusille d'un œil noir.

La route 622. La troisième route la plus dangereuse d'Europe. Une simple piste caillouteuse taillée à même la falaise noire, à plusieurs dizaines de mètres au-dessus de la côte rocheuse, dans les fjords de l'ouest. Quelques fois, le chemin de caillasses est taillé sous un surplomb. Ailleurs, il descend jusqu'aux rochers de plages déchiquetées pour remonter à l'assaut de la montagne. C'est un chemin qu'elle dispute aux hommes. Elle l'ensevelit sous des éboulis, l'embusque de gros rochers en son travers, le creuse d'ornières plus profondes qu'une roue.

— Ils y étaient partis photographier les fjords de Dýrafjörður et d'Arnarfjörður, dit la vieille dame.

Pour leurs effets miroir qui démultiplient l'immensité du monde dans leurs eaux métalliques immobiles, les montagnes enneigées soudain suspendues tête en bas au-dessus d'un ciel à l'envers.

— Ils aimaient photographier ce pays. Ils étaient déjà allés partout. Voulez-vous voir quelques-unes de leurs photos ?

… le fusille d'un œil noir.

C'est inutile, elles décorent toute leur petite maison blanche posée comme un Lego parmi les autres dans un lotissement de banlieue.

— Non, merci, s'impatiente l'avocat en reposant sa tasse de café.

La vieille femme a été si surprise de sa visite qu'elle n'a pas pensé à ôter son tablier. Elle lui a servi un éthiopien accompagné de ses fameux biscuits aux éclats de noisette pour lesquels tout le monde, dit-elle, la complimente. Lui, le vieux, écoute sans rien dire. Silencieux dans son fauteuil. Doublement mort à l'intérieur.

— Si votre client en veut, dit-elle, faites-le-moi savoir. Je lui en ferai porter chaque jour à la prison. Ça ou des *snúðar* à la cannelle et à la cardamome, ou une tarte plate, ou même du mariage heureux. Je fais très bien les mariages…

— Mais ferme-la donc ! coupe le petit vieux. Que monsieur nous demande ce qu'il veut et qu'il s'en aille.

— Toi, tais-toi ! Monsieur l'avocat défend l'homme qui a vengé notre petite Anika et nous devons lui en être reconnaissants.

— Foutaises ! Il défend cette ordure de député qui ose dire qu'il couchait avec notre petite-fille de quinze ans !

— Et alors, quel âge j'avais quand tu m'as dépucelée ?

— Quinze ans, mais j'en avais quinze moi aussi, et j'étais aussi puceau que toi. Rien à voir avec ce vieux salaud lubrique et notre pauvre petite-fille.

— Écoutez, je comprends…

— Vous ne comprenez rien, grogne l'homme en se levant de son fauteuil, ou au contraire vous comprenez trop bien. Je ne veux plus vous voir. Je sors. Gerda, appelle-moi quand il sera parti.

— Il faut l'excuser, monsieur, dit la vieille dame quand son mari est sorti. Comme je vous l'ai dit, notre fille et son mari se sont tués sur la 622. Un coup de vent sur la piste verglacée a fait chuter leur 4x4 de plus de soixante mètres. Anika était notre plus beau souvenir d'eux. Mon mari n'a pas supporté cet autre malheur. Aujourd'hui, il est furieux contre le monde entier. Même contre moi…

— Je comprends, madame. Je voudrais juste, pour préparer le procès et dresser le meilleur portrait possible d'Anika, connaître un peu mieux son univers. Est-ce que je pourrais visiter sa chambre, par exemple ?

— Bien sûr, c'est à l'étage. Mon mari et moi avons pris nos quartiers au rez-de-chaussée depuis que nous avons recueilli Anika. Je vais vous y accompagner.

— Ne vous donnez pas cette peine, je vous en prie, je ne voudrais pas réveiller en vous de mauvais souvenirs. Je vous appelle si j'ai besoin de vous.

— Comme vous voulez. J'en profite pour démouler mon cake et je vous en prépare une belle tranche.

C'est une chambre de gamine de quinze ans. Des posters de K-pop, de groupes islandais : Reykjavikurdætur et Sólstafir, du trio Sigga, Betta Og Elín, de

Rihanna, Beyoncé, Kids Return. Plein de petits bibelots sages, de peluches enfantines. Un globe terrestre avec des villes rêvées épinglées dessus : Paris, Los Angeles, Tokyo…

Quand il redescend, la grand-mère lui a préparé une tranche de cake, qu'il refuse en prétextant un message urgent sur son téléphone. Il sort presque en courant, sous ses remerciements émus. Quand il démarre, il aperçoit de l'autre côté de la rue le vieil homme qui le fusille d'un œil noir.

XVII

Tu le reconnaîtras…

C'est une maison bâtie à la fois pour affronter la mer face à ses tempêtes, et pour se perdre dans la contemplation résignée de son immensité. Une maison ambitieuse au regard du pouvoir des hommes, mais humble envers la puissance de la nature. Les Islandais, dont on moquait les maisons en tourbe enfouies sous des toits d'herbe grasse, creusées à même les collines, ont réussi ce miracle moderne. Tapir leurs nouvelles demeures à plat dans les paysages pour en déranger le moins possible l'ordre naturel, mais les ouvrir par d'immenses baies vitrées sur la violence magnifique du pays. Face au tumulte de l'Atlantique Nord, face à la force tranquille des glaciers, face aux colères volcaniques.

La maison du député Gunnar Bergmansson est de ces maisons-là, et force l'admiration des membres de la scientifique. Même l'inspectrice Petra Haraldsdóttir, dont la famille en possède d'aussi belles, reconnaît en silence que celle pour laquelle elle brandit un mandat de perquisition est d'une élégance architecturale audacieuse.

Il est quinze heures quand les trois voitures de police débarquent pour la perquisition, Petra Haraldsdóttir en tête.

— Nous recherchons toute trace qui nous permettrait d'établir la présence d'Anika Allansdóttir dans cette maison. Merci d'être attentifs et méticuleux. La confirmation de cette présence marquerait un tournant décisif dans l'enquête.

Mais dès les premières recherches, la tâche s'annonce ardue. Ils trouvent trop d'indices. Tout le monde a été prévenu des afters agités organisés par le député et de ses invités turbulents les jeudis de petit week-end. De toute évidence, le ménage est fait régulièrement. Une pauvre femme, ou une société de nettoyage, ou du personnel de maison doivent passer le vendredi à remettre la maison en ordre. Vitres nettoyées, carrelage balayé, salle de bains et cuisine récurées. Mais pas les murs, ni les portes, ni certains meubles. L'équipe a bientôt relevé des dizaines d'empreintes différentes. Petra Haraldsdóttir fait isoler la plus grande chambre et y dépêche deux techniciens.

— Je veux la preuve qu'Anika couchait ici avec Bergmansson. Empreintes, traces, indices, cheveux, fluides, le grand jeu. Chaque millimètre carré.

À travers la baie vitrée de la chambre, qui ouvre directement sur la mer, l'inspectrice aperçoit l'avocat Johansson. Tout seul en retrait, le dos à l'horizon en papier d'alu, il lui adresse un salut de la tête. Un geste qui n'échappe pas à Botty qui se dirige vers la maison et dont le regard croise celui de l'inspectrice qui sort aussitôt la rejoindre.

— Qu'est-ce que tu fais là ?

— Ma curieuse.

— Tu sais que tu vas être suspendue dans la journée.

— Je ne le suis pas encore.

— Je te préviens, Botty, n'interviens pas dans mon enquête. Tu ferais mieux de travailler à ta reconversion, tu ne seras plus flic bien longtemps.

— Je lui ai déjà fait une proposition, dit une voix dans le dos de Petra Haraldsdóttir.

Elle se retourne et se retrouve face à face avec Emy Galdursdóttir, la directrice du journal *Bergmál.*

— C'est sûr que comme fouille-merde, vous ne pouviez pas trouver mieux.

— Dans notre métier, répond Emy tout sourire, c'est un compliment. Ça devrait d'ailleurs l'être dans le vôtre aussi. Johansson a l'air très confiant dans le succès de votre perquisition, vous ne trouvez pas ?

— La rédaction de *Bergmál* est en grève pour que sa directrice en personne se charge des faits divers ?

— C'est quand même une perquisition chez un député presque pédophile, mais tout à fait assassin, s'amuse Emy. Vous avez déjà trouvé quelque chose ?

— Il n'y aura pas de communication à la presse sur cette affaire. Seul le commissaire national fera un point quand il le jugera nécessaire.

— Je sais, j'en ai déjà parlé avec lui.

Petra Haraldsdóttir encaisse le sous-entendu, leur tourne le dos et retourne à l'intérieur de la maison sans répondre. De loin, l'avocat les regarde en souriant. Botty interroge Emy :

— Vous avez parlé au commissaire national ?

— Non, mais j'aime bien planter des banderilles comme ça, de temps en temps, au cas où. Maintenant, elle a ce doute fiché dans la tête. Chaque fois qu'une information sortira, elle se demandera si le commissaire national joue franc jeu avec elle ou pas. Les grands canyons sont nés de petites fissures.

— Mais ça a pris des millions d'années.

— Ce n'est pas faux, mais dans notre affaire, une faille suffira.

Emy n'a pas le temps d'être plus explicite. Petra Haraldsdóttir sort de la maison du député accompagnée d'un des techniciens de la scientifique, plusieurs pochettes d'indices à la main. Quand il la voit, l'avocat Johansson remonte le col de son loden, enfonce ses mains dans les poches de son manteau, et Botty le regarde disparaître derrière la maison pour rejoindre sa BMW bleue. Elle ne sait pas si c'est le vent qui plisse son visage ou un mauvais sourire. Elle reporte son attention sur Petra qui se dirige elle aussi vers la rue Süðurströnd. Mais l'inspectrice ne regagne pas tout de suite sa voiture. Elle se dirige vers un autre véhicule, garé un peu à l'écart, quelques mètres plus loin. Botty la regarde se pencher à la vitre pour parler à quelqu'un qu'elle cherche à apercevoir, mais quand l'inspectrice se redresse, la vitre est déjà remontée et ne renvoie que l'éclat de l'horizon sous un ciel d'étain. Quand la voiture démarre, Botty a la désagréable sensation d'être observée à son tour, certaine que le conducteur la regarde derrière le verre fumé de la vitre. Elle reste là, dans le vent et le crachin qui s'annonce, à regarder la voiture filer vers le centre-ville.

— Tu ne fais pas coucou à ton commissaire national ? s'amuse Emy.

— C'était lui ?

— Quelle flic tu fais, ma belle ! Tu ne connais pas les numéros de plaque de ceux qui deviendront un jour tes ennemis ?

— Ce n'est pas un véhicule de police.

— Non, c'est celui de sa femme. Discrétion oblige. À propos, j'ai quelque chose à creuser pour toi : Lou Reed, le type qui organisait les afters pour Bergmansson.

— Lou Reed !

— C'est le nom qu'un certain Uggi Holmarsson s'est choisi. Probablement pour le côté *walk on the wild side* de sa vie. Son vrai surnom dans Reykjavik *by night*, c'est Huggy les bons tuyaux, comme dans Starsky et Hutch.

— … ?

— Starsky et Hutch, le beau blond et le frisé, Zebra trois, la Ford Gran Torino rouge zébrée de blanc ?

— … ?

— La série télé des années quatre-vingt, enfin !

— Emy, je suis née en 92.

— Ah, au temps pour moi. Merci de me rappeler mon âge, ma belle, je saurai me venger de ça. Uggi donc, disais-je, tu le trouveras le soir autour de Laugavegur à essayer de pigeonner les touristes.

— Et comment je le reconnais ?

— Tu le reconnaîtras…

XVIII

… c'est vraiment trop idiot.

C'est une Ford Sierra modèle 93. Rouge zébrée de blanc. Botty l'a suivie depuis Laugavegur où Uggi a fait monter deux touristes à la peau rose et à la poitrine généreusement léchée par la langue du logo des Rolling Stones sur leur T-shirt. Il leur fait d'abord visiter le petit musée punk installé en sous-sol dans d'anciennes toilettes publiques, au bout de Laugavegur, juste en face de la Maison du gouvernement.

Quand ils en ressortent, une demi-heure plus tard, Uggi les tient déjà par les hanches, une de chaque côté. Elles rient aux éclats à ses blagues que Botty devine salaces et leur teint a viré au rouge. Et sûrement pas par timidité. Quand elle voit la Ford rouge et blanc rejoindre Hverfisgata et la remonter vers le quartier 101, elle n'a aucun doute sur sa destination : le musée du phallus sur Geirsgata, avec plus de deux cents spécimens de phallus de quarante-six espèces différentes de mammifères, un moulage en plâtre du phallus de Jimi Hendrix en érection, et une place réservée pour celui du conservateur quand le moment sera venu. Botty n'a aucun mal à imaginer Uggi faisant pouffer de rire les filles à la vue de celui de la baleine à sperme, long d'un mètre soixante-dix et pesant soixante-quinze kilos. Ou de celui de cet Islandais qui a légué le sien à sa mort à 96 ans en s'excusant que l'âge l'ait un peu rabougri.

À la sortie, Uggi, bien organisé, accompagne les deux étrangères, le visage empourpré et les tétons tendus sous le tissu, jusqu'au Phallic Café, à deux pas du musée. À la place de la colombe ou du cœur dessiné à la crème dans la mousse de leur café latte, les filles découvrent le dessin d'un pénis qui éjacule et se goinfrent d'une gaufre en forme de braquemart débordant d'une crème chantilly qui les force à se pourlécher les babines. Botty soupire. Pourquoi pas le musée viking, ou celui des sagas, de la baleine, le musée Perlan dédié à la nature islandaise, le musée maritime, le musée en plein air des vieilles maisons islandaises…

Quand elle s'approche de la table, elle comprend pourquoi. Devant les filles dont la gourmandise devient obscène, Uggi chantonne en claquant des doigts.

Sex and drugs and rock and roll
Is all my brain and body need
Sex and drugs and rock and roll
Are very good indeed…

— Uggi Holmarsson ?

Il ne semble pas étonné, au contraire, et il s'excuse auprès des filles.

— C'est la police. Uggi vous a dit à quel point il est célèbre ici. On se revoit ce soir à dix-huit heures. On boira un peu et on ira en boîte. Uggi peut vous faire entrer partout ! Ou alors vous m'attendez, c'est comme vous voulez.

Botty lui fait signe de se lever et de la suivre à une autre table à l'écart.

— Comment sais-tu que je suis de la police, tu me connais ?

— Tout le monde t'a vue pas plus tard qu'avant-hier à la une de tous les journaux. Si tu veux profiter de cette gloire, Uggi peut te faire rencontrer du beau monde.

— J'ai passé l'âge d'intéresser ceux pour qui tu rabats des gamines.

Il ne marque même pas le coup. Il éclate de rire et répond sans aucune gêne.

— Tout le monde ne frôle pas la pédophilie comme le pauvre Bergmansson. Uggi connaît des hommes qui cherchent à rencontrer de vraies femmes à qui tu plairais beaucoup. Surtout si tu viens en uniforme avec des menottes à la main.

— J'ai des menottes avec moi, réplique Botty, et je peux te les passer maintenant, si tu veux, et t'emmener au commissariat pour proxénétisme.

— Oh oui ! Embarque Uggi avec les bracelets devant tout le monde, fais-le, et ce soir il est le héros auquel succomberont ces deux-là.

— À condition qu'on te relâche.

... c'est vraiment trop idiot.

— Tu seras bien obligée, le proxénétisme est loin d'être caractérisé dans cette affaire. Uggi n'est qu'un fan de Ian Dury qui drague tout ce qui passe.

— Ian Dury ?

— L'auteur de *Sex and drugs and rock and roll.*

— Oui, mais Uggi se trompe, parce que si l'inspectrice Botty l'embarque, ça ne sera pas pour la dragouille lourdingue de deux touristes allemandes en chaleur, mais plutôt dans le cadre du meurtre de la petite Anika.

— Je ne vois pas pourquoi : le député a abattu ses deux assassins, donc l'affaire est classée, non ?

— Non. Une autre enquête est ouverte sur le geste du député, mais la première sur la mort d'Anika n'est pas close.

— D'accord, cède Uggi en arrêtant de parler de lui à la troisième personne, qu'est-ce que tu veux, alors ?

— C'est toi qui as rabattu Anika pour Bergmansson ?

— Jamais de la vie. Cette gamine, je ne l'ai jamais vue ni au Pablo, ni au Hax, ni au Lux, ni devant aucune boîte. Bankastræti, l'Exit, Dansnámskeið, rien. Jamais vue. Nulle part.

— Et chez Bergmansson ?

— Chez Bergmansson, je n'y ai jamais mis les pieds. Une ou deux fois, j'y ai accompagné des filles, mais je n'y suis jamais entré. Moi je branche les filles, mais c'est un autre qui gère ça, pas moi.

— Et cet autre, il a un nom ?

Uggi hésite. Botty comprend qu'il pèse le pour et le contre avant de répondre.

— Zuckas. Darius Zuckas…

— Il est Lituanien ?

— Oui.

— Il ressemble à quoi et je le trouve où ?

— Tu vois John Cazale ? Fredo Corleone, un des fils de Brando dans *Le Parrain*, celui qui part à la pêche et qui ne revient jamais… Eh bien Zuckas, c'est lui. D'ailleurs, tout le monde l'appelle Fredo. Fredo Brandosson, c'est pour dire !

— Et je le trouve où ?

— Je ne sais pas où il crèche, mais il commence toutes ses nuits à dix-huit heures au Gaukurinn, sur Tryggvagata. C'est quoi l'embrouille avec cette enquête, qu'est-ce que vous cherchez d'autre ? Vous avez le corps de la gamine, ses deux assassins et leur tueur !

— Je voudrais juste comprendre pourquoi tout au long de l'enquête sur la mort d'Anika, je n'ai rien su de sa liaison avec Bergmansson.

— Moi non plus je n'ai jamais eu vent de ça, mais qu'est-ce que ça change que le député l'ait baisée ou pas, puisque vous avez chopé ses assassins, même si quelqu'un d'autre les a descendus à votre place ?

— Rien, Uggi, ça ne change rien pour ce dossier, tu as raison. C'est juste pour confirmer le mobile du crime passionnel pour Bergmansson, et en plus, pour tout t'avouer, je ne suis même pas sur cette affaire.

— Oui, Uggi sait ça, répond-il en reprenant son rôle.

— Comment l'as-tu su ? s'étonne Botty.

— Uggi en croise des gens qui parlent, si tu savais ! Bon, je te laisse, je dois m'occuper de mes amoureuses.

— Elles sont pour qui, ces deux-là ?

— Avant dix-huit heures, c'est pour moi : consommation personnelle, comme vous dites chez les flics.

Botty le laisse rejoindre la table des deux filles qui commençaient à trouver le temps long et gloussent de le voir revenir.

Botty connaît le Gaukurinn. Dans un quartier d'immeubles de bureaux tristes, en face d'une banque. On sent le regard avide des promoteurs sur les deux hangars jumeaux qui abritent la boîte de nuit. Au-dessus de la porte située à l'angle de la rue, elle découvre le mot « Opið » puis, sur le côté du bâtiment, une enseigne « Hurra » en grandes lettres de couleur éclairées par des ampoules à nu. Elle avait pourtant le souvenir d'une fresque graffée « Harlem ». Elle n'a pas mis les pieds dans une boîte depuis si longtemps et ça lui manque soudain. Se vider la tête, se prendre une cuite, se faire un mec, sans se soucier de rien d'autre. Quand a-t-elle perdu cette belle insouciance suicidaire de la jeunesse ?

Le Gaukurinn est fermé. Botty cherche à voir à l'intérieur, frappe à la porte et aux vitres. Elle va repartir quand quelqu'un entrouvre dans un cliquetis de clés. Une jeune femme passe la tête.

— Tu veux quoi ?

— Je cherche à joindre Darius Zuckas.

— Fredo ?

— Oui, on m'a dit qu'il commençait toujours ses soirées ici, au Gaukurinn, à dix-huit heures.

— Peut-être bien, mais là, il est à peine quinze heures…

— Ah oui, désolée, je n'avais pas fait attention.

— Et qu'est-ce que tu lui veux, à Fredo ?

— Lui parler dans le cadre d'une enquête. Je suis flic.

— Oui, je sais qui tu es. « Bottyful », c'est ça ?

— Merde, ce titre va vraiment me coller à la peau toute ma vie ?

— Rassure-toi, tu finiras par vieillir, mais pour l'instant, c'est vrai que t'es plutôt belle et qu'il te va bien. Tu veux entrer ?

La femme est jolie. Tête blonde aux yeux de glacier. Un peu androgyne, mais au fier port de tête. Son cou élégant met en valeur ses cheveux blonds en mèche sur le front et coupés ras dans la nuque. Longues jambes moulées dans un legging noir, long T-shirt blanc échancré sur ses seins libres. Elle passe derrière le bar et insiste pour que Botty se laisse tenter par un verre.

— Je t'offre mon spécial, un Pisco sour.

— Je ne me souviens même plus de quoi c'est fait.

— Pisco péruvien Demonio de Los Andes, jus de citron, sirop de canne et blancs d'œufs au shaker jusqu'à ce qu'on n'entende plus les glaçons.

— Je ne suis pas sûre de pouvoir supporter ça, murmure Botty en parcourant la salle des yeux.

Mis à part le bar, bien rangé et éclairé des lueurs indirectes de néons roses et mauves, le reste ressort plus du sympathique capharnaüm. Différents espaces. Une scène encombrée de micros, de baffles et d'une batterie, une salle pour manger, des coins pour boire, des recoins pour être tranquille. Un long banc et des petits fanions arc-en-ciel. C'est sombre, assez bas de plafond, un peu foutraque, un peu bordélique, chaleureux. Un refuge, isolé de la froideur blanche du monde extérieur. Est-ce que la fille a vraiment répondu « *tant mieux* » à sa dernière remarque ?

Le bruit la tire de sa rêverie. Elle se retourne et s'amuse de voir la fille secouer son shaker comme dans un film américain. Sous son T-shirt, son mouvement agite ses seins libres qui ballottent en rythme. Elle surprend son regard et s'en amuse.

— Ils sont encore beaux, mais à force de faire ce métier, je vais finir par les perdre !

Est-ce vraiment elle qui répond « *ce serait dommage* » ?

Le pisco est délicieux. Quand la mousse de blanc d'œuf colle à ses lèvres, Botty rougit de la langue qu'elle passe pour les nettoyer et que la fille, face à elle, regarde sans équivoque. Elle lui propose de s'asseoir dans un vieux sofa au velours lichen élimé, mais profond et confortable. Le temps que Botty ferme les yeux pour savourer cet instant suspendu, la fille a branché tout le jeu de lumières de la boîte. Des spots, des projos et des néons qui sculptent la pièce d'ombres et de couleurs. Taverne de pirates, grotte de lumière, chapelle hérétique. La chaleur du pisco lui monte à la tête. Elle s'abandonne à un moment bienheureux. Quand la fille s'assied à côté d'elle et lui demande si elle a une heure devant elle, la promesse est explicite, elle lui avouerait bien que vu l'état de sa vie amoureuse, elle aurait même des années de plaisir à rattraper. Alors elle pose son pisco sour en équilibre n'importe où et la fille se penche sur elle pour l'embrasser.

— Désolée, dit-elle, je suis en service.

C'est tout ce qu'elle trouve à dire pour cacher son trouble et elle comprend tout de suite que c'est vraiment trop idiot.

XIX

… dans de beaux draps noirs.

— C'est dommage, dit la fille en se redressant, j'ai toujours eu envie de le faire avec un flic.

Elle s'appelle Erlin. Elle est magnifique et sans complexe. Botty n'en revient pas d'avoir failli céder. Elle la regarde s'éloigner vers le bar pour leur préparer deux cafés serrés. Quand Erlin revient vers le sofa et s'assied à côté d'elle, Botty en frémit. Erlin le devine et en sourit, puis elles dégustent leurs cafés, assises côte à côte. Erlin chouroupe le sien, aspirant bruyamment l'air froid et le café bouillant entre ses lèvres. Elle dit que les gens d'Orient font ça. Qu'un voyageur arménien lui a appris. Puis elle prend leurs tasses et les pose au sol, et se tourne vers Botty.

— Alors, qu'est-ce que tu lui veux à Fredo ?

— Le voir et lui poser certaines questions.

— Des questions qui lui veulent du mal ?

— Ça dépendra de ses réponses.

— La plupart des hommes sont gentils dans la vie, mais tordus au lit. Fredo, lui, c'est l'inverse. Au lit, c'est un tendre, alors que dans la vie, c'est un sans âme.

— C'est ton homme ?

— Je n'ai pas d'homme, tu n'as pas compris ? C'est juste un de mes amants, de temps en temps, quand on a trop le blues l'un ou l'autre. C'est pour ça que je l'aime bien et que je n'apprécierais pas qu'une adorable flic bien fichue vienne lui causer des embrouilles.

Botty en tressaille. Depuis combien de temps ne lui a-t-on pas murmuré ce genre de compliment ?

— On m'a dit qu'il sélectionne des filles pour les afters du député Bergmansson.

— Ah ! Ce genre d'embrouilles-là.

— Oui. Ce genre. Tu m'accompagnes chez lui ?

— Tu crois qu'il habite près d'ici ?

— Il est à l'ouverture du Gaukurinn tous les soirs à dix-huit heures. C'est une heure où on circule mal, même à Reykjavik. En plus, il est un de tes amants occasionnels. Ça ressemble à un type qui habite à deux pas et qui a ses petites habitudes.

— Tu es vraiment flic, alors !

Erlin se lève et éteint les lumières.

— On y va ! C'est à deux cents mètres d'ici, sur Mjóstræti, en haut du petit passage de Brattagata.

À quelques dizaines de mètres à peine du carrefour froid et gris, le quartier s'alambique de placettes, de recoins, de pelouses, de passages et de jardinets pour devenir un village paysager et propret. De petites résidences blanches, élégantes, forment un écrin à des maisons plus anciennes en bardage de couleur. Rouge nordique, ocre d'or, bleu ciel, vert pâle, festonnées de blanc sous des toits pentus de tôle verte, rouge ou blanche. Les boutiques sont raffinées et, quand les rues sont pavées, elles le sont d'une précision de marqueterie, en pierres autobloquantes et régulières.

C'est une maison proprette de grand-mère, sur un étage, au coin d'une rue. Murs de clins orangés, traverses et dormants des fenêtres soulignés d'un beau rouge sombre, comme la porte, croisillons et parcloses blancs. Elle est posée sur un soubassement de pierres et, pour compenser la pente du passage Brattagata, on y accède par un escalier de traverse en bois sombre qui mène à une petite terrasse courue d'une rambarde.

Elles montent les quelques marches et Erlin frappe à la vitre de son index plié. Botty se surprend d'être émue par le petit pas en arrière qu'elle a pour attendre. Mouvement de petite fille sage qu'elle sait pas si sage que ça.

— Il n'est pas là ? dit-elle pour penser à autre chose.

— Ce n'est pas son habitude, s'étonne Erlin.

Elle redescend le perron et contourne la maison. Botty observe la façade. La porte en bois massif est percée d'une rosace en vitrail que frappe un rayon de soleil. Un colibri bariolé suspendu devant une fleur tropicale. Elle imagine les transparences colorées à l'intérieur et frémit à nouveau au souvenir du reflet des lumières du Gaukurinn sur la silhouette d'Erlin.

— Sa voiture est là pourtant, dit Erlin de retour, mais pas en état de rouler. Deux pneus crevés.

— Il est peut-être allé chercher de quoi réparer, ou faire quelques courses dans le quartier.

Par réflexe, Botty pose la main sur la poignée, et la porte s'ouvre.

— C'est ouvert, dit-elle à Erlin qui la rejoint.

Même si se verrouiller n'est pas encore une habitude en Islande, elle devine qu'Erlin s'inquiète.

— Ça ne lui ressemble pas.

Botty laisse passer Erlin qui pousse doucement la porte et appelle son ami.

— Fredo ?

Personne ne répond. L'intérieur ressemble à la façade, propre et soigné. Rien ne traîne. Tout est rangé. Des livres sur une étagère, alignés par ordre alphabétique. Parfum d'encaustique. Parquet ciré. Rien d'un repaire de célibataire.

— Fredo ?

Le salon et la cuisine, impeccables. Napperons et voilages. Les toilettes, nickel. Elles montent à l'étage.

— Fredo ?

Lit au carré, armoire de maniaque, cintres régulièrement espacés et chemises repassées. Costumes de même. Pas un grain de poussière. Odeur de propre.

— Fredo ?

Salle de bains d'une hygiène clinique.

— Il ne peut pas être bien loin, dit Erlin sans cacher son inquiétude. Redescendons l'attendre, je sais où trouver du café.

Botty ne répond pas. Pour détourner son attention du lit qui relance chez elle une tentation inassouvie, elle regarde par la fenêtre derrière les rideaux qui sentent bon le frais. De l'autre côté de la rue, une petite maison. Toute petite. Bleu azur sous un toit vert. Percée de ce côté par deux fenêtres carrées toutes blanches, habillées de brise-bise brodés.

— Café alors ? insiste Erlin en redescendant.

Botty la suit dans les escaliers, mais pas dans la cuisine.

— Je reviens, dit-elle en sortant sur le perron.

— Où vas-tu ?

Erlin abandonne l'idée du café et sort à son tour. Botty a frappé à une des fenêtres de la petite maison et attend.

— Qu'est-ce que vous voulez ?

Elle se tourne vers la voix. Un vieil homme sec comme un hareng salé la regarde avec suspicion, penché par-dessus la balustrade en bois blanc qui barre l'accès à un jardinet piqueté de fleurs.

— Désolée de vous déranger, monsieur, j'ai vu que vous nous observiez depuis votre fenêtre et je voulais vous rassurer. Nous sommes juste venues rendre visite à un ami qui n'est pas là.

— Il est parti, le Lituanien.

— Vous parlez de monsieur Zuckas ?

— Oui, le Lituanien, il est parti. En voiture.

— Mais sa voiture est toujours garée derrière.

— Il est parti dans la voiture des autres.

— Qui ça, les autres ?

Le vieux hareng ne répond pas, soudain sur ses gardes.

— Vous êtes qui, vous, d'abord, pour poser toutes ces questions ?

Botty comprend qu'elle a ferré un bon témoin. Le voisin ordre et progrès, force à la loi, chacun chez soi. Ceux-là, elle les appâte avec sa carte.

— Je suis de la police, monsieur, et j'ai besoin d'interroger M. Zuckas dans le cadre d'une enquête.

— Ah, enfin, ça ne m'étonne pas. Trop poli pour être honnête, le Litu. J'avais bien dit à Inga de ne pas accepter d'être sa femme de ménage.

— Vous dites qu'il est parti dans une autre voiture que la sienne ?

— Oui. Ce matin. Deux hommes sont venus le chercher. Cossus, mais sans gêne. Ils ont laissé leur Land Cruiser au beau milieu de la rue une bonne demi-heure. Le premier est entré dans la maison, l'autre est resté près de la voiture à fumer comme un sagouin. Trois cigarettes en moins d'un quart d'heure !

Botty tourne la tête et inspecte du regard la chaussée bien pavée.

— Si vous cherchez les mégots de ce salopiau, oubliez. Inga les a ramassés, vous pensez bien.

— Qu'en a-t-elle fait ?

— Poubelle. Direct ! Déchets non recyclables. Un mégot avec filtre, c'est douze ans avant de se dégrader, à cause de l'acétate de cellulose. Et vous savez combien ces salauds en balancent par an ? Près de cinquante milliards. Vingt-cinq mille tonnes.

— Darius ne fumait pas tant que ça, se moque Erlin.

Mais Botty ne veut pas se laisser distraire et revient à ses trois mégots.

— Est-ce que votre femme a déjà porté vos poubelles aux conteneurs ?

— Non, les poubelles c'est à 17 h 15.

Botty demande à les fouiller sous le regard écœuré du vieux hareng. Elle récupère les trois mégots et les glisse dans un des sachets à indice dont elle ne se sépare jamais. Elle demande alors au vieux de préciser l'heure à laquelle il a remarqué le Land Cruiser et quelques détails sur le véhicule, puis elle appelle le commissariat pour une recherche à partir du réseau de vidéosurveillance du trafic. Elle veut l'immatriculation, éventuellement l'identification du chauffeur, et si possible sa destination.

— Dans quinze minutes, c'est possible ?

— Comme si c'était facile !

— Écoute, Komsi, Mjóstræti est en sens unique. Ils n'ont pu que descendre par Brattagata et prendre à gauche sur Aðalstræti. Tu devrais les repérer sans problème sur les caméras du square Ingólfstorg. Au moins l'immatriculation.

Quand elle se retourne, Erlin la convoite d'un regard sans équivoque.

— Décidément, ton côté flic me plaît beaucoup. Il n'est que 16 h 30, nous avons plus d'une heure devant nous avant l'ouverture du Gaukurinn, et toute la maison de Fredo à disposition…

— Je t'ai dit que j'étais en service.

— Et si tu ne l'étais pas ?

— Il pourrait débarquer et nous surprendre.

— Si tu crois que ça le dérangerait !

— Ça me dérangerait, moi.

— Ce n'est pas ce que je veux dire. Fredo m'a déjà prêté son lit pour des coups d'un soir, tu sais. La seule chose qu'il exige, c'est qu'on remette des draps propres avant de partir.

Botty soupire. Elle n'en revient pas de ce qui lui arrive. Cette fille la drague sans complexe et elle avoue en être bouleversée. Elle ne peut se cacher d'en avoir envie. De devoir lutter pour ne pas céder.

— C'est impossible.

— À corps vaillant, rien d'impossible, répond Erlin.

— Je crois que les Français disent à « cœur » vaillant.

— Oui, je sais, mais moi je dis à « corps »…

— Écoute, Erlin, même à corps perdu, à corps défendant, au corps à corps, même corps et âme ou le diable au corps, c'est impossible tant qu'on n'a pas retrouvé Zuckas.

— Tu crains à ce point qu'il nous voie dans les bras l'une de l'autre ?

— Erlin, ce que je crains, c'est que si, pour une raison ou pour une autre, la police est amenée à ouvrir une enquête sur une possible disparition de Zuckas, elle trouve sur son lit des poils pubiens qui m'appartiennent ou des traces de mes fluides corporels.

— De tes fluides corporels ! répète Erlin d'un air dégoûté. Alors là, tu n'es vraiment qu'une flic, une vraie tue-l'amour. Je préfère remonter au Gaukurinn…

Erlin se dirige vers la porte et passe dans les lumières chamarrées du vitrail. Botty n'y résiste pas.

— Erlin, attends…

Mais son téléphone sonne. Le commissariat qui rappelle.

— Salut, c'est Komsi, à propos du Land Cruiser…

— Tu l'as ?

— C'est pas comme si ça avait été facile, mais c'est un Land Cruiser série 300, immatriculé au nom d'une société de conseil en stratégie commerciale, WTS : World Trade Strategy. Nous remontons les actionnaires et les dirigeants.

— Et tu sais où il est allé ?

— Oui, nous l'avons suivi grâce aux caméras de circulation. Il est sorti de la ville par la N° 1 en direction du sud.

— C'est trop vague, il faudrait que tu…

— Je l'ai fait. J'ai appelé toutes les stations. Ils ont pris trente litres à la station Orbis à l'entrée de Selfoss.

Botty réfléchit. Trente litres, c'est peu pour un plein, surtout pour un réservoir qui doit en contenir au moins cent.

— Est-ce qu'on sait s'ils ont pris autre chose que de l'essence : un café, des *pylsur*, quelque chose à boire ?

— D'après le gars de la station, ils ont juste pris de l'essence, rien d'autre.

Donc, ils ne s'arrêtaient que pour l'essence. Il n'y avait pourtant pas d'urgence avec soixante-dix litres dans le réservoir. De quoi parcourir près de sept cents kilomètres encore, avec la certitude d'en trouver sur la N° 1 à Hella, à Hvolsvöllur, puis à Vik…

— Dis-moi, quelle est la route la plus sèche à partir de Selfoss ?

— La plus sèche ?

— L'axe le moins bien desservi en stations-service.

— Quarante kilomètres après Selfoss, si tu quittes la N° 1 vers le nord pour prendre la 26, juste avant Hella, tu as une dernière station cent kilomètres plus loin, puis la route 26 devient la piste F26 et là tu n'as plus rien pendant plus de quatre cents kilomètres jusqu'à Fosshóll, près d'Akureyri, tout au nord.

Botty réfléchit et Erlin, qui essaye de comprendre la conversation, s'alarme.

— Quelque chose ne va pas ?

— Ils ont été vus à Selfoss où ils ont complété leur plein d'essence. À mon avis, ils ne vont pas rester sur la N° 1. S'ils ont pris leurs précautions, c'est qu'ils vont couper par les hautes terres à travers le désert du centre noir.

— Et alors ?

— Alors s'ils voulaient juste rejoindre Akureyri, ils avaient plus vite fait de prendre la N° 1 vers le nord. Ils y étaient en moins de cinq heures.

— Et alors ?

— Erlin, pourquoi faire dix ou douze heures de piste en plein désert plutôt que cinq heures sur un ruban asphalté ?

— Je n'en sais rien, Botty, c'est toi la flic.

— Parce que cette piste longe le désert Ódáðahraun, le désert de lave des proscrits. Celui où venaient se cacher les bandits de l'époque, et où disparaissent les voyous de nos jours.

— Seigneur Dieu ! Tu veux dire que Fredo…

— Oui. Il est possible que Zuckas soit dans de beaux draps noirs.

XX

… et s'éloigne pour téléphoner.

— Il va vraiment vivre avec nous ?

— Une ou deux semaines, plaide Kornelius. Son amoureuse l'a fichu à la porte.

Alma dévisage Ari, et seul le border collie au bout d'une laisse trouve grâce à ses yeux.

— Comment s'appelle-t-il ?

— Patchwork, répond le garçon, emprunté et timide comme pour une visite médicale.

— Patchwork ! soupire Alma moqueuse pour le mettre mal à l'aise, même si elle reconnaît sans le dire que le nom va comme un dessus-de-lit au chien attentif et curieux tout rapiécé de taches noires et blanches.

— Le temps de terminer notre enquête dans la région, plaide Kornelius, après il repartira à la conquête de sa belle à Reykjavik.

— Pas la peine de couper les ailes à un mouton, lâche Ari, je vais me trouver une location à Höfn.

— Pas la peine de quoi?

— Pas la peine de chercher à comprendre ses dictons, intervient Kornelius. Son grand-père en a inventé sept cents, tous plus incompréhensibles les uns que les autres.

— Sept cent trente-quatre, dans douze carnets qui…

— On s'en moque, lâche Kornelius, bienvenue chez nous, inspecteur Ari.

Il se dirige vers la maison, mais Alma le rattrape et s'étonne à son oreille.

— Il s'appelle vraiment inspecteur Harry, comme Clint Eastwood dans…

— Non, Alma, il s'appelle Ari Eiriksson, et il est donc pour moi l'inspecteur Ari.

Alma s'arrête et regarde l'inspecteur avec sa tête de poupon premier de la classe et son chien de réclame télévisée. Patchwork, en laisse, semble comprendre la situation et aboie un remerciement. Saphir, le fils d'Alma, jaillit hors de la cuisine et se précipite pour enlacer le chien qui jappe de plaisir et lui pourlèche le visage.

Kornelius entre dans la maison et explique à son père qui est l'inspecteur Ari et pourquoi il l'a invité.

— Moi aussi, j'ai invité quelqu'un, répond le vieux Jakob, il ne devrait plus tarder. Nous allons manger dehors, autour d'un feu de camp, qu'en dis-tu ?

— La météo prévoit une nuit à dix degrés, ça devrait le faire, comme dans la bonne tradition viking !

Abrité du vent par la maison, dans un large foyer délimité par un cercle de pierres de lave, Jakob a amassé des bois flottés. Un feu de camp. Presque une hérésie dans un pays sans arbre. Au moins Jakob a-t-il récupéré ceux-là sur la plage, arrachés par on ne sait quelle tempête de l'océan à on ne sait quels rivages lointains. Au nord de la péninsule de Snæfellsnes, sur le Strandir, la côte orientale des fjords du nord-ouest, des forêts sibériennes entières viennent s'échouer après des années de dérive. Des pièces de bois échappées au radelage par bûches perdues des forestiers et qui finissent à la mer. Des milliers de bois flottés que des tempêtes boréales entassent quelquefois en inextricables mikados dantesques de plusieurs mètres de haut. Ceux-là font l'objet d'un vrai commerce sur cette île où le bois est si rare.

— J'ai demandé à Bekan Benediktsson de venir. Il travaille comme volontaire à l'antenne de l'ICE-SAR de Höfn depuis 1985. Si des recherches ont été déclenchées pour retrouver un avion disparu des radars, il le saura. Bekan est la mémoire de l'ICE-SAR. C'est un perfectionniste, un maniaque, et surtout un hypermnésique : il se souvient de tout et ne peut rien oublier. Pas la peine de plonger dans les archives.

— Merci. Franchement, merci…

Le premier compliment de Kornelius à son père depuis des années. Jakob prétexte un retour de fumée pour essuyer une larme. Puis ils regardent l'inspecteur Ari et son border collie jouer avec Saphir.

— À la bagarre ! ordonne Ari.

Le gamin se laisse terrasser par le chien dans des éclats de rire qui se fracassent jusqu'aux étoiles. Ils roulent dans l'herbe et Patchwork bondit chaque fois que l'enfant fait mine de lui échapper. Attirée par les rires, Alma sort et rejoint Ari.

— Il est joueur.

— Ton gamin, oui, plus que mon chien.

— Il n'a pourtant pas l'air d'être en reste.

— Si tu veux manger, amuse le fils de la cuisinière.

— Ça ne veut rien dire.

— La preuve que si !

— La preuve que non, c'est mon grand-père qui prépare les *pylsur*.

— Banane ou orange, les deux se pèlent.

Elle le regarde, incrédule. D'où sort ce type avec ses dictons sans queue ni tête ?

— Ça veut dire que grâce à toi ou à ton grand-père, peu importe, je finirai par manger quand même.

Cette fois, elle sourit à tant de gentille stupidité.

Bekan Benediktsson arrive dans un improbable 4x4 LJ Suzuki des années quatre-vingt qu'il jette de la route N° 1 jusqu'à la maison dans un assaut bondissant. L'homme est aussi petit et rustique que son véhicule. Sec, noueux et dur comme un bois flotté. Une tête de vieux, mais une poigne à remonter des chaluts. Jakob le salue et le présente, puis disparaît dans la maison préparer les *pylsur*. Bekan en profite pour aborder directement Kornelius.

— C'est toi qui fais des recherches sur un accident ?

Kornelius confirme d'un hochement de tête et appelle l'inspecteur Ari.

— Il s'appelle vraiment comme l'inspecteur de…

Quand Ari les a rejoints, Kornelius résume la découverte des trois corps et des restes de l'avion.

— Ça, je le sais, mon garçon. Rien ne tombe sur ce glacier ni n'en ressort sans que je le sache.

— Alors, dis-nous, grand-père, répond Ari.

— Mon garçon, tu m'appelles encore une fois grand-père et je te les éclate d'une seule main.

— Grand-père, ne lèche pas le visage de celui qui peut t'avaler, réplique Ari.

— C'est quoi ce charabia ? s'étonne le vieux Bekan.

— Ça veut dire que tu m'appelles encore une fois garçon et je t'étrangle avec les tiennes, grand-père.

Bekan regarde l'inspecteur, puis Kornelius, puis l'inspecteur à nouveau.

— Eh bien, il en a, ce petit. Peut-être bien qu'il mérite de s'appeler Inspecteur Harry, finalement.

Puis il s'explique. Son père a participé à la création des secouristes volontaires en 1918 sur l'île de Heimaey. Sa vie d'enfant comme sa vie d'adulte ont été rythmées par les alertes sur toutes sortes de catastrophes : éruptions, inondations, naufrages, séismes, crashs d'avions et autres accidents. Lui a pris la relève en 1985 et, comme son père en avait l'habitude, il a tout consigné dans des carnets, bien que sa mémoire soit infaillible. Pour la mémoire des autres, au cas où.

— Et pour notre avion ?

… et s'éloigne pour téléphoner.

— Les accidents sont rares au-dessus du Vatnajökull. Les experts disent que sa surface froide, treize fois plus grande que celle du meurtrier Mýrdalsjökull, rend l'air plus stable. Mais des carlingues prises dans les glaces et qu'on n'a jamais retrouvées, il y en a une centaine encore.

— Tant que ça ! soupire Kornelius.

Bekan n'a pas le temps de répondre : Jakob se dirige vers le feu de camp avec le plateau de *pylsur* et tout le monde le rejoint.

— *Ein með öllu*, une *all the way* ! comme disaient les Américains de Keflavík.

— Ceux-là, ils ont bien fait ce qu'ils ont voulu avec notre espace aérien, grogne Bekan. Quand j'étais gamin, la base comptait trois mille deux cents GI et quatre F15. Les 358 avions qui se sont abîmés sur les glaces du Mýrdalsjökull étaient presque tous des avions américains.

Puis il se tait, le temps de savourer les fameux hot-dogs aux trois viandes. Saucisses d'agneau, de porc, de bœuf, bardées de bacon ; pain vapeur à peine grillé ; ketchup sucré aux pommes ; rémoulade à base de mayonnaise, de cornichons, de carottes et de câpres ; chou rouge émincé mariné au vinaigre ; oignons frits et moutarde brune sucrée.

— Pour revenir à ton avion, reprend Bekan qui a déjà englouti sa *pylsa*, je n'ai souvenir que de trois Beaver. Tous les trois disparus sans laisser de trace. Le premier en mai 1989. Le 12, un vendredi, le jour de la sortie de l'album *Altars of Madness* de Morbid Angel, un groupe de *death metal*...

It's the dawn of the crucifiers
Suffocation
Suffocating evil smoke arise
Cleansing the masses in iniquity
Cauldrons blaze in sanctifying ritual
Vile crematory burns my eyes

Tous se retournent vers Ari qui imite la voix éraillée de Tucker, le bassiste et brailleur de Morbid Angel. Alma n'en revient pas. Ari le bon garçon, le premier de la classe, l'inspecteur à son papa, qui connaît les Morbid. Et pourquoi pas Necrophagia ou Obituary ?

— Bien sûr que je les connais aussi.

— Ari, s'il te plaît, tu ne crois pas que nous avons déjà assez de nos morts à gérer ?

Kornelius est moins énervé de la distraction d'Ari que du nouveau regard que porte sa fille, Alma, sur lui.

— Désolé, Bekan. Alors, cet avion ?

— Il décolle de la piste de Hornafjörður, l'aéroport de Höfn, avec un plan de vol pour les îles Westman, à cent vingt kilomètres de là. Quarante-cinq minutes de vol en longeant la côte, mais plus de signe de vie dix minutes après le décollage. Nous avons mobilisé des équipes de volontaires tout le long du littoral à la recherche de l'épave, et les avons laissées cinq jours en alerte au cas où la mer aurait rejeté des débris. Nous n'avons rien retrouvé. L'enquête policière a révélé un couple gay en pleine décomposition, deux hommes au bout de leur histoire. Nous pensons qu'ils ont volé en rase-mottes pour échapper au radar de Hornafjörður et qu'ils sont allés se crasher volontairement n'importe où, donc peut-être bien sur ton glacier.

Puis il se tait et attaque sa deuxième *pylsa* avec la même gourmandise que le petit Saphir met à finir sa première. L'inspecteur Ari fait fuiter un jet de rémoulade sur sa veste et Alma éclate d'un rire qui fait rire le gamin qui mord à pleines dents pour faire jaillir un filet de ketchup entre ses mains.

— L'autre possibilité, c'est ce Beaver en provenance de l'ouest. Un pêcheur qui rentre à Höfn contre la tempête l'aperçoit à hauteur de la lagune de Jökulsárlón. La mer est déchaînée, mais c'est pire au-dessus du glacier. Il a alerté les secours, mais nous n'avons pas pu intervenir tant la tempête était violente. Nous n'avons eu accès aux glaciers que quatre jours plus tard, mais nous n'avons trouvé aucune épave.

— Comment est-ce possible ? s'étonne Ari.

— Avec une tempête boréale, il peut tomber des mètres de neige là-haut. Tous les débris ont dû être ensevelis.

— Quelle date ?

— 1995. Le 5 septembre. Un mardi. Le jour où les Français ont recommencé avec leur foutue bombe. Ce Beaver-là, on est certain qu'il est tombé quelque part sur le Vatnajökull, mais c'est un glacier de huit mille trois cents kilomètres carrés. Après la tempête, nous avons cherché de façon intensive une bonne semaine, puis avec un dispositif plus léger pendant un mois. Là encore, nous n'avons rien retrouvé.

— Il avait un plan de vol ?

— Oui. Keyflavík-Höfn et après un jour d'escale, ils devaient continuer vers Tórshavn, dans les îles Féroé.

— C'est faisable avec un Beaver ?

— Sept cent cinquante kilomètres d'autonomie, ça leur laissait une trentaine de kilomètres de marge, c'était couillu, mais c'était jouable. Après, c'est un avion prévu pour sept passagers et neuf cents kilos de fret. S'ils étaient moins et avec peu de bagages, ils pouvaient gagner cinquante kilomètres d'autonomie. On doit peut-être en trouver des traces dans les archives de la tour de contrôle. À Keflavík, tu oublies. Jusqu'en 2006, l'Islande tout entière était considérée comme une base de l'Otan face à l'ogre soviétique, et pas un avion ne décollait sans être repéré et suivi. Mais ils ont dû rapatrier ou détruire leurs archives quand ils ont abandonné leur base.

Tout le monde s'arrête après la seconde *pylsa*, sauf Bekan et Ari qui attaquent avec appétit leur troisième. Jakob profite du silence gourmand pour distribuer le dessert à ceux qui calent. La nuit reste au-dessus de dix degrés, alors crème glacée pour tout le monde. Parfum crème anglaise et une douzaine de garnitures : pépites de chocolat, bonbons colorés, bubble-gums, miettes de meringue, éclats de biscuit, de caramel, de noisettes.

— *Ein með öllu !* s'écrie Saphir en ensevelissant sa crème glacée sous une grêle de gourmandises.

— Et le troisième Beaver ?

— L'année suivante, en 1996. Affrété par deux Américains venus du Groenland, avec une escale à Reykjavik. Des cinéastes en mal de paysages grandioses et de sensations fortes. Ils sont restés trois jours à quadriller tout le Vatnajökull en repérage pour un film. Ils ont disparu le quatrième jour et nous n'avons jamais plus entendu parler ni d'eux ni du film.

— Tempête ?

— Non, grand blanc. Plus qu'un brouillard, un nuage entier qui se pose sur le glacier. Plus aucune chance de distinguer la glace du ciel. Ils ont dû percuter la montagne ou se crasher sur le glacier et basculer dans une crevasse. On n'a rien retrouvé. Quelquefois, ces nuages ne sont que de la neige en suspension et il suffit d'un rien pour en catalyser la chute.

— Ça peut disparaître dans une crevasse, un Beaver ?

— Ça peut, si ça se fracasse et que c'est une crevasse due à une rupture de pente sous le glacier. Dans ce cas, elle peut s'étendre sur une grande partie de la largeur, s'ouvrir sur quelques mètres en surface et plonger jusqu'à cinquante mètres en profondeur.

De quoi engloutir un Beaver de quinze mètres d'envergure si le hasard fait qu'il y tombe dans le bon sens.

Kornelius reste pensif. Le cœur du Vatnajökull n'est qu'à une demi-heure de vol de Höfn et on peut s'y perdre corps et biens. S'y fracasser, s'y blesser, et mourir en attendant des secours impuissants face à la nature. De froid. D'épuisement. Dans un sarcophage de glace.

— Voilà, c'est tout ce que je peux te dire. Je n'ai pas connaissance d'autres Beaver qui auraient disparu au-dessus du Vatna de 1985 à nos jours.

— Je t'avais dit que Bekan est la mémoire de l'ICE-SAR, ajoute Jakob en proposant au sauveteur une dernière *pylsa*.

Kornelius ne répond pas. Il est distrait par Ari qui n'est plus avec lui. Il rit et s'amuse autour du feu avec Alma et Saphir. Ils chahutent et ébouriffent le chien qui en jappe et cabriole de plaisir.

Kornelius hésite, s'excuse auprès de Bekan, et s'éloigne pour téléphoner.

XXI

… une bonne assurance à la CIA ?

— Kornelius ?

— Tu t'attendais à quelqu'un d'autre ?

— Oui. En fait, à peu près n'importe qui sauf toi.

— Ah ! Désolé. Je rappellerai demain pendant tes heures de service, alors. Bonne nuit, Ida.

Il raccroche et son téléphone sonne aussitôt.

— Si c'est pour le boulot, maintenant que tu as gâché ma soirée, alors dis-moi.

— …

— Vas-y, qu'est-ce que tu attends ? Parle ou c'est moi qui raccroche !

— Tu m'as parlé de glaciologues à qui a été confiée l'étude de l'iceberg.

— Oui.

— …

— Kornelius ?

— Ida, soupire-t-il, fatigué de ce petit jeu idiot entre eux, tu as des résultats, oui ou non ?

— J'en ai.

— …

— Bon, d'accord. D'après la composition des couches de cendres dans la glace, en dessous et au-dessus des corps, tes morts ont été congelés entre deux éruptions de l'Hekla : celle de janvier 1991 et celle de février 2000. Leur avion s'est abîmé sur le glacier entre ces deux dates.

— C'est certain ?

— Oui, ils étaient pris dans la même glace que les cendres.

— D'accord. Rien d'autre ?

— Je te rappelle que je n'ai plus de corps à autopsier…

— Oui. Bon. Merci. Bonne nuit, Ida.

— Tu l'as déjà dit, souffle-t-elle en raccrochant.

Kornelius s'apprête à rejoindre Ari quand son téléphone sonne à nouveau.

— Moi aussi, j'avais très envie de te rappeler, avoue Kornelius.

— … ?

— Ida ?

— Désolée de te décevoir, Kornelius, mais ce n'est que moi, Botty. Tu te souviens, la collègue que tu as sautée dans le chalet de son père, sur les bords du lac de Kollóttadyngja ?

— Si j'ai bon souvenir, dans ce chalet, c'est plutôt toi qui…

— On s'en moque, Kornelius, de toute façon, plus personne ne t'aime, ni Ida, ni moi, ni aucune autre. Tu devrais te faire une raison.

— Tu m'appelles vraiment à cette heure-là pour me dire ça ?

— Non. Je t'appelle parce qu'Emy, la directrice de *Bergmál*, a fait mettre en page la couverture du prochain numéro qui sort demain.

— Et alors ?

— Alors comme elle l'a promis, elle affiche le portrait des trois cadavres du glacier.

— Parfait, ça servira d'appel à témoin. Espérons que ça…

— Ça a déjà.

— Ça a déjà quoi ?

— Un journaliste, un vieux de la vieille des faits divers, a reconnu un des trois. Il s'agirait d'un vulcanologue danois, Lars Rasmussen, disparu en mars 2002.

— 2002, tu es sûre ?

— Oui.

— Merci, Botty. Ça me complique un peu la vie, mais ça me fait avancer quand même.

— Kornelius Jakobsson, l'homme qui a besoin de complications pour avancer dans la vie, c'est tout toi, ça ! soupire-t-elle.

Mais il a déjà raccroché et compose un autre numéro.

— Je suis au lit, Kornelius.

— J'imagine !

Ida raccroche et il rappelle aussitôt.

— Ne raccroche pas ! Je voulais dire qu'à cette heure j'imagine que tu te prépares à dormir. Je n'ai pas dit « j'imagine » dans le sens où… que…

— Tu as deux secondes pour me dire ce que tu veux et j'espère que ça ne concerne que le boulot.

— Ida, un des trois cadavres a été identifié à partir des photos que j'ai prises. Le problème, c'est qu'il a officiellement disparu en 2002 et que ça fiche en l'air ma datation de l'accident à l'aide des couches de cendres. Tu peux demander à tes glaciologues s'ils ont une explication ?

— Demain, Kornelius. Demain, boulot-boulot. Ces gens-là sont comme moi : normaux. Ils bossent le jour et dorment la nuit, eux.

Elle raccroche, et il se résout à rejoindre Ari pour lui demander d'arrêter ses enfantillages. Il a des nouvelles sur leur dossier.

— Tu ne peux pas le lâcher deux secondes ? se fâche Alma. Tu as vu l'heure qu'il est ? Les gens normaux ont une vie de famille après leur journée de travail, eux !

— Quoi, Ari est de la famille, maintenant ?

— Ça serait une bonne chose, il joue avec Saphir, lui, au moins !

Kornelius ne relève pas l'allusion et s'adresse à Ari.

— On a réussi à dater le crash, le bon Beaver serait celui de 1995, mais on a aussi identifié une des trois victimes qui n'a disparu qu'en 2002.

— En 2002 ? répète Bekan qui écoutait. En 2002, l'ICE-SAR est intervenu 1496 fois sur terre et sur mer dans tout le pays. Cent vingt-deux fois en mars, dont sept opérations au départ de notre groupe basé à Höfn. Quatre fractures sur glacier, une crise d'épilepsie dans le tunnel pour touristes sous le glacier, une hypothermie grave pour un touriste mal équipé, et une disparition. Lars Rasmussen, un scientifique danois. Vulcanologue, je crois. Enfin, j'en suis sûr.

— C'est lui, s'écrie Kornelius. Comment a-t-il disparu ?

— On l'aurait vu remonter en solo le glacier vers le nord.

— On sait ce qu'il cherchait ?

— Si mes souvenirs sont bons, et ils le sont toujours, d'après ses proches et l'équipe scientifique de l'université de Copenhague, il cherchait des traces des différentes éruptions de l'Hekla.

— Qu'est-ce qu'il fichait tout seul sur le glacier ?

— Mon gars, tu veux que je te fasse la liste de nos sauvetages ? Les touristes qui meurent de froid en T-shirt ; les fêlés que la mer déchaînée emporte pendant qu'ils prennent des selfies dos aux déferlantes ; ceux qui courent sur les champs de lave et se fracturent les deux chevilles au milieu des déserts des hautes terres ; ceux que le vent pousse en bas des falaises ; ceux qui trébuchent dans les solfatares ou s'amusent à rester sous l'eau des geysers à quatre-vingts degrés...

— D'accord, mais ça ne répond pas à ma question : que faisait-il tout seul sur le glacier ?

— Je sais ce qu'il y faisait, je te l'ai dit, mais je n'ai aucune idée de pourquoi il y était seul.

Kornelius réfléchit à cette avancée dans l'enquête qui soudain se complique d'une autre énigme, quand son téléphone sonne à nouveau.

— Ida ? s'étonne-t-il.

— Oui, j'ai réveillé un des glaciologues...

— Merci, Ida. C'est sympa.

— Ferme-la et laisse-moi parler. Je ne sais même pas pourquoi je te rappelle ! Bon, selon les photos et les observations sur place, ils pensent que deux des hommes étaient figés dans la même glace que les cendres. Pour le troisième, celui qui était assis en position fœtale, ils sont moins sûrs. Il était bien à la même hauteur que les autres, mais pas dans la même glace. Je n'ai pas compris grand-chose à leurs explications scientifiques sur les différentes natures de glace, mais il se pourrait que lui soit tombé dans la crevasse bien plus tard que les deux premiers et qu'il n'ait rien à voir avec l'accident.

— Oui, je sais, répond Kornelius, eux en 1995 et lui en 2002.

— ... !

— Ida ?

— Foutre d'abruti, si tu le savais, pourquoi m'as-tu réveillée pour me poser toutes ces questions ?

— C'est parce que...

Mais Ida a raccroché.

— Le vent des idiots souffle malgré le grand bleu, lâche Ari.

— Quoi encore ? s'emporte Kornelius.

— Rien, ça veut juste dire qu'on croit que tout va bien et qu'on lâche malgré soi un vent qui gâche tout.

— On lâche un vent ? s'exaspère Kornelius.

— Chez moi on dit que c'est avec les plus beaux souliers qu'on se marche sur les lacets, dit Bekan. Mais comme on dit : quand le voisin ouvre sa fenêtre, ferme la tienne, alors je m'en vais vous quitter.

Kornelius et son père le remercient et le regardent partir dans la nuit. Son Suzuki brinqueballe dans la pente jusqu'à la route puis file vers l'est. Il n'est pas parti depuis deux minutes que le téléphone de Jakob sonne encore. Le vieil homme écoute, hoche la tête, puis passe l'appareil à Kornelius. Dès qu'il a raccroché, il décide qu'il est l'heure pour tout le monde de rentrer se coucher. Il adresse un regard complice à son père pour lui faire comprendre que c'est sérieux, et fait signe à Ari de le rejoindre. Il grimpe sur l'antique tracteur Porsche A133 de Jakob, invite d'un geste Ari à monter le rejoindre et démarre.

— Tu n'allumes pas les phares ? s'inquiète le jeune inspecteur.

Kornelius ne répond pas. Il dévale la colline et s'engage sur la route N° 1 vers l'est. Quand il les aperçoit, garés sur le bas-côté, comme Bekan les a signalés, à cinquante mètres à peine de la maison, sur un dégagement gravillonné, il traverse la route, droit sur eux, et percute le 4x4 noir dont il enfonce l'aile et la portière.

— Ah merde, désolé, dit-il en anglais, mais vous devez avoir une bonne assurance à la CIA ?

XXII

… de s'arranger avec vous.

C'est cinq heures parce qu'ils sont policiers et que c'est le commissaire national au nom de la Première ministre. Sinon, Höfn-Reykjavik c'est six bonnes heures de route. Kornelius et l'inspecteur Ari rejoignent donc la Maison du gouvernement un peu après onze heures du matin et tout le monde les attend. La Première ministre, le ministre de la Justice et de la Police, le commissaire national. Sa fausse prestance et son langage corporel de puissance font de toute évidence de la quatrième personne un Américain. L'ambassadeur, devine Kornelius, avant qu'on ne le leur présente et qu'il ne les exécute l'un après l'autre d'un regard assassin.

— Monsieur Jakobsson, attaque la Première ministre en anglais par courtoisie pour l'ambassadeur, c'est la deuxième fois en quelques jours que nos amis de l'ambassade des États-Unis se sentent dans l'obligation de me réveiller en pleine nuit par votre faute.

Si elle parle de faute, le ton est beaucoup plus conciliant qu'il n'y paraît. Mais il n'a pas le temps de répondre. Ari le fait à sa place.

— Madame la Première ministre, Kornelius n'intervient dans cette enquête qu'au titre de conseiller extérieur contractuel. J'en suis le seul responsable légal et autorisé et je me permets d'insister pour que vos questions, auxquelles je répondrai en toute transparence, me soient adressées.

— Pour qui vous prenez-vous, Ari ? coupe le commissaire national. Mme la Première ministre pose les questions qu'elle veut à qui elle veut.

— Votre insolence est inadmissible, surenchérit le ministre de la Justice et de la Police, et je vous prierai de répondre à toutes nos questions.

Kornelius est surpris par la calme fermeté de l'inspecteur Ari dont il ne soupçonnait ni la force de caractère ni la détermination.

— Pour que les choses soient bien claires, madame la Première ministre, reprend-il en choisissant de ne s'adresser qu'à elle, je n'ai de comptes à rendre, en tant qu'inspecteur de la Criminelle, qu'à ma hiérarchie et au procureur qui instruit les affaires sur lesquelles j'enquête.

— Je suis votre supérieur, aboie le ministre.

— Vous êtes mon supérieur politique et provisoire, monsieur le ministre, et vous êtes un civil. Vous n'appartenez pas au corps de la police. Ma hiérarchie s'arrête au bureau du commissaire national. S'il veut que je lui rende des comptes, je le ferai volontiers en privé et dans le cadre de la procédure.

Kornelius se régale. Il devine aussi au coin des lèvres de la Première ministre, qui est une jolie femme de caractère, l'esquisse d'un sourire attentif. Et l'ambassadeur, en bon diplomate, cherche à comprendre ce qu'il pourrait bien tirer de cette bataille verbale intestine et inattendue.

— Madame la Première ministre, c'est vous, autant que mon enquête, que je protège en exigeant de respecter la procédure. Si, pour une raison ou pour une autre, nos investigations aboutissaient à la révélation d'éléments sensibles, mieux vaudrait qu'on ne puisse vous soupçonner d'aucune tentative d'ingérence.

Cette fois, la Première ministre ne retient pas son sourire.

— Merci, inspecteur Ari, il est de plus en plus rare depuis quelque temps que quelqu'un s'inquiète de mon intégrité politique. Mais il n'empêche que Kornelius et vous avez volontairement agressé deux membres du personnel de l'ambassade des États-Unis et dégradé leur véhicule à l'aide d'un vieux tracteur qu'on peut considérer comme une arme par destination.

— Je crains que M. l'ambassadeur ne vous ait fait un rapport insuffisamment circonstancié de l'incident.

— Ah, intervient l'ambassadeur, au moins vous reconnaissez qu'il y a bien eu incident !

— En effet, continue Ari sans attacher la moindre importance à la personne de l'ambassadeur. Dans la nuit d'hier, au domicile de Jakob, le père de Kornelius, au cours d'une réunion familiale et privée, un des invités a repéré deux hommes qui se livraient à des écoutes sauvages de nos conversations.

— Foutaises ! intervient l'ambassadeur. Ce sont des accusations sans fondement. Je suppose que cette réunion familiale était trop arrosée.

— Non, monsieur, nous étions sobres et conscients de nos actes. Ces hommes ne se sont à aucun moment identifiés comme personnel de l'ambassade.

— Pourquoi avoir percuté leur véhicule, alors ? interroge la Première ministre amusée malgré l'air sévère qu'elle se donne.

— Parce que je savais qu'ils détruiraient les preuves de leurs écoutes et que je voulais marquer leur véhicule pour identification. Il n'aura pas eu le temps d'être réparé dans la nuit et je ne doute pas que M. l'ambassadeur pourra nous y donner accès pour l'enquête que déclenchera sans aucun doute la plainte qu'il ne manquera pas de déposer.

— Tout ça n'est qu'un tas d'inepties, fulmine l'ambassadeur en surjouant la colère. Vous venez d'avouer vous-mêmes que ces hommes ne s'étaient pas identifiés !

— Oui, mais votre présence dans ce bureau, Excellence, suffit à prouver qu'ils étaient bien membres de votre personnel diplomatique, intervient Kornelius que le jeu commence à amuser.

— D'autant que nous connaissions déjà ces hommes, enchaîne Ari. Ils faisaient partie de ceux qui sont venus voler les trois corps retrouvés dans le glacier.

— Jamais personne n'a volé ces corps ! coupe l'ambassadeur.

— Attention, inspecteur Ari, confirme la Première ministre, j'ai moi-même donné l'autorisation à l'ambassade de récupérer les corps de ses ressortissants.

— Était-il nécessaire que cela se fasse de nuit, avant même leur autopsie, par un commando de quatre hommes armés, de sorte à nous priver de tout indice sur les circonstances de leur mort ?

— Vos hommes étaient armés ? s'inquiète la Première ministre.

— Ce ne sont pas mes hommes, réplique l'ambassadeur qui devine le piège et se prépare à battre en retraite. Ce sont des personnels consulaires qui aidaient à récupérer les dépouilles de ressortissants américains.

— Je sais, reconnaît la Première ministre, c'est bien pour ça, et uniquement pour ça, que j'ai donné mon autorisation.

— Eh bien, vous n'auriez pas dû, madame la Première ministre.

— Si vous tenez à votre carrière, maîtrisez votre insolence envers la Première ministre, inspecteur Ari, menace le ministre de la Justice et de la Police.

— Encore une fois, je ne fais que protéger la Première ministre du scandale qui s'annonce.

— Quel scandale ? De quoi parlez-vous ?

Ari a la malice et l'élégance de laisser le planter de banderilles à Kornelius.

— Madame la Première ministre, si deux des corps étaient peut-être ceux de citoyens américains, ce qui reste encore à démontrer, le troisième ne l'était assurément pas.

— Quoi ? s'étranglent le commissaire national et le ministre. Que voulez-vous dire, Kornelius ? Expliquez-vous !

— Nous avons établi dans la journée qu'un des corps était sans nul doute possible celui d'un citoyen danois.

— Danois ! s'exclame la Première ministre en se tournant vers l'ambassadeur.

— Ces élucubrations sont sans fondement et ces allusions sont inacceptables. Je ne veux pas en entendre plus.

— Madame la Première ministre, le vulcanologue danois Lars Rasmussen a été formellement identifié, et la confirmation de cette identification est en cours auprès des autorités danoises.

— Pourquoi n'ai-je pas été informé de ce développement de l'enquête ? aboie le commissaire national.

— Parce que cette identification ne m'a été confirmée que très tard dans la nuit et que nous avions prévu de vous en informer aujourd'hui.

— Monsieur l'ambassadeur ? demande la Première ministre.

— Je n'ai rien à répondre à ces divagations. Nos services compétents se mettront en rapport avec les vôtres. Pour ma part, je ne reste pas une seule seconde de plus et vous prie de bien vouloir m'excuser.

Il se lève et Kornelius, d'une jubilation du regard qui n'échappe pas à la Première ministre, fait signe à Ari qu'il peut.

— Et pour la restitution du corps, monsieur l'ambassadeur ?

— Pardon ? lâche le diplomate qui se fige.

— Nous avons signalé à nos collègues danois avoir retrouvé le corps de leur ressortissant. Il serait judicieux que vous nous le retourniez pour que nous puissions le leur restituer.

L'ambassadeur reste suspendu dans sa tête comme dans son geste.

— À moins que cela ne soit impossible, lâche Kornelius avec délectation.

— Que voulez-vous dire ? s'inquiète le ministre de la Justice et de la Police.

— Si le service secret des États-Unis qui est intervenu, parce que nous savons tous ici qu'il s'agit bien évidemment d'une opération de service secret, a voulu récupérer au plus vite les corps de ses ressortissants, c'est probablement pour plusieurs raisons…

— D'abord, enchaîne l'inspecteur Ari, cela implique que les corps, mis à part celui du Danois, étaient ceux d'agents des services, eux aussi. Sinon, pourquoi tout ce mal pour les récupérer ?

— Si les services secrets d'aujourd'hui ont agi avec autant de célérité, c'est qu'ils étaient au courant de l'accident du Beaver, explique Kornelius, et donc de la mission que menaient ces agents à l'époque.

— Donc, ils ne pouvaient ignorer que les agents des États-Unis n'étaient que deux. D'où l'intérêt de nous mettre sur écoute, hier soir, à l'aide du micro parabole que nous avons aperçu dans leur véhicule, pour comprendre qui était le troisième larron, si je puis dire…

— … Bien entendu, eux avaient déjà identifié lesquels des corps correspondaient à leurs agents et, par conséquent, lequel était celui de Lars Rasmussen…

— … La suite est une supposition dont l'attitude de l'ambassade nous donnera confirmation ou pas. Quel que soit le service des États-Unis impliqué, il a naturellement eu le temps et les moyens, cette nuit, de se renseigner sur Rasmussen et d'établir qu'il était porté disparu depuis 2002.

Ari se tait, et Kornelius n'enchaîne pas. Les quatre autres se regardent et c'est la Première ministre qui s'intéresse.

— Et alors ?

— Et alors, répond Ari, peut-être bien que pour ne pas s'embarrasser d'un Danois malvenu et encombrant, déjà porté disparu depuis plus de vingt ans de surcroît, les agents en question auront décidé que leur meilleure protection était de le garder disparu.

— Vous voulez dire…

— Oui, madame la Première ministre, une des options est que le corps de Lars Rasmussen ait été « redisparu », si je puis dire.

— Et définitivement cette fois, conclut Kornelius pour enfoncer le clou.

— C'est absurde et scandaleux, vocifère l'ambassadeur, comment pouvez-vous laisser des policiers subalternes proférer de telles accusations contre les États-Unis d'Amérique et leur personnel consulaire ?

La colère du diplomate plonge le bureau dans un lourd silence qu'accentue le tambourinement soudain d'une risée de giboulée sur les carreaux.

— Comme l'a dit l'inspecteur Ari, reprend la Première ministre d'une voix trop calme et trop conciliante pour cacher son plaisir, il ne s'agit que d'une hypothèse que la restitution du corps de Lars Rasmussen rendra caduque et non avenue.

— Avec tout le respect que je vous dois, madame la Première ministre, je crains que la chose n'échappe désormais à la compétence de l'Islande. Notre ambassade à Copenhague va régler ce dossier directement avec les autorités danoises, puisqu'il s'agit d'un citoyen danois.

Un autre silence s'installe, pendant que le soleil revient, et l'ambassadeur s'apprête à prendre congé pour la deuxième fois.

— Il n'en reste pas moins que la police islandaise est saisie du crime, lâche Kornelius.

— Un crime ? Quel crime ?

— Lars Rasmussen n'est pas mort dans l'accident d'avion qui a coûté la vie aux deux autres en 1995,

… de s'arranger avec vous.

explique Kornelius. Il a été assassiné sept ans plus tard d'un coup de piolet dans la poitrine.

— Quoi ? Vous êtes certain de ce que vous avancez ? panique le commissaire national.

— J'ai moi-même extrait le piolet du corps de Rasmussen quelques minutes avant que le personnel de l'ambassade ne nous confisque les corps. Il fait partie des pièces à conviction avec les prélèvements pour la recherche d'ADN et quelques autres objets récupérés à des fins d'identification.

Cette fois, l'ambassadeur se rassied et ne dit rien.

— Un crime, sept ans après, et tous les corps se retrouvent enfermés dans la même glace ? Ça n'a pas de sens. Et le mobile, vous avez une idée du mobile ? murmure le ministre abasourdi.

— Pas vraiment, mais nous avons une approche approximative de son montant.

— De son montant ?

— Oui, reprend Ari. Entre quatre et cinq millions de dollars dans une mallette qui a disparu, mais dont des indices laissent à penser qu'elle a été forcée.

Un autre silence, stupéfait cette fois.

— Je ne comprends pas encore très bien quel a été le mobile de ce crime, monsieur l'ambassadeur, mais nous savons tous désormais quel était le but de votre intervention, conclut la Première ministre dans un sourire carnassier. Je vais donc demander au ministre de la Justice et de la Police ici présent de se rapprocher de son homologue danois et je vais personnellement suivre ce dossier. J'espère, monsieur l'ambassadeur, que ce qui s'est tramé en 1995, en 2002 et aujourd'hui avec l'apparente participation de membres du personnel de votre ambassade ne sera pas de nature à compromettre nos relations diplomatiques.

— Madame la Première ministre, ces relations, qui nous survivront quoi qu'il arrive, dépendent beaucoup moins de nous que de l'humeur du monde.

— Si vous voulez dire que nos carrières respectives ne pèsent rien dans le grand ballet de la géopolitique, je veux bien vous croire. Mais ne sous-estimez pas ma détermination et celle du pays que je représente à défendre son indépendance juridique et policière.

— Permettez-moi, madame la Première ministre, de vous rappeler qu'en matière d'indépendance, votre pays n'a pas d'armée et a confié aux États-Unis le soin de le défendre.

— Monsieur l'ambassadeur, c'est l'argument le plus vil et le plus bas que j'aie entendu. Le plus directement injurieux pour ce pays comme pour ma fonction. Je vais donc mettre fin à cet entretien pour ce qui vous concerne et faire transmettre par notre ambassadeur à Washington une plainte formelle contre l'ingérence de votre ambassade et pour détournement de preuves et de cadavres dans une affaire criminelle.

— Dans ce cas, je vous laisse et je vais de ce pas résumer le point de vue de notre ambassade auprès des services compétents du secrétaire d'État.

L’ambassadeur quitte le bureau après les salutations de rigueur, et un nouveau silence s’installe.

— Nous voulons suivre personnellement ce dossier, finit par dire le ministre de la Justice et de la Police.

— Je vous l’ai dit au début de cet entretien, monsieur le ministre, répond Ari, je ne communiquerai les avancées de l’enquête qu’à mon supérieur hiérarchique et dans le respect de la procédure. Libre au commissaire national de s’arranger avec vous.

XXIII

… Iceworm, c'est ça ?

Il n'y a plus beaucoup de bars islandais à Reykjavik. Ils s'appellent désormais Pablo Discobar, Miami, Irishman, Bravo, Whiskey, Tivoli, The Big Lebowski, Ob La Di Ob La Da. Bien sûr, il en existe d'autres au nom plus inspirant : Icelandic Bar, The Smokin Puffin, Loftid, et naturellement ils sont tous chaleureux et accueillants, mais à part la jeunesse qui les fréquente, il n'y a plus grand-chose d'islandais dedans. D'ailleurs, Kornelius se demande s'il y a jamais eu de vrais bars en Islande. Celui qui se vante d'être le plus ancien de la capitale a été ouvert en 1993. Ils buvaient où et quoi, les gens d'avant ? Les tanneurs et les tisseurs qui s'installèrent sur les terres médiocres de la baie des fumées ? Les mineurs de sel et de sulfate ? Puis les pêcheurs, les marins, les armateurs, ils buvaient où ? Où sont leurs bars ? Aujourd'hui, ce sont des *lounges* mondialisés ou des décors pour touristes…

Il a reçu l'appel pendant qu'ils montaient à Reykjavik. Il s'était assoupi sans répondre. Il a trouvé le message à son réveil.

... Iceworm, c'est ça ?

J'ai des choses à vous dire sur les hommes du glacier.

Le début des témoignages suite à la parution de *Bergmál.* Kornelius se demande pourquoi son mystérieux interlocuteur lui a donné rendez-vous au Big Lebowski. Il a aimé le film et sa musique, il est heureux de la retrouver dans ce décor de *Happy Days*, les murs placardés de photos de pin-up, le sol en damier noir et blanc, son bar sombre et tamisé et son incontournable juke-box vintage des années cinquante, mais à part la qualité des White Russian, quel petit bout d'âme de l'Islande viendrait-il chercher dans un tel endroit ?

— Il manque la piste de bowling...

L'homme est petit, sec et groenlandais. Ça se devine au fin tatouage facial inuit qu'il arbore sur le menton. Un trident inversé sous la lèvre inférieure.

— Elle est plaquée au mur au-dessus des box capitonnés en faux cuir, soupire Kornelius comme pour s'excuser.

— Vous préférez que nous allions ailleurs ?

— Non, ici ça fera très bien l'affaire puisque nous y sommes, monsieur... ?

— Kuppik. C'est mon prénom en langue inuktitut. Vous buvez quelque chose ? dit-il en priant Kornelius de s'asseoir dans un box.

— Quoi d'autre qu'un White Russian ?

— À cette heure ?

— T'inquiète, le Duc tient bon.

L'homme sourit à l'allusion au *Big Lebowski* et attend qu'ils soient servis pour parler.

— J'habite Nuuk, notre capitale. J'y possède la seule boîte de nuit, c'est vous dire si je connais du monde et les turpitudes de mes concitoyens.

— Comment s'appelle votre boîte ?

— Arctic Monkeys, c'est en général la façon dont on nous insulte au Danemark quand on comprend que nous sommes inuits.

— C'est courageux.

— C'est militant. Tout dans ce pays doit nous revenir, de l'indépendance jusqu'aux boîtes de nuit.

— Apparemment, c'est plus facile de commencer par le *dancefloor*.

— Détrompez-vous. Il a fallu vingt ans pour que je puisse créer cette boîte, mais nous serons indépendants dans les dix ans qui viennent.

— Tels que je connais les Danois, vous êtes optimiste.

— Tel que je vous connais, vous allez m'y aider.

Kornelius lèche la crème sur ses lèvres. Le White Russian est parfait. Une dose de vodka frappée, un tout petit peu moins qu'une dose de Kahlúa, et la même quantité de crème allégée à 50 %. Dans un verre en remuant délicatement à la cuillère. Surtout pas de shaker !

— Je ne vois pas en quoi je pourrais aider à l'indépendance du Nunavut.

— En mettant le Danemark colonial face à ses responsabilités.

— Ça ne répond pas à ma question.

Kuppik s'assure que personne ne les observe. Il se penche vers Kornelius et sort de la poche de sa veste à capuche une page de journal qu'il déplie. La une de *Bergmál*, avec le portrait des morts du glacier.

— Je connais ces deux-là, dit l'homme en pointant les Américains.

Des mots qui cristallisent aussitôt toute l'attention de Kornelius.

— D'où les connaissez-vous ?

— Il y a trente ans, au Groenland, il n'y avait pratiquement aucun bar et encore moins de boîtes de nuit. Pour s'amuser, enfin pour se cuiter ou se shooter, il fallait connaître des militaires américains. Mon père marchait dans ce genre de combines.

— C'étaient des militaires ?

— Je ne les ai jamais vus en uniforme, mais au Groenland, tous les Américains à cette époque étaient plus ou moins militaires. Ces deux-là confiaient des petits boulots à mon père. Il vivait mal de la pêche alors il convoyait des choses pour eux.

— Qu'est-ce que ça veut dire, « plus ou moins militaires » ?

— Ça veut dire que personne ne mettait les pieds au Groenland sans l'aval des militaires et que tous, peu ou prou, travaillaient pour eux.

— Vous connaissez les noms de ces hommes ?

— Celui avec le blouson, le pilote, c'est Logan Cooper. L'autre avec le manteau, c'est Bobby Zelinsky. Ils venaient souvent chez nous. Zelinsky pelotait ma mère du regard et ils se bastonnaient quelquefois avec mon père. J'étais gosse, j'avais douze ans. Ils ont fait de mon père un alcoolique brutal et violent et un jour ils sont venus lui dire qu'il avait fait le con. Trois jours plus tard, son bateau explosait en mer et j'étais orphelin.

— Quel genre de boulots confiaient-ils à votre père : du trafic ? De la contrebande ?

— Non, ces deux-là travaillaient de toute évidence dans le renseignement.

— CIA ?

— Bien sûr que non. Je vous ai dit que tout était tenu par les militaires à cette époque.

— Renseignements militaires ?

— Oui, le DIA, qui dépend directement du département de la Défense.

Kornelius encaisse toutes ces informations, en même temps que son esprit critique les met toutes en doute, autant que la personnalité de Kuppik.

— Donc selon vous, résume-t-il, ces deux hommes appartenaient à l'agence de renseignement de l'armée. Quelle preuve en apportez-vous ?

— Aucune. Je vous le dis parce que c'est vrai, mais je n'en ai aucune preuve.

— Dans ce cas, en quoi cela fait-il avancer mon enquête ?

— Êtes-vous vraiment le flic perspicace et têtu que l'on dit, même au Groenland ?

— Je me moque de ce que l'on dit, et encore plus au Groenland. Je pose des questions tant que je n'ai pas compris les choses.

— Très bien. Alors, disons que cela met votre enquête en perspective.

— Soyez plus explicite, répond Kornelius en faisant signe au barman de leur préparer deux autres White Russian.

— Réfléchissez : d'un côté, vos deux morts étaient des agents américains qui travaillaient au Groenland. De l'autre, si j'en crois l'article de *Bergmál*, s'ils ne s'étaient pas écrasés chez vous, ils auraient dû continuer jusqu'aux îles Féroé. Vous le devinez maintenant, le point commun qui met tout en perspective ?

Kornelius réfléchit en silence, sous le regard attentif de Kuppik.

— Le Danemark, murmure Kornelius. Le point commun, c'est le Danemark, puissance coloniale au Groenland comme aux Féroé. Nous, nous ne sommes qu'une étape entre deux anciens bouts de territoire danois. Mais que vient faire le renseignement militaire américain dans cette embrouille danoise ?

— Eh bien si, comme l'a écrit Shakespeare, il y a définitivement quelque chose de pourri au royaume du Danemark, le ver n'est pas dans la pomme, mais dans la glace.

— Seigneur Dieu, soupire Kornelius, Iceworm, c'est ça ?

XXIV

… conscients d'une sorte de bonheur.

L'inspecteur Ari a compris, comme Kornelius, ce que signifiait la disparition de la mallette. Surtout avec un Rasmussen percé d'un coup de piolet. Elle a disparu, et les quatre ou cinq millions de dollars avec. Et sauf à imaginer qu'elle ait accidentellement fini au fond de la crevasse, il a bien fallu que quelqu'un plante le vulcanologue sur place et disparaisse avec le magot.

— Mais quel est le lien avec Iceworm ? s'étonne Ari.

— Tu sais ce que c'est, au moins ?

— Un programme militaire secret américain.

— Un peu plus que ça. Explique-lui, Kuppik.

Ils ont récupéré Ari et sont sortis de Reykjavik pour rouler une demi-heure vers le nord. Juste avant l'entrée du tunnel qui passe sous le fjord des baleines, Kornelius a pris la 47 vers l'ouest pour remonter jusqu'à la source chaude de Hvammsvík. Et maintenant, ils sont nus dans l'eau à quarante degrés, à vingt mètres du rivage en galets du fjord aux eaux de glace.

— Pour contrer une éventuelle attaque soviétique, l'armée américaine a initié en 1958 le projet Iceworm. Une prétendue base de recherche scientifique dont l'objectif était d'étudier en profondeur la structure de la banquise. En fait, un projet démentiel, digne du docteur Folamour. Dans un premier temps, ils ont creusé sous la base, baptisée Camp Century, toute une ville souterraine : supermarché, église, laboratoires, cinéma, hôpital, gymnase et de quoi loger deux cents soldats. La rue principale, Main Street, mesurait plus de trois cent cinquante mètres de long, sept mètres cinquante de large et les bâtiments qui la bordaient montaient jusqu'à dix mètres de hauteur. Mais Camp Century leur a surtout servi de point de départ pour déployer le projet Iceworm. Pour faire court : quatre mille kilomètres de galeries sous la glace, équipées pour certaines de rails, afin d'y répartir un stock de six cents missiles à tête nucléaire de type Minuteman améliorés vers plus de deux mille silos de tir.

— Je n'y crois pas, murmure Ari effaré.

— Alors, attends ce qui suit. Si ce projet avait abouti, il était prévu que Camp Century et Iceworm deviennent la base de repli de l'US Army en cas d'invasion du territoire américain par les Soviétiques. Soit un total de onze mille hommes répartis dans un réseau de tunnels couvrant une surface de cent trente-sept mille kilomètres carrés. Plus grand que l'Islande !

— Dieu soit loué, cette folie n'est pas allée à son terme, si je te comprends bien.

— Ne te réjouis pas trop vite. Le projet a bien été abandonné en 1965. Pour concevoir les galeries, les Américains creusaient d'abord des tranchées profondes de trente mètres et larges d'une dizaine de mètres au minimum, y implantaient des structures d'acier arqué, puis les recouvraient de neige pour les faire disparaître. Mais ils n'avaient pas anticipé les énormes chutes de neige de cette région et ils se sont retrouvés à devoir déblayer cent vingt tonnes de neige et de glace par mois pour éviter que les structures ne s'effondrent. En 1962, le plafond de la salle qui abritait le réacteur nucléaire s'était déjà affaissé d'un mètre cinquante.

— Le réacteur nucléaire ! s'exclame Ari.

— Oui, le premier générateur nucléaire semi-mobile, le PM-2A, destiné à alimenter en chauffage et en électricité l'ensemble de la base. Le problème, c'est que même s'il a été remplacé par des générateurs diesel, les déchets nucléaires du PM-2A se trouvent toujours là-bas, enfouis sous la glace.

— Depuis quand ?

— Ils ont neutralisé la base en 1965 et définitivement abandonné le projet en 1969.

L'eau chaude et sulfureuse leur pique la peau. Le trou n'a pas deux mètres de diamètre, mais il produit son effet. Il est éloigné de tout, dans le silence absolu du fjord immobile, sous un ciel démesuré d'un gris lumineux. Les trois gardent le silence dans une sorte de communion inattendue. Même jugement sur la connerie guerrière et suicidaire des hommes face à toute cette beauté brutale qui leur survivra, à eux et à tous leurs projets paranoïaques.

— Quelquefois, murmure Kuppik, je rêve que mon pays, sous sa glace qui fond, est aussi beau que le vôtre.

Puis il se lève, marche nu et blanc jusqu'à la plage, et entre dans l'eau noire qu'il découvre limpide et transparente quand il la regarde à ses pieds. Elle est glacée et c'est bon. Il y nage sans rien éclabousser, ridant l'eau d'ondes légères, puis revient et entre à nouveau dans le trou d'eau brûlante.

— Il reste aujourd'hui sous notre glace deux cent mille litres de fuel, autant d'eaux usées et l'enceinte de confinement du réacteur nucléaire. Et le lent chaos des glaces, l'inexorable réchauffement de la banquise, les nouveaux ruissellements préparent le déversement de toutes ces saloperies dans la mer.

— Mais vous le saviez, non ? Il aurait fallu vous préparer à de telles conséquences.

La voix de Kuppik se charge d'une sourde colère en même temps qu'un nuage plombe le ciel.

— Nous ne savions rien. Les Américains pensaient que la base resterait cachée sous la glace pour l'éternité. Le Danemark aussi prétend qu'il ne savait rien, mais il a bien fallu qu'il autorise les Américains à construire ne serait-ce que Camp Century.

— Comment avez-vous su, alors ?

— Par les rumeurs de corruption des autorités danoises d'abord, puis par le crash d'un bombardier stratégique en provenance de la base militaire de Thulé en 1968. Un Boeing B-52 Stratofortress avec quatre armes nucléaires à bord dont une ne sera jamais retrouvée.

— Quel rapport avec Iceworm ?

— Aucun, mais c'était l'aveu qu'en dépit de leurs engagements, les Américains avaient introduit en secret des armes nucléaires sur notre territoire. À la molle réaction du Danemark, nous aurions dû nous inquiéter de ce qui se tramait autour de Camp Century.

— Et donc, comment vous en êtes-vous rendu compte ?

— J'ai entendu dire qu'en 2019 vous aviez procédé aux funérailles du premier glacier disparu d'Islande, non ?

— Oui, l'Okjökull, du côté de Reykholt. Pourquoi cette question ? s'étonne Ari.

— Eh bien c'est un peu pareil chez nous. Tout fond. Quand les Américains s'en sont aperçus, ils ont continué à ne rien dire, car leurs climatologues les ont rassurés. Les chutes de neige ne compenseraient plus la fonte des glaces à partir de 2090 environ, et il faudrait encore, selon leurs calculs, un siècle avant que ne fondent les trente mètres de glace qui recouvrent la base.

— Mais…

— Mais le réchauffement s'est accéléré, comme vous le savez. Entre 2003 et 2010, la fonte des glaces a été deux fois supérieure à celle de tout le XXe siècle et les premières structures ont émergé de la neige. C'est à ce moment-là que nous avons compris.

Le soleil transperce le nuage. Un rayon oblique pointe comme le doigt d'un dieu. Le fjord en frissonne et tout le paysage s'illumine, touché par la grâce. Ils sortent du trou d'eau, leurs corps nus, rougis, auréolés de feux follets de vapeur, et rejoignent les eaux froides du fjord. Kuppik s'avance un peu plus loin qu'Ari et Kornelius. Il leur tourne le dos, face aux montagnes érodées qui ourlent l'horizon.

— Bien sûr, votre enquête consiste à découvrir ce que faisait Rasmussen dans cette crevasse, et qui l'a tué pour s'emparer de la mallette. Mais quatre ou cinq millions de dollars trimballés par deux agents secrets des renseignements militaires américains depuis le Groenland avec pour destination une terre danoise, voire le Danemark lui-même, ça sent quoi, d'après vous ?

Ari s'est écarté sur la gauche. Par pudeur ou par honte. Son pénis racorni par la froidure de l'eau ondule entre le reflet de ses cuisses. Kornelius, sur la droite, est un bloc de marbre blanc de Carrare enchâssé dans le fjord. Il sent le soufre du trou d'eau, la chaleur sur les cailloux, l'eau dans la terre, la fraîcheur de l'air, la clarté du ciel, la rondeur des galets, le bruissement des genêts et le silence des landes de lichens…

— Ça pue la magouille et les pots-de-vin, finit-il par dire, les cuisses bleues, cisaillées par le froid.

Kuppik se retourne vers eux. Ils forment un triangle aux angles blancs dans l'eau noire immobile.

— C'est exactement ça. Bien sûr, il vous faut continuer à chercher le voleur et l'assassin de Rasmussen, mais vous devez vous demander d'où venait l'argent et à qui il était destiné.

— Ce sont des territoires qui échappent à notre compétence, explique Ari.

— Je le sais, mais qui parle d'enquête policière ? Nous parlons ici de morale, de décolonisation, de dénonciation historique.

— Ce n'est pas notre rôle, répond Kornelius.

— Non, mais si votre enquête vous permettait d'exposer les tenants et les aboutissants danois de cette affaire, en quoi cela irait-il à l'encontre de votre rôle de policiers islandais ?

Cette fois, le monde n'a pas bougé. Pas d'un millimètre. Le même doigt de dieu dont la luminescence ourle le nuage qu'il traverse, les calmes rives au pied de sages collines, l'eau qui ambre de soleil les cailloux ronds du fond.

Est-ce que Kuppik a un mot inuit pour ça aussi ? Ce silence avant l'émotion, cette paix de l'âme résolue et cette quiétude suspendue. Eux, les Islandais, l'ont : *kyrrð*. C'est ça, le *kyrrð*. La seconde avant la première larme, celle après le dernier soubresaut du chagrin, le souffle d'un enfant qui s'endort, le calme juste après le dernier bruit, juste avant le premier jour. C'est le silence, la fin, le calme, la paix. Du corps et de l'âme.

— Pourquoi pas ? murmure Ari conscient de vivre un instant privilégié.

— Il n'a pas tort, conclut Kornelius.

Le vol lent et nonchalant d'un héron cendré les retient quelques secondes dans l'eau, le nez au ciel, le temps qu'il passe et disparaisse, puis ils sortent du fjord, nus et silencieux, conscients d'une sorte de bonheur.

XXV

Elle veut la revoir.

— Et tu n'y crois pas ? demande Andrea, l'ancienne commissaire nationale, les mains en coupe autour de son café bouillant.

— J'y suis bien obligée, regrette Botty, les indices relevés chez Bergmansson sont concluants.

— Alors il faut y croire, répond sa mère.

Elles sont face à la mer. Botty a appelé la veille au soir pour venir dormir dans la maison de son enfance. Elles ont dîné d'un simple filet de poisson et grignoté de l'édam vieux en buvant du vin blanc, sans rien se dire de particulier. Botty a demandé des nouvelles de son père. Andrea lui a avoué qu'ils avaient passé quelques heures ensemble, en début de semaine, dans la maison du lac Hafravatn.

— Vous vous aimez toujours ?

— Pas au point de revivre la même vie dans la même maison.

— Comment fais-tu, alors ?

— C'est comme un *hot pot*, Botty, tu y es délicieusement bien quand tu t'y abandonnes, mais tu ne peux pas y rester longtemps. La vraie vie est ailleurs, longue, active, changeante, inattendue, retorse. Le *hot pot* n'est qu'un refuge provisoire. Indispensable, mais provisoire.

Elles sont restées silencieuses, à finir leur verre, avant de s'embrasser pour se souhaiter bonne nuit. Andrea n'a pas voulu forcer les confidences de Botty et au petit matin, elle retrouve sa fille lovée sur le sofa contemporain, face à la mer indifférente et silencieuse de l'autre côté de la baie vitrée. Contrariée, et pas seulement par l'appel victorieux de Petra concernant la découverte d'indices probants de la présence d'Anika chez Bergmansson.

— J'ai mené toute l'enquête concernant Anika, maman, de sa disparition jusqu'à la découverte de son corps, et à aucun moment le moindre indice d'une relation avec Bergmansson n'est apparu. Tu comprends ce que ça veut dire ? Quel flic je suis si je me suis trompée à ce point ?

Andrea ne répond pas tout de suite. Elle chouroupe son café et le bruit de succion tressaille le cœur de Botty au souvenir d'Erlin.

— Chérie, ton père a quelques principes en affaires. Je l'ai vu négocier des contrats et j'en ai retenu deux ou trois choses qui m'ont été utiles pour ma carrière de commissaire nationale. Le premier de ces principes, c'était ce qu'il appelait le parallélisme des formes. Quelqu'un exige quelque chose de lui, il commence par exiger la même chose pour lui. Une sorte de réciprocité automatique.

Botty n'est plus certaine de vouloir poursuivre cette conversation. L'image d'Erlin l'obsède.

— Je ne vois pas très bien en quoi ça me concerne, maman.

— C'est simple : si on pense que tu te trompes, envisage qu'on puisse te tromper. Parallélisme des formes.

— Tu te rends compte de ce que tu dis ?

— Je n'affirme rien, Botty, je te propose une hypothèse de travail. Peut-être que cette porte ne donne sur rien ou peut-être qu'elle ouvre sur un couloir. Mais pour pouvoir la refermer en toute objectivité, tu ne dois pas t'empêcher de l'ouvrir.

— Tu penses vraiment que Petra aurait pu manipuler les indices ?

— De qui est-elle la fille, Botty ?

— Tu divagues, maman, quel intérêt Harald Fergusson aurait-il à truquer l'enquête ?

— Parce qu'il est le chef du Parti progressiste.

— Qu'est-ce que ça veut dire, ça ?

— Botty, la Première ministre est venue me voir, ici, chez nous, pour me raconter quelque chose qui devrait t'intéresser…

Andrea explique sa conversation avec la Première ministre dans le *hot pot* sur le deck. Le rendez-vous secret avec Johansson, l'avocat de Bergmansson, dans la maison de son père, près du lac Hafravatn. La présence de Harald Fergusson et d'Elias Adamsson. Leur insistance à confirmer au plus vite la thèse du

Elle veut la revoir.

crime passionnel. Les menaces sur la fragilité de la majorité parlementaire.

— Mais que vient faire papa dans tout ça ?

— J'espère qu'il n'a fait que prêter la maison pour cette rencontre.

— Pourquoi l'aurait-il fait ?

— Bergmansson et lui sont amis de jeunesse. Ils ont commencé leurs carrières ensemble. Tu sais aussi comment ça marche dans ce milieu. Rien n'est gratuit. Peut-être ton père l'a-t-il fait en souvenir d'une lointaine amitié, ou peut-être s'est-il dit qu'un service à Bergmansson rendait le député redevable d'un autre service plus tard.

— Papa est comme ça ?

— Ton père est un homme d'affaires. Quoi qu'il en soit, ce qu'a raconté la Première ministre justifie que tu ailles voir derrière cette porte si on t'a trompée ou non, tu ne crois pas ?

Botty ne répond pas. Ce n'est pas une coulée de magma incandescent qui la carbonise sur place. C'est une lave épaisse et glacée qui l'ensevelit lentement. Quelque chose qui l'étouffe et l'enferme. Une croûte visqueuse dont elle se dit qu'elle n'aura ni le courage ni la force de se défaire. Une fatigue, un abandon. Un renoncement. Elle sait bien que sa mère s'en est aperçue. Depuis la veille au soir. C'est une mère. Botty se dit que si elle l'est à son tour, un jour, elle comprendra aussitôt, elle aussi.

— Que se passe-t-il, Botty ?

Elle n'hésite pas, elle attendait tant cette question.

— Je crois que j'ai rencontré quelqu'un.

— Je m'en doutais. Et pourquoi te tourmente-t-il ?

— C'est une « elle ».

— Alors pourquoi te tourmente-t-elle ?

— Parce que j'avais envie de lui faire l'amour dix minutes à peine après l'avoir rencontrée et que je ne pense plus qu'à elle.

— Il m'est arrivé de le faire en moins de cinq minutes, quand j'avais ton âge, si j'ai bon souvenir. Et c'était bien.

— J'ai failli le faire pendant mon enquête, maman, à la recherche d'un témoin important. J'ai failli ne pas résister.

— Botty, dans ce domaine, la vie est plus simple que tu ne le penses. Soit tu es amoureuse de quelqu'un avec qui tu finis par faire l'amour, soit tu fais l'amour avec quelqu'un que tu finis par aimer.

— Soit c'est juste un plan baise sans amour.

— Et alors ? Prends tous les petits bonheurs qui passent, Botty, ça ne suffira jamais à faire un grand bonheur, mais ça ne l'empêchera pas non plus. Ne force rien, n'alourdis rien, ne complique rien. Ne laisse pas ta tête frustrer ton corps.

— C'est comme ça que tu fonctionnes avec papa ?

— On peut dire ça comme ça. Une sorte d'amitié amoureuse.

Botty pose sa tasse, se blottit dans les bras de sa mère, et pose un long baiser sur sa joue. La lave s'est figée au-dessus d'elle, poreuse maintenant, et légère comme une meringue.

— Merci maman.

— De rien, ma fille.

Un téléphone sonne, celui de Botty. Elle répond et son regard s'illumine.

— Oui, bien sûr !

C'est Erlin. Elle veut la revoir.

XXVI

… Quoi ???

Botty repasse par le commissariat, forte de deux certitudes. Quelqu'un la trompe sur les indices trouvés chez Bergmansson, et dans deux heures elle fera l'amour quelque part, n'importe où, avec Erlin. Cela suffit à faire du ciel qui tresse un tissu de bruine sur la ville celui d'un jour heureux. Même si Petra l'attend dans le bureau des inspecteurs.

— Qu'est-ce que c'est que cette recherche sur un véhicule de WTS ? Qui t'a demandé d'enquêter là-dessus ?

— Je suis la piste d'un témoin qui pourrait confirmer qu'Anika fréquentait bien Bergmansson, ment Botty.

— Pour qui te prends-tu ? Qui te l'a demandé ? Les indices le prouvent déjà.

— Les indices confirment la présence d'Anika chez Bergmansson, mais ils n'établissent pas la nature de leur relation.

— Les aveux de Bergmansson suffisent à l'établir, et tu n'as plus aucun rôle à jouer dans cette enquête. Tu es suspendue, tu l'as oublié ?

— Personne ne me l'a encore officiellement signifié, alors pour l'instant je suis toujours flic et je fais mon boulot.

— Connasse ! siffle Petra qui sort en claquant la porte.

— C'est pas comme si elle t'aimait bien, hein ?

L'inspecteur Komsi est un drôle de garçon, faussement naïf et malin comme une fouine. Il a fait du très beau travail en assistant Kornelius dans sa dernière enquête. C'est d'ailleurs à lui qu'il doit son surnom, à force de toujours glisser un « comme ci » dans ses phrases.

— C'est comme ça, Komsi, répond Botty dont Petra n'a pas réussi à ébrécher d'un millimètre la bonne humeur.

— Comme si trois cheveux, une brosse à dents et une boucle d'oreille suffisaient à faire de la gamine la maîtresse du député !

Botty le regarde pour être sûre de bien comprendre. La malice dans ses yeux, l'attitude, le sourire : pas de doute.

— Tu n'y crois pas non plus ?

— Je peux t'emmener quelque part, comme si de rien n'était, histoire de t'expliquer ? Je descends le premier, rejoins-moi à Chinatown, c'est moi qui conduis.

— Chinatown ?

— La petite place avec la statue équestre. Un restaurant chinois et deux thaïs, c'est un peu comme si on était là-bas, non ?

Il s'en va sans attendre de réponse, et Botty le suit cinq bonnes minutes plus tard.

— Où tu vas ? aboie Petra suspicieuse.

— Plaider ma cause auprès du ministre, ment Botty qui s'en amuse.

Petra se contente de lui retourner un sourire aussi moqueur que vainqueur en guise de réponse.

Dix minutes plus tard, Komsi se gare devant la maison du député. En route, il a appelé quelqu'un pour leur ouvrir et les attendre. C'est une belle femme, forte, dans la quarantaine, mais le regard soucieux de ceux qui ne seront jamais vraiment chez eux. Karol Kovalska, immigrée polonaise et femme de ménage du député. Elle les fait entrer dans la maison et les emmène droit vers la buanderie pour leur montrer l'aspirateur.

— Ce n'est pas comme si j'étais maniaque du ménage, mais j'ai le même à la maison. Enfin le même genre, quoi, en moins cher. Beaucoup moins cher…

C'est un aspirateur robot haut de gamme, programmable et autonome. La femme de ménage confirme qu'il est paramétré pour une mise en marche quotidienne et qu'il a été balisé pour un parcours qui lui fait nettoyer chaque matin toutes les pièces. Elle n'a rien à faire. Même pas à l'éviter. Il détecte et contourne les obstacles tout seul.

— C'est un modèle à 150000 couronnes, pas un début de gamme comme le mien à 24 000.

— Komsi, si tu me disais plutôt pourquoi nous sommes là ?

— Le mien est en panne, alors le jour de la perquisition, quand j'ai remarqué le robot dans sa base de départ, j'y ai jeté un coup d'œil intéressé. Hier soir, en cherchant comment remplacer le mien, j'ai entré cette marque et ce modèle dans mon moteur de recherche. C'est là que j'ai compris qu'il était entièrement programmable pour des tâches répétitives régulières. C'est pas comme si j'étais un génie, mais ça a fait une connexion immédiate dans ma tête.

Il sort une photo de sa poche et la tend à Botty qui comprend aussitôt.

— C'est la boucle d'oreille d'Anika qu'ils ont trouvée dans la chambre ?

— Oui.

— À cet endroit précis ?

— Oui.

— En dehors de sa programmation, on peut déclencher ce robot de façon ponctuelle ?

— Oui.

— Et tu sais le faire ?

— Oui.

— Alors qu'est-ce que tu attends ?

— La boucle.

— Quoi, la boucle ?

— Quelque chose de la même taille à poser au même endroit que la boucle.

Ils regardent la photo. C'est une petite boucle ronde pour oreille percée. Cinq pétales mauves avec un cœur doré. La fleur de la fidélité, de l'amour éternel et du souvenir. *Forget me not* en anglais. *Vergiss mich nicht* en allemand. Pauvre Anika ! Botty cherche quelque chose de la même taille, et arrache le deuxième bouton de son chemisier. Elle le donne à Komsi qui, en s'aidant de la photo, le pose sous un guéridon, à l'endroit même où la boucle a été trouvée. La femme de ménage explique l'itinéraire quotidien de l'aspirateur et Komsi détermine la trajectoire. Puis ils filment avec leur téléphone la progression du robot et la façon dont il avale le bouton.

— Il fonctionne tous les jours ?

— Oui, répond Karol Kovalska. Il nettoie toute la maison et retourne se recharger et se vider tout seul à sa base pour recommencer le lendemain.

— À quelle heure ?

— De neuf heures et demie à dix heures et demie du matin, pendant que je m'occupe de la lessive et du repassage.

— Par quelle pièce commence-t-il ?

— Cette chambre, justement…

Botty et Komsi se concertent. Les images qu'ils ont filmées ne sont pas suffisantes. Quelqu'un pourrait les contester au prétexte que le parcours de l'engin n'était pas celui programmé. Botty récupère son bouton dans le ventre de l'appareil, et ils déclenchent l'itinéraire quotidien qu'ils filment de façon continue depuis sa base de départ jusqu'à l'absorption du bouton. Komsi va aussi se renseigner sur la façon de faire parler la carte électronique de programmation du trajet afin qu'elle serve de preuve. Et il faudra qu'ils aient accès à la vidéosurveillance pour savoir qui est entré dans cette maison le jour de la perquisition entre 10 h 30 et 15 heures.

— C'est pas comme si nous allions avoir toutes les autorisations.

— Tu as raison, il va falloir slalomer hors piste.

— Mais aucune des preuves que nous pourrions rassembler ne sera acceptée dans le dossier d'enquête si nous les avons recueillies illégalement.

— Komsi, je suis de plus en plus persuadée que cette affaire ne se réglera pas dans le respect des procédures.

— Alors c'est comme si c'était fait.

Il lui reste deux heures avant de rejoindre Erlin. Botty décide de ne pas retourner au commissariat. Elle demande à Komsi de la déposer dans le quartier du port et s'offre un hot-dog à la guitoune du Bæjarins Beztu Pylsur. Alors qu'elle veille à ne pas tacher son corsage, elle remarque qu'il bâille sur ses seins, là où manque le bouton. Elle se force à penser à autre chose qu'à Erlin et l'idée du bouton la renvoie à celle de la boucle d'oreille. Qui avait accès à la maison de Bergmansson et avait intérêt à ce qu'Anika apparaisse comme une petite dévergondée maîtresse d'un vieux député ? L'image de l'avocat s'impose vite à elle. Sa présence à l'extérieur de la maison le jour de la perquisition. Sa volonté de plaider le crime passionnel. L'entrevue secrète avec la Première ministre...

Elle se maudit aussitôt de ne pas y avoir pensé plus tôt et décroche son téléphone.

— Bonjour, monsieur. C'est l'inspectrice Sigmarsdóttir.

Elle sait sa haine de tout ça et ne s'étonne pas qu'il lui passe sa femme sans un mot.

— Botty, c'est Gerda. Excusez ce vieux ronchon. Ça me fait plaisir de vous entendre. Encore mille fois merci d'avoir arrêté les meurtriers de notre petite Anika.

— Je vous en prie, Gerda, nous n'avons tous fait que notre travail.

— Pourquoi m'appelez-vous, il y a du nouveau ?

— Non, Gerda, c'est juste que je n'ai pas vraiment eu le temps de vous tenir au courant de l'avancée de l'enquête avec tous ces rebondissements. Je voulais m'en excuser et savoir si quelqu'un l'avait fait à ma place.

— Non, pas vraiment.

— Vous n'avez reçu aucune nouvelle de la police, aucune visite ?

— Non, nous nous sommes tenus informés par la presse.

— Personne n'est passé vous voir, alors ?

— Non. Enfin, pas de la police…

— Quelqu'un d'autre ?

— Oui, ce charmant avocat, celui qui défend le député qui a vengé notre petite-fille…

— Maître Johansson ?

— Oui, il nous a gentiment rendu visite il y a deux jours.

— Est-ce qu'il voulait quelque chose en particulier ?

— Non, il voulait juste voir la chambre d'Anika.

Et voilà, ce qu'elle espérait et redoutait en même temps, ce qui allait lui permettre de tout faire basculer, d'avoir les atouts en main.

— Et vous lui avez fait visiter ?

— Oui. Enfin non. Il y est monté tout seul. Avec mes vieilles jambes, je suis restée dans la cuisine pour surveiller la cuisson de mon cake.

Bingo, soupire Botty en silence.

— Il vous a dit pourquoi il voulait voir la chambre ?

— Oui. Pour s'imprégner de la vie d'Anika et préparer le portrait qu'il fera d'elle dans sa plaidoirie.

L'enfant de salaud ! jure Botty dans sa tête. Fils de pute ! Charognard !

— Il ne fallait pas ? s'inquiète Gerda intriguée par le silence de Botty.

— Si, si, Gerda, vous avez très bien fait, j'ai juste été distraite par un appel de mon chef qui me cherche. Je dois vous laisser. Je vous rappellerai. Promis. À bientôt.

Elle raccroche sans entendre Gerda qui la remercie d'avoir téléphoné.

Les choses s'alignent enfin. Johansson insiste pour plaider le crime passionnel. Il fait pression sur l'enquête de tous les côtés. Il essaye de piéger la Première ministre en manipulant les chefs de partis. Il fabrique de faux indices. Il oriente la perquisition. C'est trop. Les galipettes d'un député ne méritent pas autant d'efforts. Le crime passionnel, c'est pour cacher autre chose.

Elle prend son téléphone et compose un numéro.

— Kornelius ? Tu es où ?

— Je m'apprêtais à rentrer chez moi.

— On peut se voir avant ?

— C'est vraiment important ?

— C'est un peu comme si je venais d'allumer la mèche de l'Eyjafjallajökull.

— Ah oui, quand même. Retrouve-moi chez moi. Je pars en voyage demain.

C'est la même maison où elle l'a arrêté. Celle où elle lui a passé les menottes. Petite avec un perron. Celle au parquet maculé de sang. Celle où il disait qu'une femme l'avait attendu la nuit avec deux verres et une bouteille de vodka. Une femme dont elle a cru, comme tout le monde, comme lui-même aussi, d'ailleurs, qu'il l'avait assassinée.

— Mauvais souvenir, non ? s'amuse Kornelius.

— Tu as été innocenté.

— Mais tu m'as cru coupable.

— Tout portait à y croire.

— Mais toi, tu me connaissais, nous avions été amants, tu aurais dû avoir confiance en moi. Tu veux boire quelque chose ?

— Non, merci.

— Et ce bouton défait à ton corsage, c'est pour me troubler davantage ?

C'est elle qui se trouble et décide de jouer franc jeu.

— Kornelius, dans l'affaire Bergmansson, j'ai besoin que quelqu'un comme toi m'aide à tirer une conclusion qui me terrifie.

— Ah, je suis encore bon à ça, tirer des conclusions !

— Je t'en prie, Kornelius.

Botty lui raconte tout ce qu'elle a découvert, jusqu'à la manipulation des faux indices par l'avocat, et Kornelius est d'accord. Ça ne peut pas servir simplement à cacher la vie privée du député.

— Quoi, alors ?

— Allons, au fond de toi, tu le sais déjà, Botty.

— Je sais quoi ?

— Que vous vous êtes trompés de mobile ! Si l'avocat est prêt à inventer des indices pour vous convaincre d'un crime passionnel, c'est qu'il n'y a pas eu de crime passionnel.

— Mais si Bergmansson n'était pas amoureux d'Anika, pourquoi le revendiquer, et pourquoi descendre les deux Groenlandais ?

— Pourquoi tue-t-on les gens, Botty ?

— Pour les éliminer.

— Ou quoi encore ?

— Les empêcher de faire quelque chose.

— Ou encore ?

— ...

— Fais un effort, Botty, tu le sais, c'est en toi.

— Les empêcher de dire quelque chose ?

Cette fois, c'est Kornelius qui ne répond pas. Il reste à la regarder dans les yeux, jusqu'à ce qu'elle comprenne enfin et que l'horreur écarquille ses yeux.

— Seigneur Dieu !

— Oui, confirme Kornelius, si je travaillais sur cette affaire, je partirais de cette hypothèse. Bergmansson a profité de l'affaire Anika pour empêcher les Groenlandais de faire ou de dire quelque chose.

— Mais pourquoi tout ce montage ?

— Parce que ce n'est sûrement pas l'idée de Bergmansson. Ça, c'est l'idée d'un homme qui sait qu'une condamnation pour crime passionnel sera dix fois moins forte que pour un double assassinat. C'est une idée d'avocat. C'est Johansson qui est à la manœuvre.

— Pourquoi ça ne me surprend pas ? murmure Botty.

— Je te l'ai dit, Botty, tu as toujours su que c'était au fond de toi, mais tu avais besoin que quelqu'un d'autre le fasse sortir. Les Français disent « tirer les marrons du feu », je crois.

— Oui, c'est exactement ça…

— Mais ne crois pas que cela soit fini pour autant.

— Que veux-tu dire ?

— Botty, en commettant ce crime, même passionnel, Bergmansson perd tout. Quelques années de liberté, peut-être ; sa réputation, sans doute ; sa femme et sa famille, probablement ; mais surtout toute ambition politique, lui qui pouvait prétendre à devenir Premier ministre. Cet homme n'a plus aucun avenir dans ce pays, crois-moi, alors la question est : que risquait-il de pire que ça ? Quelle si terrible menace les deux Groenlandais représentaient-ils pour lui ? Quel autre crime justifiait de perdre tout ça pour ne pas le révéler ?

Botty reste silencieuse avant de s'apercevoir qu'elle est assise sur le bord du lit de Kornelius. Tout en poursuivant ses réflexions, il est allé dans sa chambre pour préparer un sac de voyage et elle l'a suivi pour ne rien perdre de ce qu'il disait.

— Et maintenant, je vais prendre une douche, dit-il en souriant.

— Oui, pardon, excuse-moi, je te laisse, je m'en vais, merci de ton aide, j'y vois clair maintenant.

Elle s'en veut de revoir ces images où ils se réveillent nus tous les deux, dans le chalet de son père, sur le lac face au volcan, et où il la regarde prendre sa douche. Elle s'en veut, parce que malgré tout, elle l'aime encore un peu. Elle aime ce qu'ils ont connu malgré leur différence d'âge et elle se dit qu'il n'a pas beaucoup changé. Puis elle se dit qu'elle est en retard et qu'Erlin doit l'attendre.

Kornelius est déjà entré sous sa douche brûlante quand elle sort en claquant la porte et que son téléphone sonne.

— Oui, Komsi ? ... Quoi ???

XXVII

… de se briser les os.

C'est un monde d'un autre monde, sans vie, en noir et blanc. Il descend de l'échelle métallique, au ralenti, face à la carlingue, dos au vide. Il hésite à la dernière barre. Il regarde par-dessus son épaule l'immensité poussiéreuse. Il se concentre. C'est un moment historique. Alors il pousse sur ses bras et saute à reculons dans la cendre noire.

— *That's one small step for man, but one giant leap for mankind*, lâche-t-il, sérieux, en faisant mine de rebondir en apesanteur tout autour du van 4x4 Mercedes.

— T'es con ! dit-elle dans un éclat de rire.

— Franchement, on n'est pas sur la Lune, là ? Tu sais qu'ils sont vraiment venus s'entraîner ici avant d'aller poser le pied là-haut ?

— Peut-être bien qu'ils ont filmé ici aussi leur premier pas et tout le bazar.

— Ils auraient pu. Sous tes yeux, tu as six mille kilomètres carrés de terre lunaire. Le plus grand désert froid d'Islande.

Ils se sont éloignés de leur van blanc qui ressemble à un engin échoué après un mauvais alunissage. Lui est aux anges, il étudie la géologie à l'université de Minneapolis. Elle le suit parce qu'elle l'aime depuis la maternelle. Il lui a montré le cratère de Hrossaborg, provoqué par une éruption hydromagmatique explosive due à la rencontre du magma avec une nappe phréatique.

— Boum ! Cocotte-minute ! jubile-t-il.

Il lui a expliqué aussi que Herðubreið, cette mesa volcanique aux falaises brun clair de palagonite altérée, devait sa forme spectaculaire à la fonte complète de sa calotte glaciaire.

— Tchac ! Décalottée !

Ils ont bivouaqué sur les berges de l'oasis inattendue de Herðubreið. Une mare, un étang, un petit lac selon les saisons et la fonte des neiges, aux rives bordées d'archangéliques et d'épilobes, formé par une petite diffluence du fleuve Jökulsá. Ils y ont dormi, serrés l'un contre l'autre, dans leur van.

Il a abandonné leur véhicule sur le côté de la piste et il l'entraîne dans le champ de lave. Il lui explique le plissement du magma qui crée de traîtres crevasses noires en se solidifiant. Comment le même magma creuse, sous une première couche de lave durcie, de longs tunnels qui se vident et meringuent le sol pour vous engloutir au moindre faux pas.

— Ne t'aventure jamais dans Ódáðahraun sans bâton de marche pour vérifier si ça ne sonne pas creux là où tu vas poser le pied.

— Mais tu n'as pas de bâton, toi !

— Oui, mais moi, c'est moi.

Ils en rient encore et s'éloignent de plus en plus du van. Soudain, l'émotion les prend. Ils se sentent comme à l'aube ou au crépuscule d'un monde. Impossible de décider si cette plaine calcinée est le signe d'une fin ou d'une renaissance. Ils se taisent parce qu'ils sont soudain minuscules. Leur van, un point blanc quelque part. Elle a un peu peur maintenant. Elle veut rentrer. Pas lui. Elle fait demi-tour et boude parce que ça ne l'amuse plus.

— Tu as raison de fuir, tu sais ce que signifie Ódáðahraun ? dit-il en reprenant sa route. Ça veut dire « désert de lave des proscrits ».

Il n'a pour toute réponse qu'un cri de peur suivi d'un long hurlement de terreur. Il se retourne et elle a disparu, et tout le paysage qu'il pensait fantastique devient lugubre. Il l'appelle, il braille son nom, et ne reçoit en écho que ce déchirement d'épouvante.

Il sait, lui, le géologue, la traîtrise de ces roches calcinées. Ce ne sont pas les pierres poreuses que l'on imagine. L'incandescence qui les a fusionnées en a fait des roches abrasives comme du papier de verre. Il se précipite pourtant sans prudence dans la direction du cri qui fuse de la terre comme un geyser d'effroi. Un repli de lave. Une faille d'au moins deux mètres de profondeur où il ne la voit pas, même si son hurlement jaillit bien de là. Il s'allonge pour mieux fouiller des yeux ce trou sombre et l'aperçoit, prostrée dans un recoin, les coudes et les genoux en sang, le regard figé sur ce qui l'épouvante : le corps sur lequel elle est tombée et qui lui a évité de se briser les os.

XXVIII

Tu peux t'en occuper ?

— Pourquoi les morts exigent-ils de nous autant d'urgence ?

C'est une question à laquelle Komsi n'a pas de réponse tant ça lui semble évident. Un mort c'est un mort et leur boulot c'est de savoir au plus vite pourquoi et comment. Ce n'est pas comme si Botty ne le savait pas. Mais c'est vrai que l'état définitif de la victime, plongée dans une éternité immobile et catégorique, tranche avec l'agitation paniquée des secours, toujours tardifs par définition.

Deux heures de route par la 1 et la 26 depuis Reykjavik, et deux heures de plus après l'endroit où la 26 devient une piste de terre et de cailloux, creusée d'ornières boueuses par un orage depuis longtemps disparu. Botty avait pensé profiter de l'hélicoptère des secours de l'ICE-SAR, mais Ódáðahraun, vers lequel ils se dirigent, est un désert trois fois plus proche d'Akureyri que de Reykjavik et les volontaires sont venus depuis le nord. Et puis elle ne voulait pas alerter Petra. Komsi avait eu l'idée de placer en alerte un de ses amis du commissariat d'Akureyri. Quand il a su qu'on avait trouvé un corps dans Ódáðahraun, il a prévenu Botty qui a fait demander aux forces de police et de secours d'attendre qu'ils arrivent, Komsi et elle, accompagnés par la légiste qu'elle est passée prendre.

— Ida, nous y sommes…

Ódáðahraun est saisissant de jour. Certains matins, il peut être d'une beauté irréelle et divine. Mais passé le crépuscule, il devient un vide lugubre et menaçant. Hostile. Fourbe. Un océan de laves sombres et figées, piégé de chausse-trappes. L'insignifiante agitation de quelques lumières, tout au fond de la nuit, donne l'échelle de sa sidérale immensité. Komsi s'y accroche comme un marin pêcheur en perdition à la balise d'un chenal. Mais dans les perspectives trompeuses de la nuit désertique, il leur faut encore vingt bonnes minutes pour rejoindre les trois véhicules. Un van blanc équipé d'une échelle pour monter sur le toit, un véhicule sérigraphié de la police d'Akureyri, et un hélicoptère de l'ICE-SAR.

— Pourquoi l'hélico, je croyais que la victime était morte ? demande Botty au policier en uniforme qui les attend.

— Il semblerait qu'elle était encore vivante quand les témoins sont tombés dessus.

— Où sont-ils ?

— Dans leur van. Ils dorment.

— Ils découvrent un homme presque mort dans Ódáðahraun et ils dorment ?

— La fille semblait choquée. Le garçon lui a donné quelque chose pour qu'elle se calme.

— L'idiot ! dit Ida. Un véritable état de choc n'est pas un simple choc psychologique, cela provoque une insuffisance circulatoire aiguë. Je m'occupe d'elle d'abord.

Elle entre dans le van et réveille le garçon. Il avoue avoir donné une double dose de somnifère à son amie qui peine à sortir d'un sommeil pâteux.

— Si c'est un vrai état de choc, alors tu l'as peut-être tuée.

— Vous voyez bien qu'elle est vivante, réplique-t-il vexé et moqueur à la fois.

Pendant qu'elle allonge la fille sur le dos, tête légèrement surélevée, et qu'elle pose sur elle une couverture de survie, Ida vérifie sa tension et les battements de son cœur. Botty la regarde faire depuis l'extérieur du van. Elle a envoyé Komsi prévenir les hommes de l'ICE-SAR et de la police d'Akureyri qu'elle arrive dans quelques minutes.

— Vous n'en faites pas un peu trop pour une grosse trouille ? s'énerve le garçon.

— Les conséquences d'un choc, c'est une anoxie, une chute du taux d'oxygène dans le sang qui altère le fonctionnement de tous les organes, gamin. Cette anoxie évolue en deux stades : le premier est réversible si on soigne la cause du choc. Le second est irréversible et mortel, même si la cause est traitée, dès lors que l'altération des organes est trop engagée.

Il reste hébété par ces précisions et retient ses larmes.

— Et pour Nancy ? geint-il dans un murmure de supplique.

— Elle n'a qu'une partie non significative des symptômes, mais je préfère la savoir en milieu hospitalier pour surveiller ses constantes. Botty, demande aux hommes de l'ICE-SAR de l'héliporter à l'hôpital d'Akureyri, c'est plus urgent que le mort.

Quand elle revient avec les secouristes, Botty en a appris un peu plus sur les circonstances de la découverte du corps. Le fait, par exemple, que dans son caveau de lave, la jeune femme a entendu le mort murmurer à son oreille. Elle avertit Komsi qu'elle accompagnera Nancy jusqu'à l'hôpital. Ida confirme qu'elle aura terminé les constatations sur le corps le temps que l'hélicoptère fasse l'aller-retour, et que tout le monde pourra rentrer chez soi.

— Et moi ? s'inquiète le garçon en regardant les volontaires embarquer son amie comateuse dans l'hélico.

— Toi, tu restes à la disposition de l'inspecteur Komsi et tu lui racontes tout dans le détail.

— Et après ?

— Après, tu prends ton van et tu conduis jusqu'à Akureyri. Ton amie sera à l'hôpital régional.

Botty le laisse interloqué par l'enchaînement des événements et monte à bord de l'hélicoptère. Quand il décolle, elle a l'impression de passer d'un néant à l'autre. La nuit du ciel après la nuit sur terre. La même en apparence, mais des angoisses différentes. Une petite centaine de kilomètres en vol aveugle d'oiseau de nuit. Une demi-heure pendant laquelle la jeune fille récupère et peut lui parler.

— Vladas…

— Vladas ?

— C'est ce qu'il a murmuré à mon oreille. Vladas, plusieurs fois. Et quelque chose comme… lonatas, ou Bonatas, aussi… enfin, je crois…

— C'était un Islandais ? Un étranger ? Il a dit quelque chose à ce sujet ?

— Je n'en sais rien… je suis fatiguée.

— Il faut la laisser se reposer, intervient le volontaire qui surveille son état.

Botty accepte d'un mouvement de tête. Elle s'adosse à la carlingue, connecte son téléphone à son moteur de recherche et pianote « Vladas » sur son clavier : Vladas Garastas, entraîneur de basket… Vladas Jakubénas, compositeur… Vladas Kanciauskas, sculpteur… Tous Lituaniens.

C'est un prénom. Elle a moins de doute pour le second mot, mais le compose quand même. « Lonatas » ne donne rien, mais le moteur de recherche propose « donatas » : Donatas Motiejūnas, basketteur… Donatas Banionis, acteur…

Deux prénoms. Sûrement ceux de ses assassins. Botty se souvient de la description de Darius Zuckas qu'avait faite Huggy. Elle appelle le portable d'Ida.

Tu peux t'en occuper ?

— Ida, tu as vu *Le Parrain* ?

— Pardon ?

— *Le Parrain*, le film, avec Marlon Brando, tu l'as vu ?

— Botty, je suis au fond d'une crevasse de lave, à minuit passé, au cœur d'Ódáðahraun, par à peine dix degrés, à examiner un corps après quatre heures de route...

— Ida, je sais peut-être qui est ton client. Tu as vu *Le Parrain* ?

— Oui, bien sûr, comme tout le monde, plusieurs fois même, toute la trilogie, pourquoi ?

— Est-ce que ton mort pourrait ressembler à l'acteur John Cazale, qui jouait Fredo Corleone, un des fils de Brando dans le film, celui qui part à la pêche et ne revient pas ?

Elle suppose qu'Ida rouspète et s'arrange pour retourner le corps de telle sorte qu'elle puisse observer son visage à la lumière des secours.

— Oui, il lui ressemble. Un peu, ça se pourrait. Tu le connais ?

— Oui. Ce type s'appelait Darius Zuckas.

— Un Lituanien ?

— Oui. Comme ses assassins, probablement. Quelles sont tes premières constatations ?

— Sévères fractures du tibia gauche et du fémur droit, et violent coup à la tempe.

— Mortel ?

— Non. Le type a dû agoniser quarante-huit heures au moins, incapable de s'extraire de son trou de lave à cause des fractures. Il a dû mourir d'hypothermie ou d'épuisement ou d'un arrêt cardiaque suite à la douleur, je ne sais pas encore.

— Accident ? s'étonne Botty, déçue.

— Sûrement pas. Crime mis en scène, probablement destiné à être découvert beaucoup plus tard. Genre punition mafieuse.

— Merci, Ida. Tu peux me passer Komsi ?

Après un court silence, elle reconnaît la voix de l'inspecteur.

— Komsi, je ne vais pas revenir avec l'hélico. Les types qui ont tué Zuckas se prénommaient probablement Vladas et Donatas. Je vais rester à Akureyri et essayer d'y retrouver la trace de leur Land Cruiser. Mais comme il est possible qu'ils soient déjà rentrés à Reykjavik par la route N° 1, essaye de vérifier demain avec son immatriculation.

— D'accord, et je suppose que c'est un peu comme si tu me demandais de vérifier dans le milieu lituanien s'il n'existe pas un Vladas et un Donatas en lien direct ou indirect avec Bergmansson ou son avocat, c'est ça ?

— C'est ça. Tiens-moi au courant de ce que tu trouves. Je serai de retour à Reykjavik dans deux jours.

Puis elle pense à Erlin et hésite à l'appeler depuis l'hélicoptère, mais ils sont déjà en approche de l'héliport de l'hôpital. Parmi les personnels des urgences qui attendent, un inspecteur se présente à Botty pour prendre la relève. Elle lui fait un point sur la situation et demande à être accompagnée jusqu'au commissariat.

Dans la voiture, elle n'ose pas appeler Erlin en présence du chauffeur, alors elle regarde la ville autour d'elle. Il faudra un jour qu'elle parle sérieusement avec des urbanistes. Chercher à comprendre ce qu'eux ne semblent pas comprendre dans l'art de vivre en communauté. Celui qui a dessiné ce quartier a dispersé des bâtiments d'habitation un peu partout autour de rues larges comme des routes. Là-bas les jaune et blanc, en face les blanc et vert, au milieu la police en bleu et blanc, et de-ci de-là de vastes jardins sans arbre ni fleur. Des pelouses. Vides. On croirait des citadelles ennemies qui se défient dans le désert en affichant leurs couleurs. Où sont les chaleurs bariolées et de guingois des villes anciennes ? Ces villes nouvelles et tristes ne condamnent-elles pas leurs habitants à des vies tout aussi pâles et moroses ? Quand elle capte le regard du chauffeur qui lorgne son bouton défait à travers son rétroviseur, elle repense à Erlin et ne peut résister à la tentation de l'appeler.

— C'est moi.

— Salut.

— C'est quoi cette musique, vous êtes encore ouverts à cette heure ?

— Non. Je suis avec quelqu'un. Attends…

Botty entend Erlin demander qu'on baisse la musique.

— Qui est avec toi ?

— Pas toi, en tout cas.

— Désolée, une enquête. Je suis à Akureyri pour deux jours. Tu ne m'as pas dit qui est avec toi.

— Botty, pour être jalouse, il faudrait d'abord qu'on se soit aimées.

— C'est toi qui m'as appelée…

— Quoi, tu as cru à un rencart ?

— …

— Je voulais juste te dire que j'ai un peu fouillé la maison de Fredo et que j'ai trouvé un calepin avec plein de noms et d'adresses.

Le cœur dévasté par la déception, Botty se fiche du carnet de Fredo, mais elle prend sur elle pour ne rien laisser paraître de son désarroi.

— Merci, ça devrait m'aider.

— Botty, pour être franche, si je t'aide, ce n'est pas pour toi, c'est juste pour retrouver Fredo.

Le ton est si froid, les mots si blessants, que cette fois Botty ne peut pas se retenir.

— Ne t'en fais pas, je l'ai retrouvé, ton Fredo. Il est mort. J'attends son corps à la morgue. Je te rappellerai. Peut-être.

Elle raccroche en pleurant de ce qu'elle vient de dire. Son téléphone sonne aussitôt, mais elle reconnaît le numéro d'Erlin, et ne répond pas. Ni au deuxième appel. Ni au troisième. Ni à aucun des autres.

Avec Komsi dans le désert, elle n'a plus personne de confiance à Reykjavik. Sa mère, peut-être. Pour une affaire de cœur, sûrement. Pour une affaire de flic, c'est moins sûr. Elle soupire et se résout à réveiller Kornelius. Il ne répond pas et elle laisse un message : Kornelius, c'est Botty. Gaukurinn, la boîte de nuit. Une fille au bar qui s'appelle Erlin. Elle prétend avoir mis la main sur un calepin. Il appartient au gars dont je viens de récupérer le cadavre en plein Ódáðahraun. C'est lié à l'affaire Bergmansson, mais je suis à Akureyri. J'ai peur qu'elle ne le détruise. Tu peux t'en occuper ?

XXIX

… quand il vient me voir.

Un peu plus de trois heures de vol depuis Reykjavik. C'est la première fois que Kornelius survole le Groenland et ses immensités immaculées. Il s'amuse de l'ironie de l'histoire, qui a baptisé « vert pays » ce territoire de glace et de neige, et « terre de glace » son Islande verdoyante. C'est comme survoler un Vatnajökull de deux millions de kilomètres carrés. Vingt fois le vrai, dans un abandon blanc vertigineux.

Il n'a jamais été tout à fait serein en avion et trompe son anxiété en s'amusant de tout et de rien. Le fait que l'avion soit un Dash 8, par exemple. Un bimoteur, un de Havilland, comme le Beaver qui s'est écrasé sur le Vatna, ce qui le rassure moyennement. Par réflexe d'évitement, son cerveau cherche un dérivatif et s'accroche à l'ancien nom de cet avion de fabrication canadienne. Un Bombardier. Comme le B-52 Stratofortress qui s'est écrasé lesté de quatre ogives nucléaires en 1968. Boeing, mais bombardier quand même.

… quand il vient me voir.

À l'approche de la côte occidentale, Kornelius ne sait pas s'il doit s'en réjouir ou pas. Passé l'immensité nacrée, ils survolent soudain un embrouillamini de fjords, d'îles et d'îlots d'une terre rêche et rugueuse, brune, à peine saupoudrée de neige par endroits. Il se tord le cou à essayer de deviner sur lequel de ces cailloux se cache Nuuk, la capitale, et entre quelles eaux profondes et glacées on a pu tracer une piste d'atterrissage.

Quand les deux moteurs perdent en puissance et que l'avion pique du nez pour plonger entre les îlots montagneux, il oublie la question et s'en remet au talent suicidaire du pilote. Et il se pose à Nuuk, surpris de découvrir par le hublot la vaste plaine caillouteuse de chaque côté de la piste, et le terminal international pas plus grand qu'un magasin Ikea.

— *Tikilluarit. Qanorippit ?* demande un Kuppik jovial en kalaallissut.

Kornelius suppose que ce sont des mots de bienvenue et répond qu'il va bien, puisqu'il a de nouveau les pieds sur terre.

— Tu n'as pas d'autre bagage ? s'étonne le petit homme en anglais.

— Non, pourquoi ?

— Pas de maillot à manches longues, pas de gros pull, pas de parka, pas de bonnet, d'écharpe, de gants, de lunettes de soleil ? Ici, il fait deux degrés en moyenne et on a quatre heures de soleil par jour…

Mais Kuppik le rassure d'une robuste tape dans le dos et l'invite à rejoindre sa voiture. Ce n'est plus le même homme qu'en Islande. C'est un homme chez lui. Dans son pays. Dans son histoire. Dans sa culture. Il porte un anorak blanc ouvert sur un pull en laine rouge, et un pantalon noir enfoncé dans des bottes blanches fourrées, renforcées d'une coque et de semelles en matière synthétique. Quand ils rejoignent la voiture, il s'excuse de ne conduire qu'une vieille Suzuki Samurai de 2003 avec un moteur diesel français.

— Je ne suis pas Danois, moi… se moque-t-il en désignant d'un mouvement du menton les 4x4 de luxe garés n'importe comment sur le parking.

Kornelius force sa carcasse de troll dans la carapace du Suzuki.

— J'espère que ce témoin mérite tout ce froid et ces efforts, lâche-t-il d'un air faussement grognon.

— Il mérite bien plus, sourit Kuppik, parce qu'il habite à deux heures d'ici encore. Mais nous allons d'abord passer chez moi t'équiper comme un vrai *Kalaallit*.

Il y a quelque chose de l'Islande, mais en plus dispersé. Des petites maisons colorées éparpillées un peu n'importe comment en fonction des terre-pleins entre les roches affleurantes. Avec, peut-être, ces pignons face à la mer qui finissent par donner une sorte d'ordre géométrique à cette dispersion. Kuppik devine à quoi pense Kornelius et le détrompe.

… quand il vient me voir.

— Les plus anciennes maisons, peut-être ? Cabanes d'hommes de la mer, ouvertes sur l'océan. Mais regarde bien les autres : elles sont cul à la mer, pignon sur la rue. Boîtes d'allumettes pour tourner le dos à la tradition. Parce que les vents et les tempêtes viennent de là, paraît-il ? C'était vrai du temps des tentes en peaux de phoques, pour éviter que le vent de la mer ne s'y engouffre et ne les emporte, mais pas avec les cabanes construites au temps des Danois et des Américains.

Kuppik a la rage rentrée des militants d'une cause presque perdue. Kornelius comprend qu'il hait les Américains autant que les Danois.

— C'est pire encore à Qaanaaq, balayée par les vents polaires, d'où les Américains ont déporté les gens pour y construire leur base militaire de Thulé à l'abri des tempêtes. Le gouvernement danois n'a même pas eu son mot à dire. Les Inuits encore moins.

Kuppik habite la dernière petite maison au bout de la rue Tuanpannguit. Pas plus grande qu'une cabane, presque les pieds dans l'eau, en équilibre sur les derniers rochers. En bardage vertical rouge sombre sous un toit de tôles vertes. Côté terre de la rue, sur quatre étages et plusieurs centaines de mètres de long, le premier de trois rangs de clapiers de béton brut, alignés comme de tristes remparts. De rage, Kuppik a aveuglé le côté rue de sa maison et construit tout un réseau compliqué d'escaliers, de passerelles et de paliers pour entrer chez lui côté mer et ne jamais voir, depuis chez lui, ces balafres hideuses.

Uapikun, la compagne de Kuppik, est une petite femme ronde au visage rayonnant de tristesse, habillée d'un lourd chandail traditionnel bariolé de motifs géométriques. Kornelius se demande quel malheur résigné contredit son éternel sourire. À moins que ses yeux fendus n'en donnent en fait qu'une illusion. La petite maison simple et chaleureuse embaume d'un roboratif ragoût de phoque accompagné de riz et d'oignons bouillis.

— Nous déjeunons déjà ? s'étonne Kornelius.

— Oui, il faut prendre des forces.

Uapikun sert de copieuses assiettes, avec application, sans oser regarder Kornelius, et murmure dans sa langue.

— Elle n'est pas d'accord pour que nous allions voir ce fou.

— Elle ne l'aime pas ?

— Elle lui reproche de ne pas savoir prédire les malheurs.

Ils mangent en silence et Kornelius savoure le *suaasat*.

Aussitôt après le repas, Uapikun apporte des vêtements chauds à Kornelius.

— Tu es sûr qu'ils sont à ma taille ?

— L'enfant d'Uapikun avait la carrure de son père. Je ne suis que son second « petit » mari, explique-t-il avec malice.

… quand il vient me voir.

Kornelius n'ose pas en demander plus. La maison n'est composée que d'une chambre et d'un salon. Uapikun s'éclipse dans la cuisine pour le laisser se changer.

— Les bottes sont doublées en fourrure de chien. Au moins, tu ne mourras pas les pieds gelés, dit Kuppik en sortant déjà dans le crépuscule glacé.

Il frotte son nez à celui d'Uapikun pour lui dire au revoir, et Kornelius trouve quelque chose de dramatique à ce *kunik* traditionnel. Comme si chacun se rassurait de garder l'odeur de l'autre une dernière fois. Le temps qu'il se demande s'il se souvient du parfum de la peau des femmes qu'il a aimées, Kuppik est prêt.

À la surprise de Kornelius, ils ne traversent pas cette ville de vies échouées qui ressemble encore plus, dans le crépuscule qui vient, aux débris épars d'un naufrage. Ils ne contournent pas la maison pour reprendre le Suzuki, mais descendent jusqu'à la mer, et Kuppik tire d'entre les pilotis de sa terrasse un puissant canot à moteur. Kornelius n'aime pas les avions, mais il n'est pas vraiment marin non plus. À la rigueur sur un ferry. Pas dans un canot, au crépuscule, dans les eaux d'un large fjord qui s'encombre déjà des premières glaces. Mais il n'a pas le choix. À l'arrière, manœuvrant le moteur d'une main, pipe en écume de mer à la bouche, Kuppik remonte le fjord immense, glissant son canot à travers des paysages époustouflants dans le couchant. Des immensitudes, se dit Kornelius sans trouver d'autres mots. Des eaux larges et impassibles, frangées de la lumière rasante du couchant dans leur sillage, bordées de montagnes érodées, calottées d'une glace que les derniers rayons nacrent de reflets. Et la silhouette immobile et paisible de Kuppik. Chez lui. Dans son monde. Élément de l'univers.

Deux heures plus tard, dans la nuit noire, ils abordent une île que Kuppik appelle Sadelø, au nord-est de Nuuk. La cabane est nichée dans une échancrure de la côte rocheuse, au pied de la montagne enneigée, onglet improbable de gros galets de moraines millénaires. Une cahute. Une baraque trouée de deux lucarnes allumées, plantée sur de courts pilotis. Immobile, dans l'immensité absolue de la nuit.

— *Aluu* Vince, *qanorippit* ?

— *Ajunngilanga.*

Kornelius ne sait même pas qui parle. Il ne voit rien dans la nuit noire. Il faut qu'ils s'approchent pour deviner le vieil ermite.

— C'est toi le flic islandais ? demande l'homme dans un américain de bourlingue.

— Oui.

— Entrons, alors.

C'est quand il monte le court escalier en planche et qu'il passe devant une des fenêtres que Kornelius le voit vraiment. Un vieil homme à la barbe et aux lourdes épaules fatiguées à la Hemingway. Même pas habillé contre le froid de la nuit. Juste un pull sur un pantalon de toile.

Une lampe à pétrole éclaire d'une lueur flageolante l'intérieur minuscule. Une pièce qui sert à tout, cuisine, salon, salle à manger et bureau, et une chambre comme un cagibi, tout juste assez grande pour un lit et une table de chevet. Et tous les murs tapissés de bibliothèques surchargées de livres et de dossiers.

— Vous devez avoir faim, grogne l'homme, j'ai mes premiers mergules, si vous voulez.

— Qu'est-ce que c'est ? s'inquiète Kornelius.

— C'est du *kiviak* et tu ne veux pas plus de détail, s'amuse Kuppik.

— Je préfère savoir ce que je mange.

Il n'aurait pas dû. Vince lui explique avec délice que le *kiviak* est préparé à partir des mergules nains qu'il attrape en plein vol par centaines avec un filet au bout d'une longue perche, comme pour la chasse aux macareux chez lui, en Islande. Il les fourre, par trois ou quatre cents, plumes, pattes et bec compris, à l'intérieur d'un phoque éviscéré qu'il écrase de tout son poids pour en chasser l'air avant de le recoudre et de le sceller à la graisse pour l'étanchéifier.

— Et tu fais cuire le phoque entier ? s'étonne Kornelius.

— Qui te parle de cuire ? Je l'ensevelis sous un monceau de pierres, toujours pour en chasser l'air, mais aussi pour éviter que le moindre rayon de soleil ne l'effleure, et je le laisse reposer six mois.

— Six mois ! Et après ?

— Après, je déterre le phoque, je l'ouvre, et je déguste les oiseaux.

— Sans les cuire ?

— Toute l'astuce est là, ils ont cuit par fermentation.

— Le bec, les pattes et les plumes aussi ? s'écœure Kornelius.

— Bien sûr que non. Une partie du plaisir est de dépiauter l'oiseau avant d'en sucer les chairs.

— Je crois que je vais passer mon tour.

Il a tort. Une fois le dégoût surmonté, les chairs confites sont fondantes et plutôt goûteuses.

— C'est le miracle de la nature et de la survie, explique Kuppik. Il y a quelques années, une famille entière est morte du botulisme. À défaut de mergules, ils avaient fourré le phoque avec des canards sauvages. Apparemment, les eiders ne fermentent pas de la même façon. Ils se sont décomposés et ont empoisonné la famille. D'où la question existentielle : comment la tradition a-t-elle su que seul le mergule fermente bien dans la peau d'un phoque ?

Kornelius refuse de prendre position sur une telle question. Après tout, une des gourmandises islandaises est bien faite de petits cubes d'un requin dépourvu de système urinaire, faisandé plusieurs mois dans un trou de sable avant d'être séché à l'air libre.

— D'ailleurs, conclut Kuppik, le requin que vous utilisez pour votre *hákarl* est un requin de chez nous, groenlandais.

— Tu es Américain, alors ? demande Kornelius à brûle-pourpoint.

— Je suis né là-bas, malheureusement, oui… répond Vince.

— Jamais rentré au pays ?

— Jamais. Mon pays maintenant, c'est ici, en « Terre des hommes », *Kalaallit Nunaat*.

— Comment es-tu arrivé ici ?

— J'ai été affecté à la déconstruction du projet Iceworm, en 1972. J'avais vingt-trois ans.

— Je croyais que le projet avait été abandonné en 1965 ?

— Oui, mais une mission a été envoyée sur place en 1969 pour faire le bilan des installations et organiser un programme de rapatriement de ce qui pouvait l'être. J'en ai fait partie la dernière année, en 1972.

Kornelius fait un rapide calcul et s'étonne de la force et de la volonté de cet homme pour son âge.

— Et depuis 1972, qu'est-ce que tu fais ?

Vince se lève et se dirige vers une porte dérobée. Kornelius avait cru qu'elle ouvrait sur un rangement, mais elle donne sur un minuscule bureau sans fenêtre à la table surchargée de dossiers.

— Ça ! dit Vince, en l'invitant à le rejoindre.

Kornelius le rejoint. À peine la place pour deux, dans ce cagibi.

— Tu écris ? s'intéresse Kornelius.

— Non, je compile.

— Ah oui ? Et quoi ?

— Tout ce que je lis, entends, vois, observe, collecte, photographie, filme ou apprends sur Iceworm.

J'ai recueilli 418 témoignages de personnes directement ou indirectement impliquées dans ce projet. Des Américains, des Groenlandais, des Danois et une demi-douzaine d'autres nationalités. J'ai plus de mille photos de l'intérieur de la base et sept mille pages répertoriées dans vingt-huit dossiers classés par thème : conception, fabrication, incidents, services secrets, corruption…

— Seigneur Dieu ! murmure Kornelius en prenant conscience du trésor devant lequel il se trouve. Et tu me laisserais consulter tout ça ?

— Tu n'aurais pas le temps. De ce que m'a raconté Kuppik de ton enquête, tu devrais te concentrer sur les dossiers « Services secrets » et « Corruption ».

Il sort les deux épais dossiers et les dépose sur la minuscule table de travail.

— Bon courage. Il reste du *kiviak* si tu as une petite faim.

— Où allez-vous ? s'inquiète Kornelius en voyant Vince faire signe à Kuppik de le suivre dehors, dans la nuit.

— Les nuits restent clémentes. J'ai une tente en bois flotté et en peau de phoque que je n'ai pas encore démontée, un peu plus loin derrière les rochers. C'est là que nous nous saoulons avec Kuppik quand il vient me voir.

XXX

... bredouille Botty.

La cellule est propre et bien entretenue. La pièce étroite est aveugle, mais assez haute de plafond. Bien chauffée. Les murs ont été repeints en gris. Le sol est bétonné, mais le banc de couchage carrelé. Botty se réveille d'un sommeil de pierre et cherche à se resituer dans le temps et l'espace. Akureyri. Le commissariat. La cellule...

La porte est ouverte et elle sort pieds nus. C'est le matin. Autour de la machine à café, trois policiers en uniforme bavardent à voix basse. Elle devine qu'ils parlent d'elle. Elle entend ce stupide surnom de « Bottyful ». Un des flics dit qu'elle l'est vraiment. Quoi ? demande un autre. *Beautiful.*

— Salut, dit-elle.

Ils sursautent et se figent, leur gobelet à la main.

— Merci pour l'hospitalité, j'étais vraiment crevée. Est-ce que tout le monde est rentré ?

— Tout le monde ?

— Les volontaires de l'ICE-SAR et vos collègues, avec le mort d'Ódáðahraun.

— Oui. Tout le monde est rentré. Vous voulez un café ?

— Oui, merci. Serré, sans sucre.

— Il y a du *rúgbrauð* et du pâté de mouton aussi, si vous voulez.

Ils sont aux petits soins pour elle. Apparemment, les échos de sa disgrâce ne sont pas encore remontés jusqu'aux contrées lointaines du nord de l'île.

— Pourquoi n'êtes-vous pas rentrée à Reykjavik ?

— J'ai des recherches à faire ici. Un Land Cruiser probablement conduit par deux Lituaniens. Prénoms Vladas et Donatas. C'est tout ce que j'ai, avec l'immatriculation du Land.

— Si ce sont des Litus, ils sont forcément passés boire une bière au East Block sur Skipagata ou au Ring sur Hafnarstræti. Il n'y a que là qu'ils trouvent leur Velvet ou leur Bohemjos. Je peux vous accompagner. Qu'est-ce que vous leur voulez ?

— Il n'est pas impossible qu'ils soient les assassins du mort d'Ódáðahraun.

— Allons-y à deux voitures, alors.

Le patron du East Block est lituanien et ne dit rien. Vladas et Donatas, il connaît pas. Il ne sait même pas à quoi pourrait ressembler un Land Cruiser. On lui demanderait s'il a deux jambes, il dirait qu'il n'en sait rien. Celui du Ring est un Islandais qui se fait squatter son bar par des Lituaniens. Il est aussi évasif, mais pas par nationalisme, par peur. Ils ressortent bredouilles des deux bars.

... bredouille Botty.

— Nous avons tapé dans la fourmilière, peut-être que quelqu'un va les prévenir et qu'ils vont tenter de quitter la ville, cherche à se convaincre Botty. On peut faire surveiller la route N° 1 au nord et au sud de la ville ?

— Ça peut se faire. Les pistes qui rejoignent la 26 aussi ?

— Ça m'étonnerait qu'ils repassent par Ódáðahraun.

Botty se souvient d'un détail et pianote sur son téléphone.

— Laugargata, ça vous dit quelque chose ?

— Oui, une petite rue qui dessert une zone d'activités, derrière la piscine municipale.

— On y va. Une boîte qui s'appelle World Trade Strategy.

Des petits bâtiments d'affaires et de bureaux entre des pelouses rases et quelques arbres. Ils repèrent aussitôt le Land Cruiser, propre comme un sou neuf, mais avec la bonne immatriculation. Le hall d'accueil, le salon d'attente et les bureaux qu'ils devinent derrière le comptoir, tout est blanc et chromé, décoré de photos d'éruptions et de laves en fusion. « Nous ferons jaillir votre créativité commerciale », clame un slogan sous le portrait du fondateur : Gunnar Bergmansson.

Botty laisse les policiers d'Akureyri poser les questions qu'elle leur souffle. Prudence procédurale.

La petite femme blonde et ronde dans son *lopi* de grosse laine rêche, frisée comme un mouton et soucieuse comme un bélier, ne sait pas quoi répondre. Les commerciaux de WTS vont et viennent, déposent leur voiture et en prennent une autre. En plus, c'est un peu la pagaille aussi, après ce qui est arrivé au patron. Enfin, ce qu'il a fait. Mon Dieu, abattre deux hommes en public ! Pour l'amour de cette pauvre gamine ! Les larmes lui montent aux yeux.

— Ceux qui ont ramené le Land Cruiser ?

Elle les voyait pour la première fois. Devaient venir du bureau de la capitale. Sont juste entrés déposer les clés. Sont repartis avec une voiture qui les avait accompagnés. Connaît pas le modèle. Pas très voiture. Plutôt vélo à cause de la planète.

Botty va la secouer un peu quand elle se souvient d'un détail important qu'elle avait oublié. Elle compose un numéro sur son téléphone.

— Kornelius, tu es où, là ?

— Au Groenland…

— Qu'est-ce que tu fiches au Groenland ? Non, attends, ne réponds pas. Je m'en moque. Tout ce que je veux savoir, c'est si tu as pu récupérer le carnet.

— Oui, je l'ai. Ça ne peut pas attendre mon retour ?

— Non.

— D'accord, je photographie les pages et je te les envoie.

— C'est ça, dit-elle en raccrochant.

En attendant les photos, elle sort et regarde autour d'elle. Les policiers l'ont suivie.

— Il y a de la délinquance dans ce coin de la ville ?

— Pas vraiment. Quelques fois, des jeunes qui s'amusent à mettre le bordel après la piscine, ou qui font du skate sur les parkings, rien de bien grave.

— Pas de cambriolages ?

— Pas plus que ça. Un ou deux par an, dans des entrepôts.

— Il y a des caméras de surveillance, alors ?

— Oui, certaines boîtes en ont installé.

— Vous pouvez faire le nécessaire pour avoir accès à toutes celles qui auraient pu filmer l'arrivée du Land Cruiser ?

— Bien sûr, c'est pas une mauvaise idée.

Botty va le remercier pour le compliment quand son téléphone déclenche une série d'alertes. Les photos s'affichent et s'empilent une à une. Botty les parcourt rapidement sans y trouver de Vladas ni de Donatas. La liste est étrange, codée certainement. Des noms propres suivis d'une initiale. Elle fait défiler plusieurs fois les photos, intriguée par quelque chose qu'elle ne peut définir.

Garastas ! Elle a déjà vu ce nom quelque part. Puis elle se souvient. Elle cherchait à savoir ce que signifiait Vladas sur son moteur de recherche : Vladas Garastas, entraîneur de basket. Elle force ses souvenirs : quel était le résultat de la recherche pour Donatas ? Mojunas, ou quelque chose comme ça, murmure-t-elle en cherchant un nom approchant dans le carnet. Voilà, Motiejūnas, Motiejūnas, c'est ça !

Malin. La liste semble afficher des noms suivis de l'initiale du prénom, mais en fait le nom n'est qu'une astuce mnémotechnique pour coder le prénom. Quant à l'initiale, c'est celle du nom, et pas celle du prénom. Garastas L., c'est Vladas L., tout simplement.

Elle repère trois Garastas et deux Motiejunas dans la liste, note les numéros de téléphone au creux de sa main et appelle Komsi pour les identifier et les localiser.

— Ce n'est pas comme si j'avais déjà récupéré de ma nuit dans Ódáðahraun, tu sais ? Et puis ici, c'est branle-bas de combat. Petra a fait monter tout le monde sur le pont dès son arrivée. Ta suspension est officielle. Tu ne devrais pas tarder à en entendre parler là-haut.

— Merci, Komsi. Je vais rentrer à Reykjavik affronter tout ça. De toute façon, je touche au but. J'ai localisé le Land Cruiser sur le parking d'une entreprise qui appartient au député Bergmansson.

Ils sont tous les quatre sur le parking, elle à téléphoner et les trois policiers à l'attendre, quand une voiture les force à se déplacer pour se garer. Un SUV Porsche aux vitres teintées dont le chauffeur descend et se tourne vers eux.

— Papa ? bredouille Botty.

XXXI

Fais attention à toi.

Le matin est immense et lumineux. Les sommets de montagne immergés au ras de l'eau sous le ciel démesuré. Le fjord comme une vallée inondée, lustré d'un soleil de laiton. Nulle part en Islande il n'a ressenti un tel sentiment de pérennité fluide et légère. Sous la clarté rasante du levant, la roche se réchauffe d'ocre et de brun et la glace s'irise d'or et d'opale. Kornelius, un mug de café brûlant entre ses mains, est abasourdi par une si sereine vision de l'éternité.

Il n'a pas dormi une seule seconde, fasciné par les informations recueillies par Vince. Il y a trouvé mille fois plus que ce qu'il cherchait. Le récit des actions menées par le renseignement militaire. Les soupçons d'élimination physique ou politique de plusieurs nationalistes groenlandais. Les dissimulations de l'armée américaine. Les manœuvres de manipulation des élus danois et groenlandais. Le nom des personnalités danoises probablement corrompues, avec l'évaluation des dates et des sommes. Les accidents inexpliqués. Les disparitions. Le travail d'une vie, recoupé et documenté pendant plus de cinquante ans. Il y a relevé les noms de Logan Cooper et Robert Zelinsky, deux des hommes dont le cadavre a été retrouvé pris dans les glaces. Plusieurs fois impliqués dans des missions spéciales et des transferts d'argent. Ils apparaissent comme d'anciens militaires contractuels de la Defense Intelligence Agency. En d'autres termes, des exécutants des basses œuvres au service direct du comité des chefs d'état-major interarmées de l'US Army.

Il a pris des pages de notes et une centaine de photos avec son portable. Il lui faut maintenant assimiler toutes ces informations, et le seul moyen est de les chasser de son esprit le temps qu'elles se gravent dans sa mémoire. Il s'y applique en remontant la plage de cailloux jusqu'au grand tipi en peaux qu'il découvre derrière un éboulis de rochers. Kuppik est seul, près d'un feu sur la grève.

— Vince n'est pas là ?

— Il est parti cette nuit, en kayak.

— Où ?

— Lui seul le sait.

— Vous n'étiez pas ivres ?

— Si, mais c'est Vince. Retournons à la cabane, je suppose que tu as trouvé les informations que tu cherchais. Alors profitons du jour pour rentrer à Nuuk.

Les deux heures de canot sont si spectaculaires que Kornelius garde le silence pour ne pas rompre la

Fais attention à toi.

magie. Ils naviguent, en prenant leur temps depuis une heure déjà, heureux et fiers d'appartenir un peu à ce monde pur et grandiose, quand Kornelius ose la question qui le taraude.

— Tu ne m'as pas dit, pour Uapikun.

— Quoi ?

— Ce qui la rend si triste malgré son sourire si doux.

— Je n'aime pas en parler, ça me met en colère.

— Désolé. Oublie ma question.

Dans des dégradés de contre-jour, au-delà des rives ou au fond des fjords, apparaissent des sommets enneigés qui donnent chaque fois au paysage de nouvelles perspectives et d'immenses profondeurs.

— ... il était allé célébrer le solstice d'été dans le village de sa fiancée, à Nuugaatsiaq, au nord, sur l'île d'Uummannaq. Trente kilomètres plus au nord de l'île, un pan de montagne s'est effondré dans la mer. Quarante-cinq millions de mètres cubes de roche et de glace sont tombés dans l'eau, poussant devant eux un tsunami de quatre-vingt-dix mètres de haut. Quand la vague est arrivée dans la baie de Nuugaatsiaq, à presque cinquante kilomètres à l'heure, elle mesurait encore plus de dix mètres. Ils préparaient les festivités du solstice. Elle les a emportés, lui, sa promise, et l'enfant qu'elle portait.

— Merde, lâche Kornelius qui ne sait pas quoi dire d'autre. Un tremblement de terre ?

— Bien sûr que non ! hurle Kuppik dont le cri de rage glisse sur l'eau jusqu'à l'horizon. Le réchauffement, leur foutu réchauffement auquel personne ne veut croire, qui déstabilise les glaces, fragilise les montagnes sous leur ruissellement, bouleverse les équilibres ! Tous ces foutus connards du monde entier dans leurs voitures climatisées qui pensent que ce n'est pas si urgent que ça. Tous ces Américains…

— Les Américains ne peuvent pas être responsables de tout, Kuppik.

— Peut-être, mais ce sont eux qui donnent l'exemple et qui mènent le monde. Iceworm est la plus terrible preuve de leur aveuglement imbécile. Comment pouvait-on imaginer stocker six cents missiles nucléaires dans des centaines de kilomètres de galerie à trente mètres sous la banquise, avec des chambres potentiellement chauffées à l'énergie atomique pour onze mille militaires, sans anticiper une seule seconde le déséquilibre des forces naturelles que cela provoquerait ? Et comment peut-on ensuite tout abandonner en cherchant à le cacher jusqu'à la fin du siècle prochain ? Kornelius, la vague qui a emporté notre fils, elle est née de la turpitude d'hommes tels que ceux qui ont conçu Iceworm.

Kornelius hésite à répondre.

— Kuppik, c'est peut-être juste une catastrophe naturelle. J'ai souvenir d'un drame comme celui-là à la fin des années cinquante, en Alaska. Un effondrement de terrain dans un lac. Je crois me rappeler qu'il a créé une vague haute de soixante mètres qui a tout ravagé sur cinq cents mètres de hauteur en butant contre la rive d'en face. Ces choses-là arrivent.

Fais attention à toi.

— Non. Nous sommes responsables de ce que notre connerie déclenche aujourd'hui. Il y a quatre ans, plus de cent kilomètres carrés de glace se sont détachés de notre plus grand glacier, le 79 N. Pour la première fois de mémoire d'homme. L'année dernière, en Antarctique, ce sont mille cinq cents kilomètres carrés d'une glace de cent cinquante mètres d'épaisseur qui se sont détachés de la banquise. Ce ne sont pas des choses qui arrivent, ce sont des choses qu'ils provoquent.

Kornelius comprend qu'il n'a pas beaucoup d'arguments à opposer à la colère de Kuppik. Il garde le silence et ils se perdent dans la contemplation du paysage. Kornelius ému de le découvrir encore, Kuppik en rage de le savoir menacé. Quand ils rejoignent la côte et aperçoivent la maison de Kuppik, deux choses marquent Kornelius. La silhouette d'Uapikun, sur le ponton, immobile et inquiète comme toutes les femmes des hommes qui osent affronter la mer. Et les balafres de béton qui barrent le bord de mer au-dessus de ce qui reste des vieilles maisons colorées.

Plus tard dans la journée, Kornelius prend congé d'Uapikun d'un nez à nez, et Kuppik le dépose à l'aéroport.

— Reviens en hiver, je te ferai découvrir le grand blanc en motoneige.

Kornelius promet qu'il reviendra. Il embarque une heure plus tard, et se pose à l'aéroport de Reykjavik après trois heures de vol. Comme il descend la passerelle et réactive son téléphone, ses messages s'affichent. Celui de Kuppik retient son attention : *Vince et son kayak ont disparu et sa cabane a brûlé. Fais attention à toi.*

XXXII

… qu'il ne va rien abandonner.

Le centre-ville est à moins de deux kilomètres du terminal. Kornelius n'a pas de bagage et décide d'y aller à pied malgré la bruine. Un peu plus loin, son chemin longera la pièce d'eau de Tjörnin et le ramènera encore une fois devant la maison d'Ida. Il revient du Groenland avec une certaine mélancolie des actes manqués et des occasions perdues. Mais il n'ira pas jusque-là.

Ils le cueillent à l'ombre des quelques arbres de la rue Sóleyjargata, à la sortie de la zone aéroportuaire. Une voiture se glisse à sa hauteur. Le chauffeur reste au volant, mais un homme en descend et l'invite à monter. Sans faire d'histoires, dit-il. Pour parler. Ils ne lui veulent aucun mal.

Américains, se convainc Kornelius. Ça se devine à leur façon d'être. Cette confiance absolue en eux, en leur mission quelle qu'elle soit, en leur force morale et physique. Ces gens se sentent chez eux là où ils sont, s'amuse-t-il. Il ne les connaît pas, mais ceux-là ont l'arrogance beaucoup plus calme et tranquille que le nabot qui lui a confisqué les corps du glacier.

— Je vous en prie, dit l'homme qui est descendu et tient ouverte la portière arrière.

C'est une Chevrolet Malibu. Noire, bien sûr. Vitres fumées. Kornelius monte à l'arrière. Il est seul sur la banquette. L'homme est remonté à la place du passager et la voiture redémarre en douceur.

— Monsieur Jakobsson, dit le chauffeur, je m'appelle Miller et lui, c'est Woodward. Nous n'appartenons pas aux renseignements militaires. Vous êtes libre de nous demander d'arrêter quand vous voulez.

— CIA ?

— Y a-t-il un endroit particulier qui aurait votre préférence où nous pourrions discuter tranquillement ?

— Oui. Ramenez-moi à l'aéroport.

Ils se regardent, étonnés, puis font demi-tour au premier rond-point. Ils semblent bien connaître la ville. Kornelius se demande s'ils apprennent par cœur la toponymie de toutes les villes où ils opèrent. Berlin : Feilnerstrasse, première à droite après Ritterstrasse depuis Lindenstrasse. Buenos Aires : Perú, troisième à gauche dans Independencia en prenant depuis Paseo Colón. Paris : rue des Lyonnais, prendre par Broca en bas de Claude-Bernard…

— Passez l'aéroport et continuez Nauthólsvegur jusqu'à la mer, dit-il. J'espère que vous avez pris vos maillots.

Il les guide jusqu'à la plage de Nauthólsvík. Un ongle de sable grossier au bout d'une pelouse en friche, enserrant un minuscule lagon d'eau glacée protégé par deux jetées d'énormes pierres de lave noires. Malgré le vent frisquet qui descend des nuages, des enfants jouent à se poursuivre en s'éclaboussant d'éclats de ciel ou à tasser du sable dans des seaux en plastique à petits coups de pelle. Les parents les surveillent à peine, somnolant en maillots sous un soleil absent. D'autres devisent, assis, ou regardent la mer. Ils sont assez nombreux pour en faire un endroit public, et assez clairsemés pour ne rien entendre de ce qu'ils vont se dire. Kornelius s'arrête et s'assied dans le sable à hauteur du bain d'eau chaude circulaire d'où on court se fouetter le sang dans l'eau froide.

— Alors, dites-moi…

Les autres hésitent, puis s'accroupissent à côté de lui.

— Jakobsson, nous sommes tous au milieu d'un merdier dont nous aimerions vous sortir autant que nous.

— Vous, c'est-à-dire ?

— Nous, les États-Unis d'Amérique.

— Rien que ça.

— Écoutez, pour faire simple, et puisque vous avez déjà compris un certain nombre de choses, nos militaires ont foiré en beauté il y a quelques décennies.

— Iceworm ?

— Oui. Le problème, c'est qu'ils l'ont fait entre eux, en camouflant l'affaire et surtout en la cachant à tout le monde, y compris aux États-Unis : Maison Blanche, Congrès, Sénat, département de la Défense, secrétariat d'État. Tout le monde.

— C'était il y a soixante ans.

— Oui, et ça aurait pu rester caché pendant encore un siècle ou deux si la banquise n'avait pas commencé à fondre.

— Vous voulez dire que les États-Unis cherchent à cacher aujourd'hui qu'ils avaient caché des choses à l'époque ?

— Le gouvernement américain d'aujourd'hui, plus exactement, cherche à ne pas rendre public ce que les militaires ont caché à l'époque. La récupération des cadavres, c'est ça, l'incendie de la cabane du Groenlandais, c'est ça…

— C'est vous qui avez brûlé la cabane de Vince ?

— Bien sûr que non.

— Vous savez ce qu'il lui est arrivé ?

— Il est chez nous. Nous l'avons récupéré pour le protéger.

— Le protéger de qui ?

— De vous, d'une certaine façon.

— Moi ? Vous dites n'importe quoi. Je ne le connais que depuis vingt-quatre heures à peine.

— D'une certaine façon, Vince travaillait pour nous. D'ailleurs, il le fait encore. À une époque où la Russie force toutes les voies maritimes du pôle et où les Chinois investissent au Groenland par milliards, tout ce qui concerne la future indépendance du Groenland concerne les États-Unis. Vince nous tenait informés.

— Je ne vois toujours pas en quoi je le menaçais.

— Nous avions une sorte de deal. Nous le protégerions le jour où nous l'autoriserions à donner à quelqu'un accès aux dossiers qui impliquent l'armée.

— Vous voulez dire que…

— Oui, c'est nous qui vous avons mis sur sa piste par l'intermédiaire de Kuppik.

— Les salauds…

— Ne dites pas ça. Vince et Kuppik sont des gens sincères dans leurs combats et leurs convictions. Leur collaboration n'est pas une trahison. Leur ennemi, c'est davantage l'armée américaine que l'Amérique et ils ont estimé que notre aide pouvait les aider à faire plier les militaires. Mais c'est vrai que nous les manipulons, comme nous vous avons manipulé.

— Je ne sais pas si je dois en rire ou vous mettre mon poing dans la gueule, murmure Kornelius abasourdi. Mais où est votre intérêt dans tout ça ?

— Un : rester maîtres des révélations à venir sur Iceworm. Toutes ces informations sont inexorablement destinées à être rendues publiques un jour, mais nous essayons d'en maîtriser le flux. Une fuite plutôt qu'une rupture de barrage. Deux : confiner ce fiasco à une erreur d'état-major, à une faute stratégique, en nous donnant le temps de terminer le ménage dans notre chaîne de commandement. Trois : éviter toute répercussion internationale antiaméricaine et tout dérapage diplomatique, et surtout épauler les nationalistes groenlandais dans leur volonté d'accéder à l'indépendance.

— Aux frais des Danois, je suppose.

— Oui.

— Bien qu'ils soient vos alliés au sein de l'Otan dont ils sont membres fondateurs.

— Oui.

— Et malgré l'arrogance de Trump qui a proposé de « racheter » le Groenland.

— Oui.

— Je ne comprends pas très bien le sens de tout ça.

— Thulé, Camp Century, Iceworm, tout ceci est un secret de polichinelle depuis longtemps pour les autorités. En interne comme auprès de nos alliés, nous savons maîtriser. Mais pas l'opinion publique.

— C'est ce qui vous fait peur ?

— C'est ce qui fait peur à ceux qui nous donnent des ordres, oui. Peur que l'image des États-Unis soit flétrie et que cette affaire ait des répercussions diplomatiques et complique nos relations avec certains États dans cette période difficile où se dessine l'indépendance d'un Groenland que la Chine et la Russie convoitent déjà sans vergogne.

— Ah d'accord, je comprends maintenant. C'est la mallette qui vous dérange, n'est-ce pas ? Tous ces pots-de-vin pour étouffer les révélations autour de la vraie nature de Camp Century.

— Oui. Le deal, c'est que vous oubliez le volet corruption de l'affaire, et en échange, nous vous protégeons des services de l'armée.

— Ça alors, elle est bien bonne !

Kornelius regarde autour de lui. Ces gens croient-ils vraiment que ce mauvais sable suffit à faire une plage ? Qu'un peu de temps volé au ciel prêt à pleuvoir est un instant de bonheur ? Que le vent qui hérisse de frissons leur peau blanche est une sorte d'alizé quand même ? Ou font-ils juste semblant d'y croire parce qu'il faut bien s'en accommoder ? Devrait-il lui aussi s'accommoder du marchandage qui se dessine ?

— Les trois hommes sont des touristes américains dont l'avion s'est crashé. Ça boucle votre enquête, et de notre côté nous nous occupons du reste. De toute façon, il n'y avait aucun Islandais parmi les victimes.

— Vous oubliez le Danois.

— Comme je viens de vous le dire, il n'est pas Islandais. Nous réglerons ça avec le Danemark.

— C'est curieux, ce sont les termes exacts de votre ambassadeur.

— Il nous a résumé votre entretien dans le bureau de votre Première ministre.

— Vous a-t-il expliqué que le Danois avait un piolet fiché dans la poitrine et qu'il a probablement été assassiné ?

— Oui. Nous en faisons notre affaire aussi.

— Et qu'il a bien fallu que quelqu'un le lui plante dans le corps avant de fuir avec la mallette ?

— Son Excellence ne l'a pas dit, mais nous l'avons déduit, bien sûr.

— Et vous voudriez donc aussi que j'arrête de rechercher l'assassin du Danois.

— Quel assassin, puisqu'il n'y a pas de corps et donc pas de victime ?

Encore une fois, Kornelius est sidéré par le ton badin de leur conversation et la calme détermination de l'homme qui lui parle. Est-ce que l'autre, le silencieux, celui qui lui a tenu la portière pour qu'il monte « sans faire d'histoires » dans la voiture, est le méchant du duo ? Celui qui va, en toute discrétion, sortir de son manteau une arme équipée d'un réducteur de son et le tuer sans bruit, en professionnel, d'une balle dans le cœur qui le laissera allongé dans le sable, comme un dormeur dont on ne s'inquiétera que le soir ou à la prochaine pluie ?

— Je ne crois pas que ce soit possible, finit-il par répondre.

— Tout est possible, Jakobsson. Que vous le fassiez, que vous receviez l'ordre de le faire, que quelqu'un vous empêche de le faire, tout est possible.

Kornelius se relève et époussette le sable sur ses vêtements. Les deux autres l'imitent.

— Vous devenez menaçants et c'est déplaisant. Je crois que nous allons en rester là.

— C'est vous qui voyez. Nous vous déposons quelque part ?

— Non, je vais rester encore un peu. Le temps est magnifique.

Ils lèvent les yeux, sceptiques, au ciel en éponge, le regard plissé contre le vent froid qui frise la mer et chiffonne leurs cheveux. Puis ils lui tournent le dos et s'éloignent.

— Tu crois qu'il a compris ? demande Woodward.

— Il est intelligent, répond Miller, il va comprendre.

… qu'il ne va rien abandonner.

Bien sûr qu'il ne comprend pas. Tout ça n'a aucun sens. Trois hommes enfermés ensemble dans un glacier, mais pas dans la même glace. Les services de l'US Army qui mettent la main sur les cadavres. Un autre service qui le branche sur un nationaliste groenlandais et un ex-soldat américain obsédé par le fiasco d'un dossier secret démentiel qui a déjà fuité de partout. Des tonnes de documents qu'il n'a qu'une nuit pour consulter, et maintenant les mêmes qui lui ont donné accès à tout ça qui veulent qu'il n'en fasse rien. Qui comprendrait ?

En haut de la plage, une longue piscine d'eau chaude enchâssée entre des murets de béton. Il y loue une serviette et un maillot, prend sa douche nue obligatoire, et redescend jusqu'au bain d'eau chaude circulaire près de la mer.

Il y entre avec délice, se raccrochant à l'envie de tout oublier, et se laisse prendre par la chaleur de l'eau. Il s'y endort presque. Une giboulée traverse le ciel et la plage et crible le bassin fumant de ses traits glacés. Qui pourra jamais comprendre l'Islande et les Islandais et leur indestructible résistance aux éléments ? De la nature comme de la vie. Bien sûr qu'il ne va rien abandonner.

XXXIII

… je t'appelle quand j'arrive.

— Tu as vraiment dormi dans cette cellule ?

— J'étais épuisée et il était trop tard pour trouver un hôtel.

— Botty, et cette maison alors ?

— C'est la tienne.

— Ne dis pas de bêtises, tu es ma fille. Elle est à toi autant qu'à moi.

C'est au sud d'Akureyri, un quartier de résidences à l'américaine, vastes et basses, de plain-pied, dispersées en bordure d'une des rares forêts d'Islande, le long de la lagune où se mirent les montagnes de l'autre rive, encore enneigées à leurs sommets érodés. On y accède par une route suspendue au-dessus de l'eau, comme une digue qui court jusqu'au fond du fjord. C'est vaste et spacieux, tapi au ras de l'eau, vitré sur le monde. On y regarde atterrir les avions en silence, à travers les baies vitrées, de l'autre côté du fjord, en rasant le miroir métallique des eaux irisées. Ils sont dans le bain chaud intérieur, reconstitué en pierres de lave.

— Je te croyais ailleurs, dans une de tes autres maisons. C'était le beau milieu de la nuit et je n'ai pas voulu te réveiller pour ça.

— J'ai souvenir que tu as eu moins de scrupules que ça dans le passé pour profiter de cette maison. Avec Kornelius et les autres, tu te souviens ?

— Laisse Kornelius où il est et dis-moi plutôt pourquoi tu es associé à Bergmansson dans WTS.

— Botty, je suis associé à Gunnar dans une demi-douzaine de sociétés. Ça remonte au temps où nous avons commencé ensemble. J'en fais le tour en ce moment parce que son arrestation rend leur fonctionnement très compliqué.

— Tu savais qu'il était du genre limite pédophile ?

— Gunnar est quelqu'un de très stable dans ses obsessions. À douze ans, il était déjà attiré par les filles de quinze ans, et il n'a jamais changé depuis.

— Et ça ne t'a pas empêché de t'associer avec lui ?

— Dans toutes nos affaires, je suis un partenaire dormant. J'investis, mais c'est lui qui dirige.

— Ça ne te ressemble pas…

— Ce sont nos entreprises historiques, Botty, celles du tout début. Quand Gunnar a commencé à s'intéresser à la politique et au pouvoir, nous nous sommes éloignés mais nous sommes restés bons amis. J'ai monté mes propres affaires et lui s'est fait élire. Pourquoi, tu enquêtes sur WTS ?

Botty explique à son père la disparition de Zuckas, la découverte de son corps dans Ódáðahraun, et le lien avec deux Lituaniens repérés dans un Land Cruiser immatriculé au nom de WTS.

— Je ferai vérifier ça demain. Si ces Lituaniens travaillent pour WTS, je te donnerai tout ce que j'aurai trouvé sur eux. Comment va ta mère ?

— Il paraît que vous vous voyez encore, de temps en temps ?

— Je reformule ma question, Votre Honneur : comment vas-tu ?

— Je viens d'apprendre ma suspension par le commissaire national.

— Je reformule ma question : champagne ?

Il tend la main, se saisit de la bouteille dans son seau à glace, et leur verse une autre coupe.

— La prospérité montre les heureux, l'adversité montre les grands.

— Qui a dit ça ?

— Un Romain ou un Grec, je crois, je ne m'en souviens plus.

— Et il n'y a pas moyen d'être heureuse ET grande ?

— Tu es bien ma fille, éternelle insatisfaite. Et si nous allions déjeuner ?

— Bonne idée, j'ai une faim à dévorer un troll.

Il sort du *hot pot* et elle va le suivre quand son téléphone sonne.

— Botty, tu es où ? demande Kornelius.

— À Akureyri, dans la maison de mon père.

— Tu rentres quand ?

— Demain matin. Je partirai vers cinq heures et je serai à Reykjavik à dix heures.

— Préviens-moi quand tu arrives, il faut qu'on se parle.

— Boulot ?

— Boulot, c'est pour mon enquête. À mon tour d'avoir besoin d'un conseil.

— D'accord, je t'appelle quand j'arrive.

XXXIV

… il appelle les secours.

Il ne pleut pas, mais l'univers tout entier est imbibé. Le ciel d'abord, bas, lourd, blanc et gris, comme la laine d'un *lodi* détrempé. La pente herbeuse sur le côté. Elle dégringole depuis la montagne, creusée de rigoles, spongieuse à force d'être gorgée. De l'autre côté elle continue, glissante et luisante, détrempée de flaques, jusqu'à la gorge profonde de roches noires, cent mètres plus bas, creusée par la rivière pressée de fuir ce trop-plein qui l'engorge.

La voiture n'a pas marqué l'asphalte détrempé. Ses traces n'apparaissent qu'au-delà de la protection fracassée. Quatre ornières boueuses qui se mêlent et s'entrecroisent dans un improbable slalom. Elles disparaissent vingt mètres plus loin, là où les roues ont soudain buté de côté. Une longue piste à l'herbe lisse laissée par l'engin qui glisse en dévers sur le toit. Une autre ornière, brutale, perpendiculaire, comme une balafre de terre dans l'herbe, là où elle s'est plantée dans un rebond. Et toute cette terre déchirée par intervalles par les roues quand la voiture a roulé en une dizaine de tonneaux jusqu'à basculer dans le ravin du torrent.

Quelques rares véhicules passent sans rien deviner du drame. Seul un homme du coin, sur son tracteur, s'inquiète de ces traces qu'il n'avait pas remarquées la veille. Il descend jusqu'à la petite falaise qui surplombe la rivière. La voiture est encastrée, les quatre roues en l'air, entre deux rochers et le remous qu'elle provoque la submerge. Alors, il appelle les secours.

XXXV

Très grave.

Kornelius n'a pas le temps d'attendre que Botty le rappelle. Le commissaire national le convoque en fin de journée et ils marchent en silence jusqu'à la Maison du gouvernement. Le ministre de la Justice et de la Police les attend et les introduit dans le bureau de la Première ministre.

— Merci de vous être rendus disponibles, messieurs.

Elle les invite à s'asseoir, mais reste debout.

— Inspecteur, je tiens avant tout à vous féliciter pour votre travail, même si vous n'avez pas failli à votre réputation par vos méthodes et vos initiatives, disons, très « volontaires ».

— Mais ? coupe Kornelius.

— Oui, vous avez raison, il y a un « mais », et je tenais à vous l'expliquer en personne, même si c'est hors de mes prérogatives de Première ministre.

— Kornelius, intervient le ministre, soyez certain qu'il n'y a rien de personnel dans ce que va dire la Première ministre et je…

Très grave.

— Je vous en prie, madame, soyez franche et directe.

— Très bien, Kornelius : nous allons suspendre les investigations dans cette affaire.

— Les Américains ? demande Kornelius sans s'offusquer.

— Oui, en partie. Quelques problèmes légaux, aussi. Nous n'avons plus de corps, y compris pour le ressortissant danois dont nous ne pouvons même plus démontrer qu'il est peut-être mort d'un coup de piolet. Il n'y a donc légalement plus aucune raison de poursuivre.

— Et politiquement ?

— Que voulez-vous dire ?

— Quelles sont les raisons politiques à ce renoncement ?

— Maîtrisez votre langage, Kornelius, intervient le ministre, il n'y a aucun renoncement dans les propos de la Première ministre.

— Laisse, Artúr. Kornelius a raison. Bien sûr que si, il s'agit d'un renoncement. Les Américains ont été plus subtils que nous le pensions en nous privant des corps. Vous savez ce qu'on dit : pas de victime, pas de crime.

— Ils ne veulent pas que l'enquête remonte au scandale d'Iceworm et à la corruption qu'il a générée, c'est ça ?

— Oui. C'est exactement ça. Vous avez tout compris.

— Ils ne vous demandent pas le remboursement des quatre ou cinq millions de dollars, j'espère.

— Je vous en prie, Kornelius, ne soyez pas moqueur, tout ça m'est déjà assez difficile.

— Que fait-on, alors ? Je suppose que mon contrat vient d'arriver à son terme, n'est-ce pas ?

— Helga vous l'a dit, confirme le ministre. Nous arrêtons l'enquête. Plus d'enquête, plus d'enquêteur.

— Très bien, que le commissaire national me le signifie par écrit, dans ce cas, demande Kornelius avec calme.

— C'est tout ? s'étonne la Première ministre dans un sourire. Pas de colère, pas d'esclandre ? Vous ne nous prenez pas tous en otages ?

— Si la volonté de fer du commissaire national à contrecarrer l'ingérence des Américains a rompu sous la pression de l'ambassade, comme la vôtre, pourquoi y résisterais-je ?

— Bon, très bien, conclut la Première ministre surprise. Dans ce cas…

Elle fait un signe au commissaire national qui sort de sa poche la lettre de rupture de contrat que Kornelius lit et signe sans un mot.

— Qu'allez-vous faire, maintenant ? s'intéresse la Première ministre qui ne peut cacher sa sympathie pour Kornelius.

— Je vais aller admirer la nouvelle éruption du Fagradalsfjall, dit Kornelius en se levant.

— C'est une bonne idée, reconnaît la Première ministre. J'aimerais bien avoir le temps d'en faire autant.

Très grave.

— Le temps, Helga, comme tout le reste, ne dépend que de nous.

Il les salue et prend congé sans attendre le commissaire national. Depuis le perron, il aperçoit l'inspecteur Ari adossé au socle de la statue de Kristján IX.

— Bon maquignon surveille son cheval, comme disait mon grand-père. Quand j'ai compris que le commissaire national t'emmenait à la Maison du gouvernement, j'ai décidé de garder un œil sur toi.

— Tu n'as plus à t'occuper de moi, Ari, l'enquête s'arrête là et je ne suis plus consultant contractuel pour la police.

— Les Américains ?

— Qui d'autre ?

— Et ton escapade au Groenland ?

— Beau pays et rencontres surprenantes.

— Quelque chose pour notre enquête ?

— Ari, je viens de te dire qu'il n'y a plus d'enquête.

— Et alors, pas besoin de voile quand on a des rames.

— Je suppose que ça veut dire que nous n'avons pas besoin de cadre officiel pour nourrir notre curiosité.

— C'est exactement ça. Alors ?

— Alors j'ai des dizaines de pages de notes et une centaine de documents photographiés.

— Parfait. Je pose deux ou trois jours de congé et on les passe à dépiauter tout ça chez toi.

— Dans ma bicoque de Reykjavik ?

— Non, je disais chez toi en pensant à la maison de Jakob.

— Ah, tu veux dire la maison de mon père où habite ma fille, se moque Kornelius. D'accord. Occupe-toi de tes congés et nous partons demain matin.

Ils se séparent et Kornelius repasse chez lui récupérer sa voiture. Sur le chemin, il appelle Botty. Elle est sur répondeur et il lui laisse un message. L'enquête est arrêtée et il n'a plus besoin de conseil. Il ne sera pas à Reykjavik demain, il part pour quelques jours chez son père. Ce soir, il va bivouaquer devant les nouvelles coulées de lave du Fagradalsfjall. Il dit qu'il l'embrasse et le regrette aussitôt. Elle pourrait croire qu'il la harcèle.

Il prend quelques affaires et des vêtements chauds pour la nuit. Il quitte Reykjavik en direction de la péninsule de Reykjanes en longeant la côte nord par la 41, coupe par la 43 pour rejoindre Grindavík et la côte sud, et remonte la 427 jusqu'au point de départ du sentier qui mène au volcan. Il se dresse dans le crépuscule, quatre kilomètres plus loin, et semble avoir aimanté des voitures de toutes sortes garées le long de la route dans la pierraille. Il lui suffit d'une heure et demie de marche dans la caillasse brune pour renaître soudain. Il chantonne le *Krummavísur* et s'amuse des corbeaux qui l'accompagnent. En contrebas d'une pente rocailleuse, le flanc blessé du Fagradalsfjall a entaillé une longue fissure de trois cents mètres d'où jaillit la lave incandescente. Des curieux sont venus par dizaines. Bien moins que les centaines venues admirer les premières éruptions des deux années précédentes. Il éteint son téléphone.

Les gens sont dispersés sur le plateau pierreux, à quelques dizaines de mètres seulement des jaillissements magmatiques. Kornelius se trouve une place à l'écart et se perd dans la contemplation du paysage. La lave sourd de la blessure en coulées lentes et épaisses. C'est une forge dantesque en plein air. Les hauts fourneaux de la nature. Le rougeoiement de ce qui explose crée le noir de ce qui se fige. Il cherche une logique, un rythme, une temporalité aux fulgurances qui éructent au ciel marbré des déchirures ardentes, lourdes et rondes. Elles prennent, le temps d'un vol projeté, des formes de pâtes de verre. C'est ça, ce sont les verriers de l'enfer.

Aux tombées de la nuit, la quasi-totalité des curieux est partie. Ils ne sont que quatre ou cinq à rester, fascinés par le flot lent du sirop brûlant qui se répand. C'est hypnotique et Kornelius se laisse prendre. Il est de ce pays, de ces laves puissantes qui remontent construire encore cette île millénaire qu'elles pourraient détruire en quelques heures. Il est heureux de ne plus penser à rien d'autre qu'à ça. À cette irrésistible puissance de la nature qui fait de tout, policiers ou voyous, ministres ou quidams, hommes ou femmes, enquêtes, plaidoiries, forfaitures, carrière, des cailloux de petit Poucet qu'elle fond dans sa gorge ardente sans aucun état d'âme.

La nature n'a pas d'âme et c'est tant mieux. Elle ne connaît pas la justice. Elle ne punit ni ne condamne au nom d'aucun principe. Elle « est », tout simplement. Depuis toujours et pour toujours. Et ne s'occupe ni du mal ni du bien qu'elle peut nous faire.

Il fait nuit noire quand un frisson le tire de sa fascination. Cette éruption est comme un feu d'artifice au ralenti. Il ne sait quel petit cratère en formation éclaboussera sa lave au plus haut, dans de lentes explosions. Quand le plaid tombe sur ses épaules, il se retourne et Ida est là, des provisions et une thermos de café bouillant à la main.

— L'inspecteur Ari m'a dit que tu serais là. Ça m'a semblé si ridicule que je suis venue vérifier.

— Comment m'as-tu trouvé ?

— Ta voiture jaune encore garée sur le bord de la route, et ta carrure de troll en contre-jour de cet incendie sans flamme. Et puis qui d'autre que toi aurait l'idée de fredonner le *Krummavísur* face à un tel spectacle ? Où sont les corbeaux ?

— Autour de nous. Invisibles dans la nuit, je suppose. Pourquoi es-tu venue ?

— J'ai appris pour l'enquête…

— Je t'en prie, ne parle pas de ça ici. Ne profane pas ce moment privilégié par je ne sais quelle mesquinerie.

— Ça va mal à ce point ?

— Au contraire, ça va de mieux en mieux. Je me charge de toute cette énergie incandescente. C'est exactement ça : je suis un être hybride qui recharge des batteries à l'énergie naturelle. Tu devrais faire la même chose.

Elle reste debout derrière lui avant de se décider.

— Si tu me laisses une petite place…

Il écarte quelques cailloux, elle s'assied contre lui, et c'est à nouveau le temps suspendu du *kyrrð*. Ils grignotent ce qu'Ida a apporté, sirotent le café fort et brûlant, et restent des heures sans rien dire à regarder la montagne cautériser ses blessures. Beaucoup plus tard, Ida pose sa tête endormie sur son épaule. Plus tard encore, il s'allonge en la retenant contre lui, tire le plaid sur eux, et s'endort à son tour. Quand le premier randonneur arrive, au petit matin, Kornelius se réveille et Ida n'est plus là. Il ne reste de cette nuit que son parfum de lilas sur le plaid qu'elle lui a laissé.

Ce n'est pas un randonneur. C'est un policier en uniforme. On le cherche. Partout. Tout le monde. L'inspectrice Botty a eu un accident. Grave. Très grave.

XXXVI

… à attendre ta permission.

Tout le monde est là à attendre des nouvelles dans le hall de l'hôpital régional d'Akureyri. L'actuel commissaire national et l'ancienne, la mère de Botty. Son père aussi. Kornelius et Ida. Komsi a tenu à venir, tout comme l'inspecteur Ari.

— Bonjour, Komsi. Tu te souviens de moi ?

— Comme si on pouvait oublier Kornelius Jakobsson !

— Tu travaillais avec Botty sur l'affaire Anika ?

— Oui.

— Tu pourrais me faire un point sur ce dossier ?

— Oui, bien sûr. Vous croyez que ça peut aider à comprendre ce qui s'est passé ?

— Si les premières constatations concluent à un accident, non. Mais si ça n'en est pas un, alors oui, bien sûr.

Ils sortent de l'hôpital, traversent le parking, et rejoignent le jardin botanique mitoyen. Ils marchent jusqu'à un banc, près d'une petite fontaine circulaire.

Un monde à part, fleuri et foisonnant de fougères sous les frondaisons.

— Anika part de chez elle le jeudi à dix-sept heures pour aller chez une amie. Le vendredi à neuf heures, ses grands-parents signalent qu'elle n'est pas rentrée. Il s'avère que l'amie n'était qu'un alibi. Comme c'est arrivé un jeudi en fin d'après-midi, le « petit week-end » comme on dit, quand les gamines tentent leur chance pour entrer dans les bars et les boîtes ou pour se greffer sur un after, Botty déclenche une recherche vidéo à partir de photos fournies par les grands-parents.

— Vous avez récupéré les enregistrements de vidéosurveillance du trafic les plus proches de chez ses grands-parents ?

— Bien sûr, comme si Botty ne connaissait pas son boulot ! Et en même temps, nous visionnons tout ce qui couvre les environs de tous les bars et de toutes les boîtes, et nous ne trouvons rien. Pas la moindre trace.

— Les chauffeurs de bus qui desservent le quartier de ses grands-parents ?

— Elle n'a pris aucun bus, et si elle avait emprunté n'importe quel chemin à pied, elle aurait fini par passer dans le champ d'une caméra.

— Donc Botty s'est dit qu'elle était peut-être montée dans une voiture.

— C'est ça. Elle a ordonné une enquête de voisinage et quatre commères d'un club de tricot ont affirmé l'avoir vue monter dans une voiture.

— Quel genre ?
— Blanche.
— C'est tout ?
— Oui. Blanche. C'est tout.

Kornelius se doute de la suite. Botty est une bonne enquêtrice. Ils visionnent les images de toutes les caméras situées en amont et en aval de l'endroit où Anika a été vue par les reines du tricot ragoteux, qui désignent toutes avec certitude un modèle différent de voiture blanche sur les photos qu'on leur montre.

— Donc Botty part sur l'hypothèse d'un rendez-vous ou d'un voyage en stop qui aurait pu mal tourner.

— Anika était le genre de fille à faire ça ?

— C'est pas comme si c'était une oie blanche, mais l'amie qui lui a servi d'alibi raconte que son petit copain venait de la larguer et qu'elle en avait peut-être trouvé un autre.

— Le copain ?

— Hors de cause. Il disputait un match d'entraînement avec l'équipe de foot de son collège.

— Et une idée du nouveau ?

— Non, rien, pour l'amie comme pour le copain.

— Comment Botty tombe-t-elle sur les Groenlandais qu'elle va alpaguer en pleine mer, alors ?

Komsi explique que sur les cent douze véhicules qui sont passés sous les fenêtres des commères, dix-sept pouvaient correspondre à la voiture blanche. Ils ont remonté toutes les immatriculations et contacté chaque propriétaire. Cinq n'ont pas répondu à leurs appels et ils sont allés les voir. Deux voitures leur ont semblé suspectes, dont une que le propriétaire d'un garage qui fait un peu de location en douce prête à des amis quand ils sont en ville.

— Les Groenlandais ?

— Oui.

— Et le lien avec Anika ?

— Nous n'en savons rien, mais c'est comme si tout s'était emballé à partir de ce moment-là, et le garagiste nous a un peu baladés. Il nous a bien parlé de deux copains de bar qui viennent deux ou trois fois par an en Islande, Karl et Soren, mais il a prétendu ne pas connaître leurs noms de famille et a surtout évité de nous préciser qu'ils étaient marins pêcheurs et jumeaux.

— Comment êtes-vous tombés sur eux, alors ?

— Grâce à un type ivre mort tombé à l'eau dans le port de Hafnarfjörður en voulant repêcher une chaussure. Alertée par les marins qui l'ont récupéré, une patrouille débarque et un des collègues reconnaît la basket. Rouge avec un liseré doré. La même que celles que portait Anika le jour de sa disparition. Nous sommes immédiatement descendus à Hafnarfjörður pour visionner les vidéos des trois derniers jours et nous avons vu les deux Groenlandais embarquer de nuit à bord de leur chalutier quelque chose qui pouvait ressembler à un corps.

— Ils l'ont déchargé depuis la voiture blanche ?

— Oui, et qui est repartie aussitôt.

— Donc il y avait un troisième homme.

— Oui, mais il ne s'est jamais montré.

— Et après ?

— Après, ça a été branle-bas de combat général. Les images dataient de la nuit du jeudi, celle de la disparition d'Anika, et le bateau dans lequel elle avait été embarquée, l'*Arctic Twins*, avait appareillé cette nuit-là. Botty a fait venir la Viking Squad et est partie avec eux. Le reste, tu as dû le lire dans la presse.

— Et après l'arrestation, que s'est-il passé pour la suite de l'enquête ?

— Rien. Botty a ramené les jumeaux en mode Lara Croft et le lendemain, le député Bergmansson les descendait en plein commissariat. C'est pas comme si l'enquête avait encore du sens.

— Komsi, tu sais bien que tout devra être verrouillé pour le procès.

— Oui, bien sûr, mais c'est pas comme si c'était le moment, avec ce qui vient d'arriver à Botty.

— Mais qu'est-ce que vous avez dans le crâne, bon sang ? Elle est où, cette voiture blanche ?

— Dans le garage-atelier du commissariat, comme pièce à conviction.

— Vous avez fait parler le GPS ?

— Non, pas encore. Et puis les jumeaux sont morts et le dossier va être clos.

— Et ça ne t'intéresse pas de savoir ce qui est arrivé à Anika ? Pourquoi elle est morte ? Qui l'a tuée ? Où ? Comment ?

— Les Groenlandais l'ont tuée.

— Non, Komsi, les Groenlandais ont transporté à bord de leur bateau quelque chose qui ressemblait à

Anika ou à son cadavre, mais vous n'avez aucun élément de preuve pour affirmer qu'ils l'ont tuée.

— C'est pas comme si tu avais tort, admet l'inspecteur.

— Komsi, vois depuis combien de temps les jumeaux étaient en Islande et demande à Reykjavik de sortir du GPS de la voiture blanche tous les trajets depuis la veille de leur arrivée.

— Et s'ils n'ont pas entré d'adresse dans le GPS ?

— Komsi, c'est une voiture de location, elle est sûrement équipée d'un traceur. Il y a moyen de savoir exactement où elle est allée. Et pour la téléphonie ?

— Ça n'a rien donné pour Anika et nous n'avons pas retrouvé son téléphone.

— Je ne te parle pas d'Anika, je te parle des Groenlandais. Vérifie si vous avez saisi des téléphones sur eux et sinon, fouillez le bateau pour les trouver. Il nous faut la liste de tous les appels depuis trois jours avant la disparition d'Anika.

— Pourquoi trois jours ?

— Parce que si cette voiture est venue la prendre pas loin de chez elle, un rendez-vous a sûrement été organisé par téléphone quelques jours à l'avance.

— C'est un peu comme si tu reprenais l'enquête alors, c'est ça ?

— Non, c'est toi qui enquêtes sur ce dossier. Moi, j'enquête sur ce qui est arrivé à Botty.

— Tu penses vraiment qu'il y a un lien ?

— Oui, j'ai un mauvais pressentiment. Qu'est-ce que vous faisiez à Akureyri, Botty et toi ?

Komsi lui raconte la disparition de Zuckas, alias Fredo, et la piste du Land Cruiser qui les a conduits dans Ódáðahraun où ils ont retrouvé son cadavre.

— Elle était sur la trace de deux suspects lituaniens qu'elle m'a demandé d'identifier.

— Et tu l'as fait ?

— Je m'apprêtais à lui communiquer deux noms possibles : Vladas Billis et Donatas Levinas.

— Tu as déjà fait quelque chose ?

— C'est pas vraiment comme si j'avais eu le temps.

— Alors préviens les aéroports et les ferries, il faut garder ces deux-là chez nous. Vois aussi avec le commissariat d'ici pour les vidéos. Qu'ils repèrent la voiture de Botty au moment où elle sort de la ville ce matin et qu'ils cherchent un éventuel véhicule qui l'aurait suivie.

— C'est ce que nous allions faire…

— Je sais, mais c'est maintenant que tu dois le faire. Tu n'es pas médecin, Komsi, tu ne sers à rien pour Botty, ici, à l'hôpital. Si tu veux l'aider, souviens-toi que tu es flic et fais ton boulot de flic. À propos, comment tu ferais pour pousser une voiture dans les décors du côté gauche de la route ?

— Pourquoi cette question ?

— Réfléchis, Komsi…

— Ah oui, bien sûr : un choc par derrière…

— Par derrière, tu ne sais pas dans quel sens elle va partir en vrille et tu risques de la percuter et de rester bloqué si elle se met en travers de la route. Mieux que ça.

Komsi réfléchit sous le regard attentif de Kornelius.

— Je passe devant jusqu'à l'endroit que j'ai choisi, là je ralentis, alors elle me double, et je fais un écart sur la gauche pour la balancer hors de la route.

— Donc…

— Donc si c'est un acte volontaire, il est possible que les agresseurs aient continué leur route, et si ce sont bien les deux Lituaniens montés à Akureyri pour éliminer le fameux Zuckas, ils peuvent avoir choisi de rentrer se planquer à Reykjavik.

— Et alors ?

— Alors si on a repéré un véhicule qui suit Botty à la sortie d'Akureyri, on cherche à savoir si on le revoit plus loin sur la route N° 1. On peut tenter notre chance avec la vidéosurveillance des stations-service. Si les types sont partis comme Botty vers cinq heures du matin, on peut parier qu'ils se seront arrêtés pour boire un café ou une bière dans les deux ou trois heures suivantes. Disons entre ici et Borgarnes. De mémoire, ça fait une grosse demi-douzaine de stations à vérifier. Et en calculant une vitesse moyenne, on peut même définir une plage horaire assez précise de leur passage.

— Tu vois pourquoi tu es plus utile à Botty comme flic que comme infirmier ? Alors si ce n'était pas un accident, mets-moi la main sur ceux qui ont essayé de la tuer.

— C'est comme si c'était fait !

Ils se séparent et seul Kornelius retourne à l'hôpital. Le petit groupe est toujours là. Quand elle le voit revenir, Ida s'avance vers lui.

— Alors ?

— Pour l'instant, ils ne peuvent pas intervenir pour opérer ses fractures et ses lésions. Elle est en hypothermie sévère et les risques sont trop grands.

— Son pronostic vital est engagé ?

— Oui. Des complications sont possibles : cardiaques, pulmonaires, circulatoires, infectieuses. Peut-être qu'il va falloir mettre en place une assistance circulatoire et la réchauffer de l'intérieur par des injections de liquides à quarante degrés.

— On peut lui parler ?

— Non.

— La voir ?

— Non.

— Alors je passe au commissariat et je rentre à Reykjavik. Tu veux que je te ramène ?

— Non, je dois rester.

— C'est un bon hôpital, Ida, leur personnel est compétent.

— Je ne suis pas soignante, Kornelius, je suis légiste…

Il encaisse l'allusion et se maudit.

— Oh non, merde, ne parle pas de ça, Ida, je t'en prie.

Il va sortir de l'hôpital quand Ari le rattrape.

— Kornelius, j'ai quelque chose à te montrer à propos des morts du glacier.

— Fais voir.

— Je ne l'ai pas avec moi, c'est à Höfn.

— Tu plaisantes ? C'est à six heures de route !

— Si tu veux rattraper le temps, mets du vent dans tes sabots.

— D'accord, on peut le faire en cinq heures, et alors ?

— Quand le bûcheron n'a plus d'arbre, il lui reste sa cabane.

— Arrête avec ça, Ari, arrête et explique-toi avec de vraies phrases, je t'en supplie !

— Kornelius, tu n'as plus de boulot, mais tu as un chez-toi. Où veux-tu aller ailleurs qu'à Höfn ?

— Dans ma maison de Reykjavik !

— Ils sont dans ta maison de Reykjavik, peut-être, ceux que tu aimes ?

— Tu parles de ceux que j'aime, ou de celle que tu voudrais bien aimer ?

— Qu'est-ce que tu racontes ?

— Ari, tu es un bon flic, mais ne prends pas le risque de devenir un mauvais gendre. Qu'est-ce que tu veux me montrer à Höfn ?

— Quelqu'un a sorti pour moi un dossier des archives de la police. Celui de l'enquête sur la disparition du vulcanologue danois en 2002.

Kornelius le gratifie d'une tape sur l'épaule qui manque de le jeter à terre.

— Peut-être bien que ma fille te mérite, après tout. Nous verrons ça si l'occasion se présente. Monte, on y va.

— M'étonnerait qu'Alma soit du genre à attendre ta permission.

XXXVII

… envie de voir le Danemark…

Ils ont juste pris le temps d'une pizza chez Daddy's, près du lac Mývatn. Une *Lúdent* à la viande d'agneau et au beurre d'ail pour Kornelius, et une *Mýfluga* à la truite fumée avec supplément ananas pour l'inspecteur Ari. Einstök brune pour l'un, Viking ambrée pour l'autre. Le temps de tromper leur faim et, pour Kornelius, de s'abandonner à quelques instants de rêverie contemplative. Les eaux mordorées du lac, ses berges feutrées de lichens roux ou échevelées de joncs blonds dans un halo de soleil inattendu, avec pour horizon des collines rases et cuivrées, sous un ciel immense ébouriffé de nuages suspendus. Avec la grande diagonale qui traverse Ódáðahraun, le cœur sombre et austère des hautes terres, la route orientale, qui relie les fjords verdoyants du nord aux côtes de basalte noir du sud, est sa préférée. Elle rase Mývatn, ses milliers d'oiseaux et ses terres marbrées d'ocres et de couleurs, ses déserts de fumeroles évanescentes, frôle l'Askja avec ses caldeiras et ses volcans boucliers dans des déserts de cendres noires, vire vers les forêts d'Egilsstaðir et du long lac Lögurinn, enlace et épouse les contours sinueux des fjords de l'est, et vient s'échouer sur les plages de sable noir planté de trolls au pied des glaces du Vatnajökull.

— Si les hommes sont vraiment ce que fait d'eux la terre qu'ils habitent, pas étonnant que nos vies soient si compliquées.

Ils sont déjà repartis et le ciel s'amuse à embusquer ses averses, marquant des points quand elles les surprennent, et les récompensant d'un éclat d'arc-en-ciel quand ils leur échappent. L'inspecteur Ari branche une clé USB et un tonnerre de *death metal* fracasse l'habitacle. Kornelius la débranche et la jette par-dessus son épaule sur la banquette arrière. Ari en sort une autre. Guns N' Roses, Rush, AC/DC, Pearl Jam, The Cardigans, The Cranberries… Kornelius sourit.

— Je te la copie si tu veux, je l'ai faite pour mon père.

— Petit con !

Et ils rasent les terres noires de l'Askja en hurlant à tue-tête *Smells Like Teen Spirit* et enchaînent avec le meilleur de Blur, Oasis, Rage Against the Machine, Red Hot Chili Peppers, Metallica… À Höfn, ils continuent sur la route N° 1 jusqu'à l'auberge de Walking Dead où Ari a donné rendez-vous à son informatrice. Elle les attend dans la salle à manger, haute d'un plafond curieusement damassé d'un patchwork de carrés de tôles de couleur.

… envie de voir le Danemark…

— D'où tu la connais ? s'étonne Kornelius à l'oreille de l'inspecteur.

— J'ai fait sa connaissance pendant l'enquête, murmure Ari.

— Tu séduis une femme flic en deux jours pendant tes heures de service et tu prétends t'intéresser à ma fille ? On en reparlera, mon gars…

Ils s'avancent vers la jeune femme qui rougit en voyant Ari.

— Salut, Bergrín. Je te présente l'inspecteur Kornelius.

Elle rougit encore plus et Kornelius se rend compte qu'elle est juste maladivement timide. Bergrín comprend ce qu'il pense et le rassure.

— Je suis uniquement affectée à l'administratif. Je ne suis pas un agent de terrain.

— Je suis sûr que vous feriez ça très bien, ment Kornelius.

Bergrín cramoisit et détourne les yeux vers une chemise posée sur la table.

— J'ai ce que tu m'as demandé, bredouille-t-elle à Ari en désignant les documents. Il faut que je puisse les remettre aux archives ce soir. Je suis de permanence au standard.

Ils s'asseyent face à Bergrín qui se pamoise, et Kornelius feuillette les documents. Il parcourt en diagonale les rapports de la police et des différents secours, puis s'intéresse aux photos. La plupart sont aériennes et certaines sont marquées du quadrillage des recherches. Des lignes délimitent des zones et des flèches indiquent la direction et la progression des volontaires. Toutes remontent le glacier. Kornelius pointe le premier carré au sud de la photo.

— Pourquoi sont-ils partis de là et pourquoi sont-ils remontés vers le nord ?

— Je vais vérifier, s'empresse l'inspecteur Ari.

— C'est à cause du témoignage, murmure Bergrín, les yeux rivés à ses mains jointes sur la table.

— Pardon ?

— Vous êtes arrivés avec beaucoup de retard, alors je me suis permis de lire le dossier, bafouille-t-elle.

— Très bien, et alors ?

— Un témoin a déclaré avoir aperçu un homme seul remonter le glacier.

— On a son nom ?

— Non. En fait, il s'est inquiété auprès du mécano qui s'occupait des camions amphibies qui font des tours dans la lagune pour les touristes. Il l'a dit aussi à la patronne du restaurant-magasin de souvenirs. Ce sont eux qui s'en sont souvenus quand les recherches ont été déclenchées.

— Donc il n'y a pas de témoignage direct.

— Non.

— Et qu'a dit ce type, très exactement ?

Bergrín tourne le dossier vers elle, le feuillette, et en sort les deux dépositions qu'elle tend à Kornelius.

Un touriste m'a demandé si c'était normal qu'un type tout seul remonte le glacier vers le nord. Il a dit qu'il faisait un trek dans les montagnes, à l'est, pour prendre des photos du glacier vu d'en haut. Il a repéré ce type et l'a suivi des yeux pendant une bonne demi-heure avant de redescendre parce que le vent était trop froid. Il a dit que l'homme était à trois ou quatre cents mètres du front de glace sur la lagune et qu'il remontait vers le nord, sur la coulée ouest du glacier, là où un îlot de roche le sépare en deux.

Kornelius regarde les photos, mais son esprit est ailleurs.

— On a plus d'informations sur ce témoin ailleurs dans le dossier ?

— Pas vraiment, marmonne Bergrín. Juste une rapide description dans le témoignage de la femme du magasin.

À nouveau, elle retrouve un feuillet et le tend à Kornelius.

… c'était un étranger, il parlait anglais avec un fort accent. Un homme assez jeune. Plutôt bien équipé pour la montagne. Difficile de le décrire, il portait un bonnet et des lunettes de soleil comme presque tout le monde ici. Je lui ai dit que s'il croyait que cet homme était en danger, il pouvait prévenir l'ICE-SAR à Höfn. Il m'a répondu qu'il y penserait, et moi j'étais en plein service alors j'ai oublié tout ça jusqu'à ce que vous veniez m'interroger…

— On a recherché ce témoin ?

Kornelius ne s'adresse plus qu'à la jeune femme qui s'empourpre.

— Personne ne l'a jamais revu. L'absence du disparu n'a été signalée qu'une dizaine de jours plus tard, quand sa femme s'est inquiétée depuis le Danemark. Les recherches ne se sont vraiment mises en branle que douze jours après le dernier signal de son téléphone.

— Et il n'a plus borné depuis ?

— Non, et on peut comprendre pourquoi. Aucune batterie ne résiste à douze jours au fond d'une crevasse au cœur d'un glacier.

Kornelius feuillette le dossier à la recherche d'autres renseignements et Bergrín, dont le ton rosit, le précède encore.

— Rasmussen était professeur de théologie à l'université d'Aarhus et vulcanologue amateur. Il se consacrait entièrement à cette passion depuis sa retraite. Il en était à son cinquième séjour en Islande où il étudiait à titre personnel l'historique des éruptions de l'Hekla.

— Je ne vois pas beaucoup de comptes rendus de recherches sur son logement, ses déplacements, ses antécédents en Islande…

— Les recherches n'ayant rien donné sur le glacier, le cas de Rasmussen a dû passer d'accident à disparition dans l'esprit des enquêteurs. Et disparaître, en Islande, c'est quand même un genre de sport national.

Kornelius la dévisage. Elle avait presque retrouvé son teint lumineux de jeune femme islandaise, mais elle réalise l'audace de son jugement et rougit aussitôt.

— … Enfin, si je peux me permettre.

Il sait qu'elle a raison. C'est une sorte de consensus national, que ce droit à disparaître. Même si, dans ce dossier, il s'agit de la disparition d'un étranger.

— Ari, il faudra penser à recouper tout ça.

— C'est vrai que maintenant c'est un meurtre, à ce que j'ai compris, murmure la jeune femme.

— Non, ce n'est plus rien. Ni un accident, ni une disparition, ni un meurtre. Le dossier vient d'être classé, je ne suis plus flic, et l'inspecteur Ari n'est plus saisi de l'affaire.

— Mais alors, moi… ? panique Bergrín.

— Quand je t'ai demandé ce dossier, j'étais encore sur l'affaire, la rassure Ari.

— Où logeait-il, quand il était en Islande ? demande Kornelius.

— Apparemment, dans un van avec lequel il se déplaçait.

— Je suppose qu'on ne l'a pas retrouvé.

— Non.

— Ni sa trace sur un ferry retournant au Danemark.

— Non.

— Trop de croûte écrase le gâteau, dirait mon grand-père.

Bergrín écarquille les yeux, que Kornelius découvre beaux et lumineux, et pouffe d'un joli rire de gamine.

— Le grand-père de l'inspecteur Ari a inventé sept cent trente-quatre proverbes du même genre, explique Kornelius en souriant.

— Quoi ? se vexe Ari, ça veut juste dire qu'il s'est passé plus de vingt ans. Je nous vois mal partir à la recherche du van.

— Tu as raison, et je me moque du van, mais si notre assassin a pensé et réussi tout ça, ça en dit long sur lui. Comment a réagi la famille, au Danemark ? Je ne vois pas grand-chose dans le dossier.

— Tout s'est passé là-bas. Personne n'est venu en Islande. La police danoise a interrogé la femme de Rasmussen et a transmis les procès-verbaux. Rien de particulier. Un court historique de ses voyages en Islande, quelques considérations sur ses recherches. Pas grand-chose.

— Je n'aime pas trop les Danois, reconnaît Kornelius, mais j'ai toujours eu envie de voir le Danemark…

XXXVIII

… après le dessert et le schnaps.

C'est une petite maison coquette et colorée sous un toit de chaume aux formes arrondies. Le faîte est planté d'iris. Tapie au fond d'un verger, au bout d'une rase pelouse, protégée par les haies d'un bocage, un soleil appliqué en éclaire la façade de briques orange posées sur un soubassement de pierre. La porte et les boiseries des fenêtres sont blanches, mais les volets d'un beau jaune d'or lumineux. Les deux marches du perron sont en briques aussi. Un impeccable jardinet longe toute la façade, la terre ratissée et plantée de roses, d'iris, de tulipes et de quelques autres arbustes fleuris que Kornelius ne sait pas reconnaître.

La femme l'attend. Il la devine derrière les rideaux brodés. Elle lui ouvre avant qu'il ne tire la chaînette de la cloche en airain et il est surpris. Elle a vingt ans de moins que ce qu'il imaginait.

— Je vous en prie, monsieur Jakobsson.

Il a l'impression de pénétrer la photo d'un magazine de décoration dédié aux maisons rustiques. Tout est en ordre. Propre. Rangé. Fleuri. Décoré. Poutres et tommettes. Encaustique et huile de lin. Meubles à l'ancienne. Brise-bise et courtine. Même les ombres et les clartés s'équilibrent entre les fenêtres à croisillons et leurs reflets dans les miroirs.

— C'est une bien belle maison.

— Merci, monsieur Jakobsson. J'y suis née et elle me vient de mes parents.

Pia Rasmussen est à l'image de sa maison. Belle et rustique. Bien mise et bien arrangée. Le visage symétrique. Soignée. Elle invite Kornelius à la suivre dans un salon séparé de l'entrée par des poutres ajourées. Sur une table basse, devant une cheminée où danse un feu silencieux, un dossier et un album. Des tasses à thé en porcelaine et une bouteille de Gammel Dansk avec deux verres en cristal ciselé. Kornelius se demande s'il y a un homme dans cette maison de femme, ou juste une femme forte qui boit de l'amer et fend les bûches pour son feu. Elle prend place sur le rebord d'un profond fauteuil à l'anglaise et Kornelius s'enfonce de tout son poids de troll dans le sien.

— Mon mari m'a séduite au nom de Dieu, dit-elle sans le regarder en servant deux verres de Gammel Dansk. Il avait quarante ans, j'en avais vingt, et c'était mon professeur de théologie à l'université d'Aarhus. Il a disparu vingt ans plus tard en me laissant sans homme et sans enfant.

Il ne sait pas quoi répondre à cette entrée en matière si intime et si directe.

— *Skol !* dit-elle en tendant à Kornelius son fin verre d'amer rouille aux reflets dorés.

— *Skol*, répond-il en la regardant dans les yeux comme on fait partout dans le monde aujourd'hui.

Elle porte le verre à ses lèvres et, d'un geste élégant et coutumier, le vide d'un coup. Kornelius jette un regard à la bouteille : Gammel Dansk Bitter Dram. 38 %. Il se sent obligé de faire comme elle et avale son amer en reconnaissant au passage des notes de genévrier, de pin et d'anis étoilé. De muscade, et de gingembre aussi. Peut-être même de laurier, de gentiane, et de cannelle…

— Vingt-neuf herbes ou épices marinées trois mois dans de l'eau-de-vie, précise Pia Rasmussen. Les jours de fête, au Danemark, on en prend au petit-déjeuner…

Son regard se perd. Les vitres sont d'un verre à l'ancienne dont les défauts déforment le paysage et irisent la lumière du soleil. Kornelius regarde ailleurs et se rend compte qu'il n'y a aucune image aux murs. Ni tableau ni photo. Rien.

— Vous vouliez me parler de Lars, alors, dit-elle en revenant à elle pour leur servir un autre Gammel Dansk.

— Je voudrais surtout que vous, vous m'en parliez.

— Vous avez donc vraiment retrouvé son corps ?

— Oui, madame, mais ce sont les Américains qui l'ont récupéré.

— Oui, je sais, on m'a expliqué. Pourquoi votre pays continue-t-il à s'en préoccuper, alors ?

Elle lui tend son verre qu'il pose prudemment sur le rebord de la table basse. Le premier le chauffe encore de l'intérieur, presque autant que la flambée de l'extérieur.

— Pia… je peux vous appeler Pia ?

Elle lui fait signe qu'il peut.

— Pia, je ne sais pas ce qu'on vous a dit, mais il est possible que votre mari ne soit pas mort d'un accident de montagne.

— Oui, je sais. On m'a parlé d'un crime. Un piolet dans le ventre, je crois, c'est bien ça ?

Le détachement de la femme étonne Kornelius. Il la regarde siroter son deuxième verre d'amer.

— C'est une hypothèse que nous envisageons, en effet. Mais sans corps, sans suspect et sans témoin, nous n'avons, vingt ans après, plus vraiment de base légale pour enquêter.

— Pourquoi êtes-vous là alors, Kornelius ?

— Parce que j'ai participé à l'enquête et que je voudrais quand même comprendre ce qui s'est passé.

— À titre personnel ?

— Oui.

Elle semble surprise, finit son verre, et leur sert une tasse de thé.

— C'est bon de boire chaud après un Gammel Dansk. D'ailleurs, il faudrait toujours le chauffer légèrement avant de le déguster. Un peu comme font les Français avec leur cognac.

— Pia, excusez mon impudence, mais vous me semblez si étrangère à tout ça…

Elle repose sa tasse, pose ses mains jointes sur ses genoux, et s'adresse à lui d'un triste sourire.

— Kornelius, tout ça remonte à vingt ans, et il y a vingt ans j'ai perdu un vieux professeur qui a volé ma jeunesse, qui a préféré courir les volcans plutôt que de me féconder et qui m'a laissée seule et hors d'âge d'être mère. Notre mariage en était au point où il n'était supportable que quand nous étions loin l'un de l'autre. Je pense que si Lars avait disparu au Danemark, j'aurais été la suspecte idéale pour notre police.

Elle va se resservir un autre Gammel Dansk, mais Kornelius pose sa main sur la sienne pour la retenir.

— Pia, je vous en prie…

Elle se dégage et se lève, sans véritable colère, comme une enfant grondée qui veut aller pleurer ailleurs. Elle prend son verre et la bouteille et s'éloigne.

— Je n'ai pas besoin de votre pitié, monsieur Jakobsson, consultez ce que je vous ai préparé et prévenez-moi quand vous aurez fini, je serai dans le jardin, à boire sur mon destin comme il me plaît.

Elle sort et le laisse dans cette maison soudain plus inhabitée encore qu'elle le lui semblait. Alors il se concentre sur les dossiers. Le premier compile toutes sortes de documents concernant la première enquête. C'est du moins ce qu'il suppose parce qu'ils sont en danois qu'il ne comprend pas, mais qu'ils ressemblent à des formulaires d'audition ou de procès-verbaux. Il cherche des noms ou des dates qui pourraient évoquer un lien avec l'enquête islandaise, mais abandonne très vite et passe au second qui n'est autre qu'un album photo. Il ne sait pas si c'était l'album particulier de Lars Rasmussen ou si sa femme l'a expurgé de tout ce qui la concernait, mais il ne contient que des photos des différentes expéditions du théologien-vulcanologue. L'ère numérique fait qu'elles ont été imprimées à domicile, donc sans date ni référence au dos. Kornelius reconnaît quelques paysages : le Vatna, le Mýrdal, l'Hekla. Sur certaines photos, Rasmussen apparaît fier, heureux, rieur. Quelques fois, il est en compagnie d'hommes non identifiés. Des montagnards. Des guides peut-être. Une ou deux photos lui semblent familières, comme un air de déjà-vu, et il s'en étonne. Il n'a jamais crapahuté sur des glaciers. Cinquante photos, c'est peu pour une vie d'homme. Il a fallu que Pia Rasmussen fasse une rageuse sélection pour ramener à si peu celui qui a partagé vingt ans de sa vie. Par réflexe, il sort son téléphone, et photographie chaque page de l'album. Il fait de même avec quelques documents qu'il croit comprendre puis se lève sans finir son verre de Gammel Dansk. La femme est dans le jardin et il devine qu'elle essuie une larme d'un geste furtif quand elle le voit venir à elle.

— Pardonnez-moi pour tout à l'heure, murmure-t-elle, c'est une partie de ma vie qui me tourmente encore. Vingt ans qui ont effacé les vingt ans de bonheur de ma vie d'avant et qui ont hypothéqué les vingt ans de ma vie d'après.

— Vous lui en voulez toujours autant ?

— C'est moins à lui qu'à moi que j'en veux. Il m'a cloîtrée dans ce milieu presbytérien strict et hypocrite. C'était le maître, le docteur en théologie, tout le monde l'adulait comme moi-même, pauvre cruche, je l'avais adulé au point de lui donner ma vie et ma virginité. J'aurais dû le quitter aussitôt. Je ne le supportais plus. Il était diaboliquement cruel. Savez-vous comment il m'a surnommée le soir même où il m'a dépucelée ? Piggy ! Et moi, pauvre idiote, j'en ai ri, avant de comprendre que je n'étais que ça pour lui, sa Piggy la cochonne, la petite salope qui avait couché avec son prof. Et il n'a fait de moi que ça pendant vingt ans, dans le secret de notre intimité.

Kornelius n'ose rien dire, gêné par ce flot de confessions.

— C'était son truc, déformer les prénoms en surnoms péjoratifs, sa façon à lui de rabaisser tout le monde.

— Pia, il va falloir que je vous laisse, je dois appeler un collègue en Islande, ment Kornelius.

— Vous pouvez téléphoner depuis chez moi autant que vous voulez. Pourquoi ne restez-vous pas pour dîner ? implore-t-elle soudain.

— Pia, nous savons tous les deux que ce n'est pas une bonne idée.

Elle se raidit aussitôt, récupère sa bouteille sur le guéridon, et lui tourne le dos.

— Pauvre con ! Il vous aurait surnommé Korny et vous l'auriez bien mérité !

Kornelius s'en va sans se retourner sur cette petite maison qui aurait pu être si chaleureuse et cette femme qui pourrait être si aimante. Le temps de regagner sa voiture de location, il se jure de ne jamais laisser sa solitude amoureuse le détruire à ce point. Puis il regagne l'auberge dans laquelle il a réservé une chambre pour la nuit. Une petite auberge de famille. Un intérieur de photo de magazine, encore. Tout est en ordre. Propre. Rangé. Fleuri. Décoré. Poutres et tommettes. Encaustique et huile de lin. Meubles à l'ancienne… Il a l'impression de s'installer chez Pia Rasmussen.

C'est pire dans sa chambre. Petite. Un boudoir. Un lit haut surchargé d'oreillers et de coussins. Poutres au plafond. Lampes en laiton à abat-jour rouge sur les tables de nuit en merisier. Au mur, une copie d'un tableau de Christoffer Eckersberg. Une femme nue nouant son chignon devant un miroir. On ne voit rien d'elle, mais on en devine tout. Ses seins, ses fesses, sa bouche. Seul son sexe n'est pas suggéré et c'est encore plus troublant. L'intimité d'une femme, calme et sereine, en paix avec elle-même. Belle et désirable. Il se force à ne pas penser à Pia Rasmussen et appelle en Islande.

D'abord Ida, pour prendre des nouvelles de Botty dont l'état reste stationnaire et le pronostic vital toujours engagé. Il n'ose pas lui parler de cette nuit où elle l'a rejoint, sans qu'il sache vraiment pourquoi, face aux laves du Fagradalsfjall. Il sent qu'elle est aussi mal à l'aise que lui de n'y faire aucune allusion. Il bredouille un « au revoir », ajoute un rapide « à bientôt » auquel elle répond par un « c'est ça » presque gêné. Puis il raccroche et compose un autre numéro.

— Tu en es où, Komsi ?

— Tu avais raison pour la voiture blanche, elle était équipée d'un traceur. C'est comme si nous avions la carte de tous ses déplacements sur les dix derniers jours.

— Parfait, Komsi. Il faut recouper ces déplacements avec tous les lieux recensés par l'enquête depuis la veille de la disparition d'Anika. N'oublie pas : un des points marqués par le traceur correspond sans doute à la scène de crime. Au moindre rapprochement, appelle-moi. Et pour les éventuels agresseurs de Botty ?

— C'est comme si tu avais des superpouvoirs, Kornelius. Nous avons identifié un véhicule qui semblait suivre Botty à partir de deux caméras routières à la sortie d'Akureyri. Nous interrogeons les stations-service pour voir si nous le repérons sur leurs vidéos plus loin sur la route N° 1.

— Beau boulot, mais vas-y en douceur. Si tout ça est le fait des Lituaniens, n'oublie pas qu'ils sont déterminés et dangereux. Je sais que je ne suis plus dans le coup, mais préviens-moi quand même avant toute action, tu veux ?

— C'est comme si c'était fait !

— Parfait. Tiens-moi au courant.

Il va raccrocher quand Komsi se souvient de quelque chose et le retient.

— Kornelius, Botty soupçonnait quelqu'un d'avoir manipulé des preuves dans l'enquête sur le député Bergmansson.

Il lui explique la démonstration avec la boucle d'oreille et le robot aspirateur, et que Botty lui a demandé de vérifier les enregistrements de la vidéosurveillance de la maison du député.

— Et alors ? s'impatiente Kornelius.

— Alors on n'y voit que deux personnes entrer et sortir de la maison ce jour-là : la femme de ménage, et l'avocat Johansson.

— Parfait, Komsi. Blinde toute cette partie du dossier. Il va bientôt falloir que quelqu'un s'occupe de ce Johansson et celui qui s'en chargera aura besoin d'un dossier en acier trempé. Beau travail.

Il raccroche et appelle Ari qui lui demande d'où il l'appelle.

— Du Danemark. Du côté d'Aarhus. Je sors de chez la veuve de Rasmussen. J'ai photographié des documents et je te les envoie. Regarde si quelque chose t'interpelle. Je ne sais pas lequel, mais je sens qu'un détail m'échappe alors qu'il devrait attirer mon attention.

— Quand tu perds tes clés dans la mare, il faut vider la mare.

— Je suppose que ça a un sens ? soupire Kornelius.

— Pour trouver ce que tu cherches, il faut oublier ce qui le noie. En gros : ne pense plus à cette affaire pendant quelque temps, change-toi les idées, et ce détail réapparaîtra de lui-même.

— Merci du conseil, Ari.

Kornelius raccroche, prend une douche dans la salle de bains de poupée, puis s'allonge sur le lit. Le matelas et les coussins se creusent et le sommier couine sous son poids. Il branche son téléphone pour économiser la batterie et consulte à nouveau les photos prises chez Pia Rasmussen. Quelque chose est là, il en est sûr, et il enrage de ne pas deviner quoi.

Il ouvre l'autre dossier, celui des photos prises chez Vince. Tous ces documents sur Iceworm, l'armée américaine, les pots-de-vin. Le travail de documentation est remarquable. Une liste, notamment, relève tous les mouvements supposés de transferts de fonds, dessinant un impressionnant programme de corruption. Un tiers à destination de personnalités politiques ou publiques groenlandaises. 50 % vers le Danemark. Dans la liste, quatre transferts correspondent à l'année 1995. Deux sont à destination du Danemark, dont un à la date supposée du crash sur le glacier. Identifié par une référence : CLZB-C2-5-FYDK. Pour Kornelius, ça ressemble plus à une cote de travail qu'à un code secret. Il l'observe longuement et part du principe que si « DK » signifie Danemark, donc la destination, « C2 » pourrait désigner l'origine, c'est-à-dire, à en croire toutes les autres notes, Camp Century. Dans ce cas, « 5 » correspondrait à ce qui fait l'objet du transport, soit les cinq millions de la mallette. Il bute un long moment sur « CLZB » jusqu'à se souvenir des paroles de Kuppik : le pilote, c'est Logan Cooper. Son comparse avec le manteau, c'est Bobby Zelinsky. Des initiales donc, noms et prénoms inversés. Il en déduit que le destinataire au Danemark a pour initiales YF.

Il regarde sa montre. Même si les Danois dînent tôt, dès dix-huit heures, ça lui laisse plus d'une heure pour naviguer sur le net. Il cherche un personnage politique danois des années quatre-vingt-dix dont les initiales seraient YF. Il lui faut plus de quarante-cinq minutes et plusieurs angles de recherche pour lister trois noms, dont un seul l'intéresse : Yvonne Falk. Trésorière du Parti social-démocrate de 1993 à 1995. Cheffe de cabinet du Premier ministre de 1995 à 1999. Il cherche sa biographie : 41 ans en 1995. 70 ans aujourd'hui. Pas de date de décès, il se prend d'espoir.

— Ari, c'est moi. Tu peux me trouver les coordonnées d'une politicienne danoise du nom d'Yvonne Falk ?

— Comment veux-tu que je fasse ça ?

— Née en 1954. Trésorière du Parti social-démocrate de 1993 à 1995. Cheffe de cabinet du Premier ministre de 1995 à 1999.

— Celui qui creuse n'est jamais celui qui profite de la terre ! soupire Ari en raccrochant.

Une demi-heure plus tard, Ari rappelle et lui donne une adresse.

— Comment as-tu fait ?

— Botty a tissé des liens privilégiés avec la patronne de *Bergmál* et je l'ai appelée. Elle a contacté des confrères danois qui lui ont donné l'information. Yvonne Falk s'est retirée de la politique il y a trois ans, suite au scandale de l'opération Dunhammer.

— C'est quoi, ça ? s'étonne Kornelius.

— La révélation d'un accord secret entre la NSA américaine et le FE danois.

— C'est-à-dire ?

— C'est-à-dire entre les services de renseignements militaires des deux pays.

— Et le scandale ?

— Il vient de ce que l'accord faisait du Danemark un cheval de Troie pour accéder aux SMS, appels, trafic Internet et autres services de messagerie des responsables politiques européens, dont la chancelière allemande et le président français.

— Et comment cette Yvonne Falk est-elle impliquée dans ce scandale ?

— L'accord date de 2012, sous le gouvernement social-démocrate, et à cette date Falk était la cheffe de cabinet du ministre de la Défense. Un peu avant que le scandale n'éclate, les deux derniers patrons du renseignement militaire danois et trois agents ont été limogés, ainsi que Falk au ministère de la Défense.

— Donc Falk est, depuis les années quatre-vingt-dix, à la convergence des intérêts financiers de son parti, des intérêts des renseignements militaires américains et des intérêts politiques de son pays.

— Oui, mais c'est pas tout d'aller aux champignons, encore faut-il savoir les cuisiner.

— Ne t'en fais pas, Ari, compte sur moi pour me mettre aux casseroles !

Il raccroche et c'est déjà l'heure du dîner. Kornelius s'habille et descend dans la salle à manger *cosy* et cossue de l'auberge. Devant la carte, il hésite entre les tranches d'anguille bouillie farcie aux oignons, et les œufs durs marinés trois semaines dans de l'eau salée agrémentée de pelures d'oignons, de cumin, d'herbes et d'épices. Il se rabat finalement sur le *stegt flæsk*, présenté sur la carte comme le plat national préféré des Danois. Une valeur sûre : lard de porc croustillant sauce au persil, accompagné de pommes de terre à la vapeur. Avec une Hevde Øl blonde non filtrée.

Il va attaquer son plat quand une ombre éteint l'ambre de sa bière.

— Madame Rasmussen, que faites-vous ici ?

— J'étais sûre de vous trouver au restaurant. Vous êtes un homme qui aime les plaisirs de la vie, ça se voit. Vous avez bien fait de choisir le *stegt flæsk*, ils le cuisinent croustillant à point ici et le chef le caramélise légèrement. Je peux me joindre à vous ?

Elle ne lui laisse pas le temps de répondre et prend place face à lui.

— Je me suis souvenue de quelque chose et j'ai pensé que cela pourrait vous intéresser. Cela vous dérange si je commande ? Je n'ai pas encore dîné.

Encore une fois, elle fait signe à la serveuse avant même qu'il puisse répondre et passe sa commande.

— *Det samme.*

— Quel détail vous est revenu ? demande Kornelius pour tenter de garder la situation sous contrôle.

— Vous vous souvenez de ce que je vous ai dit à propos des surnoms qu'aimait bien distribuer Lars, comme quand il a décidé de m'appeler Piggy, par exemple ?

— Oui, je m'en souviens.

— Eh bien lors de sa dernière expédition, même s'il me parlait très peu de ce qu'il faisait, il a plusieurs fois mentionné un certain Iggy.

— Iggy, vous êtes sûre ? Ce n'était pas plutôt Uggi, qui est un prénom islandais ?

— Vous ne m'écoutez pas, Kornelius, je vous ai dit que c'était un surnom : Iggy, comme Iggy Pop.

— Quelque chose à voir avec le chanteur des Stooges ? Une ressemblance ? Un détail particulier ?

— Je n'en sais rien. Non. Je ne pense pas, je ne sais pas…

— Pourquoi me raconter ça, alors ?

— Parce que j'avais envie de dîner avec vous.

Elle soutient son regard. Le sien est sans équivoque.

— … pour que vous puissiez me ramener chez moi après.

Kornelius soupire.

— Pia…

— Ne dites rien, laissez-moi au moins profiter de vous le temps du repas. Il sera toujours temps d'aviser après le dessert et le schnaps.

XXXIX

… ou s'il est déjà mort.

Il n'aurait pas dû. Il a l'âme amère des choses mal faites. Il conduit par les petites routes étroites de la campagne danoise sous un ciel de pluie, et il regrette. Ce qu'il a fait, ce qu'il va faire. Ida ne méritait pas ça. Pia non plus. Lui seul mérite cette vie indécise et mal fichue qui l'abandonne, solitaire et perdu, dans le lit d'une femme solitaire et perdue. Il n'aurait pas dû, il le savait, et pourtant il l'a fait. Personne n'a aimé personne cette nuit, chacun a fait l'amour pour soi-même, comme par vengeance contre sa propre vie. Ils se sont chacun contentés de ce que leur corps éructe. Sans joie.

Sur l'écran de son téléphone, la carte routière du Danemark lui est apparue dense et maillée comme un napperon au crochet. Il n'aime pas ce pays où tout est petit, morcelé, fragmenté, compté, découpé. L'Islande lui manque soudain. Ida aussi. Il n'est plus flic alors que fiche-t-il ici à courir après des chimères ? Que ce monde pourri se décompose sans lui. À quoi bon cette croisade inutile ? Mais il est le troll têtu et obstiné que tout le monde lui reproche d'être et n'y peut rien.

Il passe du Jutland à la Fionie pour rejoindre l'île de Seeland par un enchaînement de deux ponts qui enjambent le détroit du Grand Belt sur dix-huit kilomètres. Sans même admirer la prouesse technique et l'audace humaine des deux piliers du pont est, dont un panneau dit fièrement qu'avec deux cent cinquante quatre mètres de haut, ils sont les points culminants du pays. Sans doute tout ce qui restera du Danemark quand les pôles auront fondu.

Il traverse l'île de Seeland en moins d'une heure et suit les indications du navigateur jusqu'aux marges du parc national de Skjoldungernes Land. À en croire Pia Rasmussen, quand il lui a avoué sa destination au dîner, avant de commettre l'irréparable, ce nom signifie le parc des gens de Skjoldungs. Une dynastie peut-être légendaire de rois féroces qui gouvernaient le royaume depuis un trône en bois au cœur de la forêt. Le cœur sombre du royaume pourri du Danemark, avait dit Pia Rasmussen, déjà un peu ivre de schnaps.

— Restez donc avec moi, plutôt que d'aller vous perdre au pays des sombres légendes, avait-elle susurré en apprenant qu'il cherchait à rencontrer Yvonne Falk.

Cette femme, qui devenait plus charnelle à chaque schnaps, aurait voulu être professeur de lettres si son théologien de mari n'en avait pas fait sa femme à tout faire. De ses débuts d'études, il lui reste le goût et le sens des mots. Elle lui explique qu'Yvonne vient du gaélique et désigne l'if. L'arbre symbole de l'éternité dont on faisait le bâton des druides. L'arbre qui nargue les gisants des cimetières, avec ses feuilles toujours vertes et toxiques, et son tronc tortueux et imputrescible. Celui dont les Romains disaient, en passant devant, *Memento mori !* « Souviens-toi que tu vas mourir. » Sous-entendu toi, et pas lui.

— Quant à Falk, le mot vient du vieux norrois et désigne le faucon. Un vieux nom de vieille famille qui remonte au temps d'avant les « fils de ». Avec un nom et un prénom comme ceux-là, c'est après une mauvaise et cruelle sorcière que tu cours, mon ami. Alors que moi…

Il trouve la demeure en retrait des marais et des forêts de roseaux du parc national, au cœur d'un bois élégant de chênes, de hêtres et de frênes. La maison est austère. Deux étages étroits et un fronton crénelé de briques rouges. Façon châtelet sévère. Trois marches et un perron de pierre grise, à l'autre bout d'une pelouse rigoureuse et rectangulaire qu'un chemin de gravier contourne à angle droit pour atteindre la maison. Même les arbres semblent tristes et prisonniers du mur qui enserre la propriété. De chaque côté des marches du perron, deux ifs. *Memento mori !*

Il n'y a pas de serviteur. C'est un homme aux allures d'avocat d'affaires qui le reçoit, sans un sourire. Le hall est glacial. Haut de plafond, à peine meublé, les murs décorés d'un seul tableau chacun. Des portraits. Des ancêtres autoritaires au regard désapprobateur. Sur le guéridon central, même le bouquet d'iris semble triste.

Yvonne Falk l'attend dans un salon attenant. Un piano droit, quelques fauteuils crapauds prétentieux et deux banquettes rigides autour d'une table basse. La femme, âgée, ne se lève pas quand l'avocat introduit Kornelius.

— Vous souhaitiez me voir, monsieur Jakobsson, dit-elle dans un anglais que sa voix rauque de fumeuse rend rugueux.

Bien sûr qu'il veut la voir, sinon pourquoi aurait-il pris rendez-vous et serait-il venu jusqu'ici ?

— Je vous remercie de me recevoir, madame.

— Étant donné la raison de votre visite, j'ai demandé à mon avocat d'assister à cet entretien.

— Cela ne me dérange en aucune façon.

Elle désigne un des crapauds d'un signe du bout de ses doigts ridés et il s'assied face à elle, mais c'est l'avocat qui prend la parole.

— Mme Falk et moi-même ne comprenons pas très bien pourquoi vous voulez parler d'événements qui remontent à près de trente ans.

— Comme je vous l'ai dit, je suis un ancien policier islandais et j'ai enquêté sur un avion qui s'est écrasé sur un glacier au sud de notre pays. Les deux passagers sont morts. Ils étaient Américains, venaient du Groenland, et transportaient cinq millions de dollars à destination du Danemark.

— Nous ne voyons toujours pas…

— D'après des documents que j'ai pu consulter en relation avec le projet américain Iceworm au Groenland, ces cinq millions vous étaient destinés, madame.

L'avocat va répondre, mais Yvonne Falk l'arrête d'un geste.

— Vous voulez sans doute parler de ces élucubrations compilées par ce fou de Vince Cartland et qui ont brûlé dans l'incendie de sa cabane sur l'île de Sadelø, au nord-est de Nuuk.

Kornelius sourit. Au moins, ça a le mérite d'être clair.

— Je vois que nous parlons de la même chose.

— Je ne parle de rien, monsieur Jakobsson, et je ne vois pas bien ce que vous cherchez à me faire dire.

— Madame Falk, nous avons trois corps en Islande dont la mort s'explique par le transfert de fonds secrets entre le Groenland et le Danemark, et la piste danoise conduit à vous dans le cadre de versements destinés à atténuer le scandale politique, militaire et écologique provoqué par le projet Iceworm.

— Mme Falk et moi n'avons aucune idée de ce à quoi vous faites allusion de façon aussi injurieuse et diffamatoire, monsieur Jakobsson.

Peut-être, mon gars, pense Kornelius, mais personne ne me fiche à la porte, ce qui veut dire que vous tenez à savoir ce que je sais de ce que vous savez.

— En 1995, à l'époque de l'accident qui a coûté la vie aux deux passeurs, vous étiez bien trésorière du Parti social-démocrate avant de devenir cheffe de cabinet du Premier ministre, n'est-ce pas, Madame Falk ?

— La carrière politique de Mme Falk est un exemple pour le pays et un honneur pour sa famille. Nous ne vous permettrons pas de…

— Vous oubliez, monsieur l'avocat, le déshonneur de son retrait de la vie politique après le scandale de l'opération Dunhammer.

— Comment osez-vous… ?

— Fermez-la, Iversen, et laissez-le nous expliquer ce que l'opération Dunhammer vient faire ici.

— Elle établit les liens indéniables entre les services de renseignement militaires du Danemark et ceux des États-Unis, et une enquête confirmerait très vite leur existence depuis le début des années quatre-vingt-dix.

— Vous ne pensez pas être un peu trop loin de chez vous pour vous arroger le droit d'enquêter sur moi ?

— Madame Falk, je me suis présenté tout à l'heure comme un « ancien policier » qui « a enquêté » sur la mort de ces trois hommes. Cela devrait être suffisamment clair pour que vous compreniez que je n'enquête plus. D'ailleurs, l'enquête est close et l'affaire classée en Islande.

— Que cherchez-vous donc, alors ? s'étonne la vieille dame.

— À comprendre. À savoir si mes déductions étaient exactes et si ces cinq millions vous étaient destinés. Ce qu'il en est advenu et ce que vous en auriez fait ne m'intéresse pas. Ou disons que ça ne m'intéresse plus.

— Et vous me pensez assez naïve pour avouer ce genre de chose à quelqu'un qui se présente comme un ex-flic islandais curieux ?

— Sauf votre respect, madame, vous ne risquez politiquement plus rien, l'affaire a été classée comme un accident aérien en Islande, et encore une fois rien n'est destiné à être divulgué.

— Vous ne dissimuleriez pas un micro, par hasard ?

Kornelius se lève et écarte les bras.

— Je peux me mettre nu, si vous le désirez.

Assise devant ce troll, Yvonne Falk ressemble à une souris dans son fauteuil. Ou plutôt à une élève millénaire et rabougrie aux yeux soudain malicieux.

— Monsieur Jakobsson, si vous saviez le nombre d'hommes qui m'ont fait cette promesse et m'ont trahie quand même ! Asseyez-vous, je vous en prie.

Il se rassied et elle s'adresse à l'avocat comme à un serviteur.

— Iversen, il est temps de servir le thé. Monsieur Jakobsson, préférez-vous la cannelle ou la crème pâtissière ?

— J'avoue que la crème...

— Alors avec quelques *spandauer*, Iversen...

Dès que l'avocat, rigide comme un majordome, s'est éclipsé, Yvonne Falk en profite.

— Monsieur Jakobsson, j'ai effectivement géré les fonds secrets de la NSA américaine à destination du Danemark, et mon père avant moi. Lui, depuis 1958 pour aider à garder un secret complice sur le projet Camp Century et la présence d'armes nucléaires sur la base de Thulé au Groenland. Après l'accident du Boeing B-52 Stratofortress en 1968 et la perte d'une ogive nucléaire sur la banquise, ils ont servi à calmer les ardeurs outrées d'un certain nombre de députés, de ministres et de médias. Et à partir des années quatre-vingt-dix, quand il est devenu évident que la fonte des glaces commençait à mettre au jour les structures du projet Iceworm, je les ai utilisés pour amortir et contrecarrer l'impact de ces révélations auprès des médias et des politiciens. C'est aussi ça, la politique, monsieur Jakobsson.

Elle parle comme on expose quelque chose d'évident à quelqu'un qui devrait comprendre, et son sourire de couleuvre montre qu'elle ne craint rien de cette franchise.

— Je suppose qu'il vous faudra expliquer un jour aux habitants du Groenland que ces millions ont été mieux utilisés ainsi que pour décontaminer Iceworm.

— Monsieur Jakobsson, le Groenland sera très bientôt indépendant et gérera ça avec les États-Unis comme il l'entend.

— C'est assez cynique, comme raisonnement.

… ou s'il est déjà mort.

— Monsieur Jakobsson, quand les affaires sont à risque pour la nation, la politique consiste aussi à maintenir le couvercle dessus tant que les responsables sont en vie. Un scandale n'est plus un scandale quand ceux qui l'exposent n'y sont pour pas grand-chose et que ceux qui l'ont provoqué ne sont plus là. Mon travail consistait, entre autres, à retenir les chevaux de ceux qui voulaient les lâcher en leur offrant de l'avoine, si je puis dire.

L'avocat revient. Il n'est accompagné d'aucune soubrette et n'apporte pas le thé promis.

— Il se fait finalement trop tard pour le thé, monsieur Jakobsson, Iversen va vous raccompagner.

Elle se lève et se dirige vers une porte dérobée à l'autre extrémité de la pièce. Avant de l'ouvrir, elle se retourne et s'étonne.

— Je ne sais pas si je dois vous admirer pour votre courage ou m'amuser de votre stupidité, monsieur Jakobsson.

Elle ne lui laisse pas le temps de répondre et disparaît. Iversen le prend par le bras pour le raccompagner, mais le regard et la stature de Kornelius le ramènent à plus de prudence. Il se contente de le précéder jusqu'au perron. Au pied de l'escalier, une voiture attend. Pas celle de Kornelius. Quand deux hommes en descendent, il comprend.

— Police, veuillez nous suivre, s'il vous plaît, dit l'un des deux en ouvrant la portière arrière.

Kornelius s'exécute sans répondre. Dans son mouvement pour prendre place, il relève la tête et aperçoit la silhouette sèche et sévère d'Yvonne Falk qui surveille son départ derrière une des fenêtres du rez-de-chaussée.

La voiture démarre, contourne la pelouse, et sort de la propriété. Il n'avait pas remarqué le faucon en marbre sculpté dans une niche d'un des piliers du portail. C'est ce qu'ils sont, se dit-il, une famille de vieux faucons. Petits et cruels. Chasseurs. Carnassiers. Et enragés de ne pas être des aigles.

Ils roulent vers l'ouest sur quelques kilomètres à peine et entrent dans une forêt sans se soucier du panneau qui en interdit l'accès à tout véhicule. Ils s'y enfoncent par une allée forestière en terre, sous une haute futaie de frênes, puis la voiture s'arrête. Le même homme le fait descendre, remonte, et la voiture redémarre en l'abandonnant au milieu des arbres.

Il croit à un jeu de flics, à une vexation, une punition humiliante sous un ciel qui ne va pas tarder à laisser pleuvoir ses nuages. Il se dit même qu'il a échappé à un passage à tabac et que l'endroit est plutôt bucolique. Mais quand la pétarade résonne entre les arbres, il comprend. Six bikers en Harley remontent l'allée et, cette fois, il sait que c'est pour lui.

Kornelius s'enfonce aussitôt entre les troncs, mais cette forêt n'a de toute évidence pas abrité les aïeux du clan séculaire des Skjoldungs. Si les frênes sont hauts, ils sont encore minces et jeunes, plantés bien espacés, sans taillis ni fourré entre eux. Les motos s'y engagent et le poursuivent sans difficulté. Kornelius cherche à comprendre. Soit c'est un traquenard pour un passage à tabac, et dans ce cas il a intérêt à opposer le moins de résistance possible, soit ceux qui ont lâché les bikers sur lui leur ont raconté qu'il est flic et islandais et il va devoir défendre très cher sa peau. La police islandaise a toujours combattu les bikers. L'an dernier, après la dissolution du seul club de bikers islandais, les Hells Angels ont tenté de participer à un rassemblement à Reykjavik et trente-deux d'entre eux ont été expulsés par la police dès leur arrivée. Quinze venus d'Allemagne et douze de Suède. Et cinq du Danemark…

Kornelius se dit qu'il n'y a pas à réfléchir. Il se retourne brusquement, le bras tendu, et fauche à hauteur de la gorge le premier motard sur le point de le rattraper. Le choc éjecte le biker de sa Harley qui se couche et glisse dans la terre pour s'encastrer entre deux arbres. Le deuxième biker ne peut éviter le premier qui tombe sous ses roues et il lui roule dessus, perdant l'équilibre à son tour. Kornelius lui assène au passage un coup de poing qui fait craquer sa mâchoire, mais le troisième motard le bouscule d'un coup de batte dans les reins et le jette à terre. Aussitôt, les autres descendent de leur engin et se précipitent sur lui pour le rouer de coups. Il se relève et en blesse encore deux, mais un coup derrière son genou le casse à terre à nouveau. Un premier mauvais coup de pied l'étourdit. Le temps qu'il réagisse et cherche à reprendre ses esprits, un autre au ventre le plie en deux de douleur. Alors il se roule en boule, cache son visage contre sa poitrine, mains croisées sur sa nuque, genoux repliés pour protéger son ventre, et les laisse se déchaîner contre lui en espérant y survivre. Un deuxième coup à la tête l'assomme et tout bascule et tourne et se trouble, le temps se ralentit, les sons se déforment et il ne ressent plus rien. Quand il perd connaissance, il ne sait plus s'ils le tabassent encore ou s'il est déjà mort.

XL

… nous sommes la CIA !

— Tu es vraiment con à ce point ?

Kornelius émerge de son K.O. Il a réussi à protéger son visage, mais tout son corps est perclus de douleurs. Il se souvient des choses à l'envers. Sa perte de connaissance d'abord, puis le bouillonnement dans sa tête, le passage à tabac des bikers, les flics danois qui l'abandonnent en pleine forêt, leur voiture qui l'attend devant le perron, la discussion avec Yvonne Falk…

— Ça y est, tu y es ?

Il est toujours dans les bois, allongé sur le dos à même le sol, meurtri, les yeux en l'air sur la calandre d'une voiture qui n'est toujours pas la sienne.

— C'est moi, Miller, tu me remets ?

Miller. Miller de la CIA. Le type qui voulait qu'il oublie le volet corruption de l'affaire des morts du glacier en échange d'une protection contre les services secrets de l'US Army…

— Qu'est-ce que tu fiches ici, Miller ?

— Je voulais voir jusqu'à quel point tu es con et borné.

— Et alors ?

— Alors tu l'es au-delà de toute mesure, Jakobsson. Aller provoquer Yvonne Falk chez elle, c'est comme vouloir attraper un crotale à mains nues dans son repaire !

— Tu n'as pas répondu à ma question. Que fais-tu ici ?

— Franchement, je me le demande. Jouer la cavalerie pour sauver un abruti comme toi ! Une chance que nous te suivions depuis l'Islande, Woodward et moi.

Kornelius récupère peu à peu. Il se redresse en grimaçant puis demande d'un geste l'aide de Miller et Woodward pour se relever.

— Comment vous avez fait pour les voltigeurs ?

— Deux coups de Glock 22 dans les nuages ont suffi. D'ailleurs, ils ont dû aller se plaindre auprès de leurs chaperons du Forsvarets et il faudrait penser à nous éclipser avant qu'ils ne rappliquent vérifier nos autorisations de port d'arme.

— Le Forsvarets ?

— Forsvarets Efterretningstjeneste, le FE, le service de renseignement militaire danois. Ce sont eux que tante Yvonne a lâchés à tes basques.

— Qu'est-ce qu'on fait avec la bécane ? demande Woodward.

Kornelius se souvient de la première Harley qu'il a envoyée contre un arbre.

— Aide-moi à la tirer au milieu de l'allée.

Kornelius veut se lever pour les aider, mais un vertige lui guimauve les guiboles. Il les regarde faire. Miller force le bouchon du réservoir et bascule la moto pour la vider de son essence.

— Éloignez-vous et préparez-vous à partir, on va la cramer.

Woodward aide Kornelius à monter dans la voiture, Miller met le feu à la moto, et ils démarrent.

— Ça va attirer les forestiers, la police et les pompiers et ça va compliquer la vie du FE en faisant remonter l'enquête jusqu'aux bikers et peut-être même jusqu'à l'avocat d'Yvonne Falk, explique Miller avec calme.

— Pourquoi m'avoir suivi jusqu'ici ? insiste Kornelius.

— Tu ne comprends donc rien à rien, décidément, pourtant ce n'est pas compliqué : ni les États-Unis, ni l'Islande, ni le Danemark ne veulent ébruiter cette affaire de pots-de-vin. Je te l'ai dit sur la plage de Nauthólsvík : oublie le volet corruption et nous te protégerons contre les autres services. C'est ce que nous venons de faire et j'espère que ça t'a convaincu.

— Vous ne m'avez pas expliqué que la Maison Blanche voulait justement mettre le Danemark en difficulté pour mieux se rapprocher des indépendantistes groenlandais ?

— Si, mais sans que cela devienne public. Tout ce que tu as appris sur cette affaire et bien plus encore, plus même que ce qu'avait compilé Vince, nous le savons. Mais ce ne serait plus un moyen de pression sur le gouvernement danois si tout était rendu public. Notre force, c'est d'organiser les fuites sur les Danois au fur et à mesure de l'avancée de nos négociations avec les futurs dirigeants du Groenland indépendant. Et toi, tu allais nous forcer à tirer toutes nos cartouches en une seule fois.

Kornelius ne cherche même pas à savoir où ils l'emmènent. C'est vrai que sa visite chez Yvonne Falk était suicidaire. Maintenant qu'il en a réchappé, il le comprend. Il n'y avait rien à en attendre sinon ce qui lui est arrivé. Il se rend compte à quel point il est hors de tout : de son pays, de sa juridiction, de son métier, de ses compétences. Il est bien le Kornelius Jakobsson obstiné et têtu qui s'échine jour après jour à saborder sa vie professionnelle autant que personnelle. L'enquête est close à Reykjavik, étouffée sous un édredon avec le commissaire national, le ministre de la Police et même la Première ministre assis dessus pour être certains que plus rien n'en transpire. Qu'est-ce qu'il est venu risquer sa vie au royaume du Danemark, aussi pourri que sa république islandaise ?

— C'est une forme de suicide, dit Miller en le regardant à travers le rétroviseur.

— Quoi ?

— Cette façon de vouloir aller plus loin que le système, au-delà des ordres, au nom d'une intégrité que plus personne n'exige de toi, c'est une sorte de suicide.

— Tu as fait fac d'espion option psycho ? se moque Kornelius qui vient pourtant d'en arriver à la même conclusion.

— Je suis passé par là, lâche Miller.

Kornelius ne veut pas entrer dans ce genre de discussion et ne répond rien. Miller prend son temps pour continuer.

— Vouloir porter en étendard l'intégrité de la mission, la mener coûte que coûte malgré les ordres, se persuader qu'on a moralement raison contre sa hiérarchie, contre l'État, contre le monde entier, se lancer seul dans des combats perdus d'avance, j'ai connu tout ça avant de réaliser que ce n'était qu'une façon de forcer le destin pour qu'une mort quelconque me tire du merdier dans lequel m'entraînait ce métier.

— Je vais pleurer, ironise Kornelius qui réalise pourtant à quel point cela résume sa vie. N'empêche que tu es toujours à la CIA.

— Il a connu ça quand il était militaire dans les forces spéciales, pas depuis qu'il est à la CIA, précise Woodward.

Ils roulent encore un long moment en silence avant que Kornelius ne s'adresse à nouveau à Miller.

— Si vous me suiviez, pourquoi les avez-vous laissés me tabasser à mort ?

— D'abord, ils ne t'ont pas tabassé à mort. Je connais ce genre de types, s'ils te veulent mort, tu es mort. Ils n'étaient là que pour te corriger. Un simple avertissement.

— Ils ont pourtant bien failli, pourquoi n'êtes-vous pas intervenus ?

— Parce que nous étions là pour faire la même chose. Te forcer à comprendre que tu es seul, Jakobsson, seul contre eux autant que contre nous et tous les autres qui se cachent encore dans l'ombre en attendant de te tomber dessus.

Kornelius ne répond pas. C'est vrai qu'il se sent seul, et pas seulement dans ce combat perdu d'avance et pour lequel, à vrai dire, il n'a plus aucun intérêt. Il est seul aussi dans sa vie à cause de son métier, comme il était seul dans son métier, quand il en avait encore un, à cause de sa vie.

— Si tu en es là, Jakobsson, tire-toi tout de suite, crois-moi. N'importe où et n'importe comment, tire-toi loin de tout ça.

C'est une sentence qui n'appelle pas de réponse, et Kornelius garde le silence.

— Tu te sens capable de boire quelque chose ? demande Woodward à brûle-pourpoint.

— Un paracétamol ne serait pas de refus. Avec une bière.

Sans lâcher le volant, Miller fouille la boîte à gants, sort une boîte de paracétamol en cachets et la jette à Kornelius par-dessus son épaule.

— Va pour la bière.

Ils s'arrêtent dans un bar-restaurant en bord de route et la faim tombe comme une enclume dans l'estomac de Kornelius. Il commande une bière et un plateau de *smørrebrød*. Miller et Woodward le regardent dévorer ses tartines de pain de seigle garnies de hareng mariné, de rosbif ou de poisson frit, et décorées de salade, d'herbes, d'oignons et de mayonnaise.

— Et maintenant, on fait quoi ?

— Tu rentres chez toi. Essaye d'y trouver quelqu'un qui t'aime assez pour te supporter et arrête de faire le con.

— On croirait entendre mon père, sourit Kornelius avant de corriger aussitôt. Non, en fait mon père m'aurait dit de leur foncer dans le lard !

— Alors ne l'écoute pas, Kornelius, tout est fini, rentre chez toi et oublie. Laisse-nous gérer ce merdier, sinon tu vas croiser d'autres bikers et nous ne serons pas là. Ou bien nous ne bougerons pas. Tu veux passer à ton auberge ou chez la veuve Rasmussen ?

— Je préfère filer directement à l'aéroport.

— Bonne idée, alors nous te déposons à ta voiture.

— Vous savez où elle est ?

— Jakobsson, nous sommes la CIA !

XLI

… que débarquent les Vikings.

— Ari ? C'est moi.
— Pas maintenant, Kornelius, pas maintenant !
— Que se passe-t-il ?
— On a logé les Lituaniens qui ont balancé Botty dans la rivière. Nous sommes en pleine opération. Je te rappelle.

L'intuition de Kornelius était la bonne. Une voiture a bien suivi celle de Botty au départ d'Akureyri, a provoqué l'accident, et a continué sur la route N° 1. Ils l'ont repérée sur les enregistrements vidéo de la station-service Olís de Varmahlíð, cent kilomètres plus loin, puis sur ceux de la station N1 de Blönduós.

À Varmahlíð, Vladas Billis et Donatas Levinas ont dû quitter la route N° 1 et emprunter la 75 sur cinquante mètres pour rejoindre la station, exposant le côté gauche de la voiture aux caméras. La tôle de l'aile avant et des deux portières est froissée, alors qu'elle ne l'était pas sur les images prises au départ d'Akureyri. Les deux Lituaniens en ont aussi profité pour manger une *pylsa* et boire une bière et la police dispose désormais de leur portrait saisi par les caméras.

Mais la voiture ne passe pas devant celles de la station de Viðidalstunga, quarante kilomètres après Blönduós, et ils la perdent complètement. Tard le soir du même jour, des passants interpellent une voiture de police dans le quartier de Heimar à Reykjavik. Une jeune femme allemande en pleurs erre sur les parkings entre des immeubles d'habitation. Elle finit par se calmer et raconte son malheur entre deux sanglots. Deux types l'ont prise en otage dans sa propre voiture sur le parking qui mène aux passerelles métalliques donnant accès à l'île de Hrútey sur la rivière Blanda, à Blönduós. Ils conduisaient ou abusaient d'elle sur la banquette arrière à tour de rôle et, le reste du temps, la gardaient allongée entre les sièges sous la menace d'un poignard. Arrivés à Reykjavik, ils l'ont jetée par la portière et ont disparu dans la nuit avec sa Toyota rouge de location.

La police de Reykjavik a retrouvé la Toyota rouge dans le quartier du port, et la police de Blönduós a retrouvé l'autre voiture abandonnée sur le parking où la jeune touriste a été agressée.

La chance sourit à l'inspecteur Ari quand une voiture rouge se gare à sa hauteur le lendemain, dans le quartier des bars où il cherche des informations sur Vladas Billis et Donatas Levinas. Une Ford Sierra modèle 93. Rouge avec une zébrure blanche.

— Tu travailles avec l'inspectrice Botty ?

— Oui, pourquoi ?

— C’est vrai que des Lituaniens s’en sont pris à elle ?

— Oui.

— Elle va s’en sortir ?

— Ce n’est pas certain.

— Monte, Uggi peut peut-être t’aider.

— C’est qui, Uggi ?

— C’est moi, qui veux-tu que ce soit d’autre ?

Ari monte dans la Ford Sierra et ils roulent sans but apparent.

— Des Litus, Uggi a entendu dire qu’il y en a deux chauds bouillants en ville qui auraient bien besoin de se mettre vite fait au vert. On dit que des huiles vont s’arranger pour qu’ils s’arrachent d’ici, mais qu’en attendant ils doivent disparaître des radars quelque temps.

— Et alors ? Tout ça, je m’en doute déjà.

— Ah bon ? Alors Uggi n’a pas besoin de te dire dans quelle caisse ils roulent maintenant et où ils vont probablement se planquer.

— Uggi devrait surtout savoir qu’à force de jouer au con, il va finir par gagner.

— Comprends pas !

— Ça veut dire que si Uggi ne veut pas se faire défoncer la trogne à coups de pognes, il a plus intérêt à faire le porte-parole que le mariolle.

— D’accord, ça va ! De toute façon, c’est pour Botty que je fais ça, pas pour toi. Tes Litus, ils sont chez les baleines…

Ils ont réquisitionné un hélicoptère de l'ICE-SAR pour ne pas alerter les fugitifs. Il survole Hvalfjörður, le fjord des baleines. Depuis que la route N° 1 en traverse l'embouchure par un long tunnel sous-marin et que les restrictions de quotas pour la chasse à la baleine en ont ralenti l'activité, la route qui le contourne est peu fréquentée. Sur la rive nord, deux vieux baleiniers désarmés ont été échoués sur une courte plage de caillasse. Personne ne sait pourquoi ils y rouillent encore en silence. L'usine à baleines, un peu plus loin, est désaffectée elle aussi. Depuis des années, les baleiniers ne remorquent plus leurs proies jusqu'à la rampe en béton de l'usine où on halait les monstres marins par la queue sur le dos pour les dépecer et les débiter. Des hommes en cuissardes sautaient sur les baleines pour les éventrer d'un tranchoir en forme de hallebarde avec une lame plus longue que le bras. Ils fendaient d'abord le gras blanc épais de plus d'un mètre avant de trancher les chairs et de libérer les viscères luisants et fumants qui se déversaient en glissant hors de la bête sur le béton du quai, dans une puanteur insoutenable.

Les hommes devaient faire vite. Les entrailles de la bête se décomposaient rapidement et les gonflaient de gaz. Quelquefois, le premier coup à travers la chair libérait des jets pestilentiels qui sifflaient jusqu'au ciel et, selon le vent, empuantissaient l'air du fjord tout entier. D'autres fois encore, le ventre de la bête explosait ses chairs et ses tripes sous la pression jusqu'à vingt mètres à la ronde dans le piaillement criard des oiseaux de mer voraces rendus hystériques par l'aubaine.

L'hélicoptère de l'ICE-SAR ne peut se permettre qu'un seul passage. Au sol, un homme de la Viking Squad surveille l'usine depuis un promontoire rocheux à l'est des installations. Côté mer, un canot pneumatique, camouflé derrière une haute jetée de pierre, à l'ouest des installations, a déposé six hommes qui ont pénétré dans l'enceinte pour se poster derrière deux hauts réservoirs. Dans un second canot, à l'est de l'usine, six autres commandos attendent, à l'abri des rochers. Côté route, d'autres hommes se cachent aussi de l'usine derrière un baraquement provisoire, mais exposé à la vue d'éventuelles voitures sur la 47.

— Troll 3 à Contrôle : véhicule en approche par l'est. BMW bleue. Clignotant à gauche.

Ari actionne son émetteur.

— Contrôle à Troll 3 : identification ?

— Troll 5 à Contrôle : on dirait l'avocat.

— Contrôle à Troll 5 : quel avocat ?

— Troll 5 à Contrôle : Johansson, l'avocat du député Bergmansson.

— Qu'est-ce qu'il vient foutre ici ? s'inquiète Ari. D'accord. Contrôle à tous les trolls. On se planque et s'il cherche à entrer, on le laisse passer. Personne ne se montre.

Le chef des Vikings, Freyr Petersson, intervient à son tour.

… que débarquent les Vikings.

— Troll 1 à tous les trolls. Une fois l'avocat passé ou entré, on neutralise la 47 à deux cents mètres de chaque côté en restant hors de vue de l'usine, et on ne laisse plus passer personne sans mon autorisation.

Ils suivent l'arrivée de la BMW bleue. Tapis dans un fossé, Ari et le chef des Vikings l'observent à la jumelle.

— Contrôle à tous les trolls : je confirme, il s'agit bien de l'avocat Johansson. On laisse entrer sans se faire repérer. Je répète, on laisse entrer sans se faire repérer.

La voiture tourne et s'arrête face à la grille de l'usine. Johansson en descend et manipule le cadenas à chiffres. Nerveux, il inspecte les lieux du regard. L'usine comme le paysage aux alentours. Il tire la grille qui s'ouvre vers l'extérieur, remonte en voiture, entre dans l'enceinte de l'usine, et redescend pour refermer la grille sans verrouiller le cadenas.

— Pas rassuré, l'avocat, murmure Freyr, il se ménage une possible sortie en urgence sans avoir à déverrouiller le cadenas.

Depuis l'entrée, le chemin descend vers l'usine sur une trentaine de mètres et aboutit dans une sorte de cour triangulaire entre plusieurs petits bâtiments. Johansson s'y gare de façon à pointer le capot de sa voiture vers la grille en haut du chemin.

Après ce premier groupe de baraquements se trouve un autre parking, plus grand, flanqué sur sa droite d'une autre petite construction puis, au bout à gauche, au plus près des eaux du fjord, en haut de la rampe, l'usine elle-même, sur plus de mille mètres carrés, ouverte côté rampe, avec une issue de secours à l'opposé. C'est là qu'une reconnaissance par drone a localisé les deux Lituaniens et leur voiture.

Les Vikings observent Johansson descendre vers l'usine en surveillant ses arrières.

— Troll 1 à tous les trolls : dès que l'avocat est entré, on resserre le dispositif au plus près de l'usine comme convenu.

Il les a vus. Juste un mouvement derrière le baraquement à l'entrée de l'usine. Quelque chose de militaire. Un bout de treillis dans une botte. Il était trop engagé pour fuir. Sûr qu'ils l'ont identifié. Les Vikings, probablement. Cela veut dire un assaut imminent. Aucune porte de sortie. Ils ont dû prévoir des forces de tous les côtés, y compris par la mer. Il doit improviser. Il va se faire arrêter quoi qu'il arrive. Il faut qu'il s'y prépare.

Les deux idiots sont dans un coin de l'usine. Ils ont bu. Des bouteilles de Kaldi blonde jonchent le sol. Malgré des années d'inactivité, le béton du sol reste imprégné de la puanteur des entrailles de baleines. Sur la droite sont alignées les têtes de harpons explosifs. De ceux qui percent le flanc des monstres sur plus de trente centimètres de profondeur avant que la grenade n'explose. Au mur, un râtelier de tranchoirs.

… que débarquent les Vikings.

— Alors, vous avez apporté quoi ? Qu'est-ce qu'on fait ?

Ils n'ont pas fait que boire. Donatas a les yeux rouges et les pupilles dilatées. Vladas n'est pas en meilleur état. Il sait qu'il n'a plus que quelques minutes pour agir.

— Que veux-tu que nous fassions, imbécile, maintenant que Vladas nous a donnés ? Je l'ai appris par un contact de la police et j'ai repéré les forces spéciales en entrant ici. Ils ont déjà encerclé l'usine.

Vladas, sidéré, n'a pas le temps de réagir. Donatas, furieux, sort son poignard et se rue sur lui en le traitant de traître, de salaud, de balance. La lame s'enfonce plusieurs fois dans le ventre de Vladas. Johansson sort alors une arme de sa poche, enlace Donatas par-derrière comme s'il voulait le retenir, mais appuie le canon sur le cœur du Lituanien et tire. Plus que quelques secondes. Johansson s'assène un coup de crosse sur l'arcade sourcilière, essuie l'arme avec le pan de sa veste et glisse la crosse dans la main de Vladas. Puis il se laisse tomber sur le sol en attendant que débarquent les Vikings.

XLII

… avec la Première ministre.

— Donc ils ont cru que vous les aviez donnés.

— Oui. Quand je leur ai dit que l'usine était encerclée, Vladas m'a traité de tous les noms et m'a assommé d'un coup de crosse.

— Vous nous aviez repérés ?

— Ce n'était pas très difficile. J'ai remarqué le mouvement des canots depuis la corniche d'en face, de l'autre côté du fjord.

— Et vous êtes venu quand même ?

— Aucune raison de fuir, je n'avais rien à me reprocher. J'étais juste leur avocat et je venais les convaincre d'arrêter leurs conneries. C'est mon job.

— Donc Vladas vous assomme, et après ?

— Après rien, puisque je suis assommé. Je me réveille avec vos Vikings qui pointent leur arme sur moi.

— Vous saviez ce qu'ils avaient fait ?

— Je savais qu'ils avaient une embrouille avec un autre Lituanien, un certain Zuckas. Quand j'ai appris qu'on avait peut-être retrouvé son corps dans

Ódáðahraun, je me suis dit qu'ils pouvaient avoir fait une connerie plus grosse que d'habitude. Quand j'ai su pour l'accident de l'inspectrice Botty, j'ai voulu savoir s'ils y étaient pour quelque chose.

— Comment saviez-vous où les trouver ?

— J'étais l'avocat du patron de cette usine désaffectée. Je leur avais déjà organisé une planque là-bas quand le même Zuckas avait lâché ses hommes sur eux. Je me suis dit qu'ils étaient probablement retournés s'y réfugier.

— Comment expliquez-vous leur mort ?

— Je ne l'explique pas. Ça s'est passé pendant que j'étais inconscient.

— Très bien, je vous fais porter un verre d'eau. Nous reprendrons dans dix minutes.

Ari sort du bureau et rejoint le commissaire national.

— Il a réponse à tout et s'amuse à reprendre nos propres informations dans son argumentation. Vous avez vu comment il s'est approprié Zuckas pour justifier la planque dans l'usine ?

— Ari, c'est un avocat de renom à la réputation de requin, menace le commissaire national. Si vous n'avez pas de preuve contre lui dans cette affaire, il reste une victime et on le relâche immédiatement.

— Si vous permettez, commissaire, j'ai encore quelques questions à lui poser.

Ari retourne dans le bureau où Johansson l'attend, de plus en plus serein.

— Björn, Vladas Billis et Donatas Levinas avaient-ils un lien avec le député Bergmansson que vous défendez ?

— Je ne vois pas la pertinence de cette question, se raidit soudain l'avocat.

— Björn, laissez-moi juge de la pertinence de mes questions.

— Je n'y répondrai pas. C'est un moyen détourné et illégal de m'interroger sur une autre affaire.

— Très bien, alors nous en avons fini, dit Ari en désignant la porte de bureau. Je ne vous retiens plus.

Dès que Johansson est sorti, le commissaire national entre, furieux.

— C'était quoi, cette question ? hurle-t-il.

— Commissaire, je me moque de l'implication de Johansson dans la mort de Billis et Levinas. Je vais l'arrêter demain dans le cadre de l'affaire Bergmansson.

— Quoi ?

— Mais nous devons d'abord en parler avec la Première ministre.

XLIII

… Kornelius reste Kornelius.

Ils sont à nouveau dans la maison face au lac Hafravatn. Les mêmes que la dernière fois : Helga, la Première ministre, les politiciens Elias Adamsson et Harald Fergusson, et l'avocat Björn Johansson, un pansement sur son œil gauche. Ce qui les surprend tous sauf Helga, c'est la présence du commissaire national et de l'inspecteur Ari dans cette réunion censée rester discrète et secrète.

— Je ne comprends pas ce que font ici… commence l'avocat.

La Première ministre le coupe d'un ton sec qui l'inquiète.

— Vous allez comprendre, Björn. Vous le premier, du fait de votre métier. L'inspecteur Ari a rassemblé des preuves qui montrent de façon irréfutable que vous avez manipulé les indices de la perquisition chez Bergmansson. Il a des vidéos, des témoignages directs et des preuves matérielles.

Ari intervient avant que Johansson puisse s'indigner.

— Nous avons la preuve que vous avez rendu visite aux grands-parents d'Anika, que vous vous êtes arrangé pour avoir accès seul à sa chambre où nous pensons que vous avez prélevé des indices que vous avez ensuite déposés dans la chambre de Bergmansson pour conforter votre thèse du crime passionnel.

— Inspecteur Ari, « nous pensons que » est loin d'être l'expression d'une démonstration policière probante et je vous…

— C'était juste pour résumer nos conclusions. Si vous voulez un exemple de nos preuves techniques, en voici deux : les deux boucles d'oreille d'Anika, dont une a été judicieusement retrouvée chez Bergmansson, figurent sur des photos prises en début d'enquête par nos équipes dans sa chambre, ainsi que sur celles prises par le photographe de l'hebdomadaire *Bergmál* qui nous a ouvert ses archives. C'est-à-dire après sa disparition et avant la perquisition. Par ailleurs, je ne sais pas qui fait le ménage chez vous, mais vous devriez vous intéresser aux robots aspirateurs. Celui de Bergmansson est un haut de gamme programmé pour un parcours quotidien exhaustif. Sa carte mémoire confirme qu'il a bien fonctionné le matin de la perquisition de 9 h 30 à 10 h 30, comme tous les jours précédents. Il est donc impossible qu'une boucle d'oreille d'Anika ait pu se trouver dans cette chambre lors de la perquisition, à moins d'y avoir été déposée le jour même entre 10 h 30 et sa découverte aux alentours de 15 heures.

— N'importe qui d'autre…

— Johansson, seules deux personnes sont entrées chez Bergmansson ce jour-là entre 10 h 30 et 15 heures : la femme de ménage et vous.

— Quoi ? Mais c'est scandaleux, s'écrie Harald Fergusson.

— Ferme-la, Harald, coupe la Première ministre, tout ce cirque te concerne également. L'empressement de ta fille à accepter sans contre-vérification les conclusions de cette très rapide perquisition la rend suspecte de collusion avec Bergmansson ou Johansson. Ordre a été donné par le commissaire national de la suspendre immédiatement de tous ses dossiers en cours et une enquête interne sera diligentée pour faire la lumière sur d'éventuels manquements à la procédure.

— Mais…

— Ferme-la, je t'ai dit. S'il le faut, fût-ce au prix de mon poste, j'exigerai la création d'une commission d'enquête parlementaire et j'y témoignerai du chantage à la démission que tu m'as fait ici même pour me forcer à me rallier à la volonté de Johansson de ramener cette affaire à une affaire de crime passionnel.

— Mais comment peux-tu… ?

— Je n'ai pas fini, Harald, si Elias et toi voulez survivre politiquement, vous allez m'assurer du soutien de vos partis, du maintien de la coalition jusqu'aux prochaines législatives, et renoncer à tout nouveau poste ministériel pour n'importe lequel des vôtres. Et comptez sur moi pour leur faire savoir en coulisses ce qui leur vaut une telle disgrâce.

Les deux hommes, sidérés, se laissent tomber dans un fauteuil. Un long silence plombe l'ambiance, accentué par le violent contre-jour d'un nuage d'orage qui se pose sur le lac.

Quand son téléphone sonne, l'inspecteur Ari décroche et écoute, s'étonne, regarde les autres, puis demande à son interlocuteur d'attendre le temps qu'il s'isole. Il coulisse la baie vitrée, sort sur le deck, et marche jusqu'au bord de l'eau. Les autres le regardent à travers la vitre.

Ari écoute, attentif, se retourne vers la maison, et les fixe tous un à un pendant qu'il répond en hochant la tête. Quand il revient, chacun sait qu'il a quelque chose à dire mais, depuis l'extérieur, il fait signe au commissaire national de le rejoindre et s'écarte à nouveau jusqu'au bout du ponton. Plusieurs fois, le commissaire le retient par le bras et le fixe des yeux pour être sûr de bien comprendre. Puis Ari se tait et laisse son supérieur décider. Il le fait sur un simple signe de tête et ils reviennent tous les deux pour rentrer dans la maison. Le commissaire va murmurer quelques mots à l'oreille de la Première ministre dont les yeux s'arrondissent de stupeur, puis se dirige vers Johansson.

— Björn Johansson, je vous arrête dans le cadre de l'enquête sur la mort d'Anika Allansdóttir.

— N'en faites pas trop, commissaire, quand bien même j'aurais interféré avec la perquisition…

— Nous n'en sommes plus là, Johansson. Vous êtes suspecté de participation au meurtre d'Anika, et accusé de transport et dissimulation de cadavre. Les bornages téléphoniques et le traceur de la voiture utilisée par les jumeaux groenlandais vous situent plusieurs fois au même endroit qu'eux la nuit du crime et au même moment. Notamment sur le port de Hafnarfjörður à l'heure où les vidéos montrent les Groenlandais charger le corps d'Anika dans leur chalutier. L'homme qui repart avec la voiture blanche, Johansson, c'est vous. Vous y avez laissé quelques empreintes et des preuves ADN le confirmeront.

— C'est grotesque. Vous commettez une grossière erreur. Je le démontrerai et je vous en ferai payer le prix. Très cher.

Le commissaire ne répond pas et laisse Ari embarquer l'avocat. Quand ils sont partis, la Première ministre ne dissimule pas sa stupéfaction.

— C'est incroyable ! Johansson, l'avocat de Bergmansson… Mais pourquoi ?

— Messieurs, dit le commissaire en s'adressant à Elias Adamsson et Harald Fergusson, je vous suggère de nous laisser, et je vous recommande de respecter le secret de l'enquête et de rester discrets sur ce qui vient de se passer. Ne me forcez pas à vous exposer en public.

Ils partent, Helga sous le choc. Elle se souvient de sa première visite dans cette maison et de l'endroit où Johansson avait trouvé de quoi boire. Elle sert deux vodkas et le commissaire ne refuse pas la sienne.

— Madame, je voulais vous prévenir en tête-à-tête que cette arrestation risque de faire l'effet d'une allumette jetée dans un magasin de pétards.

— Pourquoi dites-vous ça ? s'inquiète-t-elle.

— Nous pensons que si Johansson est impliqué dans la mort d'Anika…

— Pourquoi « si », vous n'en êtes pas sûrs alors que vous venez de l'arrêter ?

— Si, nous en sommes convaincus. Disons que maintenant qu'il est impliqué dans la mort d'Anika, il est fort possible qu'il le soit aussi dans la mort d'un homme dont le corps a été retrouvé dans Ódáðahraun, dans celle de deux autres Lituaniens, et par conséquent dans l'accident provoqué contre la voiture de l'inspectrice Botty.

— Johansson impliqué dans l'accident de Botty ?

— Oui. Les deux Lituaniens ont très certainement enlevé et assassiné leur compatriote retrouvé mort dans le désert. Il servait de rabatteur de filles pour les afters de Bergmansson. Et représentait un danger pour sa réputation et pour la théorie du crime passionnel de son avocat. Botty était sur sa piste et sur celle de ses deux assassins qui ont donc tenté de l'éliminer. Comme par hasard, ils ont Johansson comme avocat et comme par hasard, ils s'entretuent sous ses yeux.

— Mais quel serait le mobile de Johansson pour tout ça ?

— Nous n'en savons encore rien. Un engrenage idiot avec des membres de la pègre lituanienne.

Le ménage pour protéger Bergmansson. Nous cherchons.

— Je n'en reviens pas. Merci de m'avoir prévenue, commissaire. Moi qui pensais que nous avions éteint le plus gros incendie avec l'affaire des trois morts du glacier…

— Ne vous réjouissez pas trop vite pour ce feu-là non plus, madame la Première ministre, il reste encore pas mal de braises de ce côté-là aussi et toujours quelqu'un pour souffler dessus !

— Oh non, ne me dites pas que…

— Si, Kornelius est allé à ses frais faire des siennes au Groenland et au Danemark.

— Grave ?

— Assez pour énerver les Groenlandais, les Américains et les Danois. On parle d'un disparu et de l'incendie d'une maison au Groenland, et de celui de la moto d'un chef de gang de bikers dans une forêt protégée du Danemark, de la fureur d'une famille politique danoise très puissante, de l'exaspération des services de renseignement militaires américains et danois, et de l'amusement intéressé de la CIA.

— Seigneur Dieu, rien que ça ?

— Que voulez-vous, Helga, c'est Kornelius ! Nous avons peut-être commis une erreur en lui rendant sa liberté. Peut-être qu'en le gardant dans la police, nous aurions pu le cadrer un peu mieux.

— Alors, réintégrez-le et gardez-le sous contrôle.
— Si vous voulez, madame, mais je crains que dedans comme dehors, Kornelius reste Kornelius.

XLIV

… on passe à la scientifique.

— Alors, la suite du retour de la vengeance ?

— Ne te moque pas, Ari, je ne reviens que pour conclure ces affaires, c'est tout. En attendant, tu as fait du bon travail.

— Il faut surtout remercier Komsi pour son boulot d'enquête sur la téléphonie et les traceurs.

— Ce n'est pas comme si Kornelius ne m'avait pas mis sur les bonnes pistes non plus.

— Bon, ça y est, chacun s'est astiqué l'égo ? Alors allons voir ce que nous propose Johansson.

Kornelius entre avec Komsi dans la salle d'interrogatoire et l'inspecteur Ari rejoint le cagibi derrière la vitre sans tain.

— Je croyais que vous ne faisiez plus partie de la police, s'alarme l'avocat en voyant Kornelius.

— Faites comme s'il n'était pas là. Monsieur Jakobsson est ici en tant que consultant contractuel. C'est moi l'officier de police judiciaire. Je vous écoute.

— Je veux négocier.

— Quoi contre quoi ?

— Des charges allégées : vous ne retenez que la dissimulation de cadavre. Contre Bergmansson.

— Allons bon, comme si ce brave Bergmansson n'avait pas déjà assez d'un double homicide contre lui. Qu'aurait-il donc à se reprocher encore ?

— Un troisième homicide.

— Anika ? intervient Kornelius.

— Je veux d'abord des garanties.

— Répondez : Bergmansson a tué Anika ? Que pouvez-vous nous dire là-dessus ?

— Je peux vous dire où, quand et comment. Et aussi pourquoi. Je peux vous expliquer tout par le détail, mais avant, je veux un arrangement avec le procureur.

— Très bien, alors nous allons parler avec le procureur, dit Kornelius.

Il se lève et invite Komsi à le suivre.

— C'est tout ? s'étonne Johansson.

— Pour vous oui, le procureur décidera. Nous, nous allons voir Bergmansson pour lui parler de votre offre. Je suppose qu'il a sa version de votre participation aux événements, lui aussi, et je tiens à la connaître avant d'aller discuter de votre proposition avec le procureur.

— Vous allez parler de ça avec Bergmansson ?

— Oui. Ce sera d'autant plus facile que grâce à vous, il est sorti de détention provisoire ce matin. Votre demande de remise en liberté conditionnelle a été acceptée. Beau dossier. Efficace. Nous avons rendez-vous chez lui. Enfin, sur les lieux du crime, devrais-je dire maintenant, après vos révélations.

Ils sortent et abandonnent aux gardes un Johansson blême et silencieux. Ari les rejoint et prévient Kornelius.

— Passe voir Ida avant d'aller chez Bergmansson, elle a terminé ses conclusions sur l'autopsie d'Anika.

— Elle n'est pas à Akureyri ?

— Non. Botty est toujours dans le coma, mais il semblerait que son pronostic vital ne soit plus engagé. Ida est rentrée à Reykjavik. Elle s'apprête à autopsier les corps de Billis et Levinas.

— D'accord, concède Kornelius, on attend un peu pour Bergmansson. De votre côté, trouvez un moyen de récupérer les vêtements de Johansson.

— Tu penses que…

— Oui !

— Bonjour, Ida.

— Bonjour…

Ils sont gênés comme deux ados au lendemain d'un mauvais flirt.

— Je t'ai mis le dossier d'Anika sur cette table, là-bas.

Elle s'affaire à lui tourner le dos, préparant le corps de Levinas pour l'autopsie. Celui de Billis attend sous un drap.

— Tu peux me le résumer, s'il te plaît, je n'aime pas trop lire tous ces détails.

— Asphyxie par compression thoracique et suffocation. Rapports sexuels *ante mortem*. Traces de violences légères laissant supposer une immobilisation par la force. Traces de cocaïne dans les urines et les muqueuses de la bouche uniquement. Taux d'alcool élevé dans le sang. Possibilité d'une détresse respiratoire et cardiaque…

— En clair ?

— En clair, cette gamine peut avoir fait une détresse respiratoire pendant un rapport sexuel après ingestion de cocaïne et avoir été incapable de se défaire d'un poids qui l'a empêchée de respirer.

— Le poids d'un partenaire ?

— S'il est lourd et immobile, oui. La gamine ne pesait que quarante-cinq kilos.

— Et pour la cocaïne ?

— Très faible dose. L'étude des cheveux nous dira si elle en consommait régulièrement, au moins au cours des quatre-vingt-dix derniers jours.

— Immobilisation par la force, tu as dit. On parle de viol ?

— Ce ne sont pas vraiment des coups, ça s'apparente plus à un rapport animé au cours duquel on lui aurait saisi les mains. Elle ne présente aucune lésion de défense et elle n'a griffé personne avec ses ongles.

— Rapport sous contrainte, alors ?

— Si elle n'était pas habituée à la cocaïne, très certainement. D'autant que…

— Quoi ?

— Cette gamine était vierge.

— Enfoiré de gros dégueulasse, grogne Kornelius en froissant son visage fatigué par tout ça dans ses mains.

Dans son mouvement, les douleurs de son dos se réveillent et il grimace. Ida, qui se retournait pour s'étonner de ses jurons, le remarque.

— Tu es blessé ?

— Je me suis fait tabasser au Danemark, murmure-t-il comme un enfant pris en faute.

— Fais voir…

Il hésite, mais Ida ôte déjà sa veste et défait sa chemise. Elle regarde ce corps qu'elle a aimé et dont elle a toujours envie malgré elle. Il est marbré d'ecchymoses. Le torse, le dos, les épaules, les bras. Elle fait courir ses doigts dessus, elle cartographie sa douleur, revient appuyer doucement là où ça fait plus mal qu'ailleurs.

— Mais qu'est-ce que tu es encore allé faire au Danemark, soupire-t-elle, regarde dans quel état ils t'ont mis.

— C'est supportable, répond-il en levant les yeux vers le plafond pour ne pas croiser son regard auquel il ne résisterait pas.

— Tu parles, tu as au moins deux côtes fêlées et probablement une troisième cassée. Ça fait un mal de chien à tout le monde, Kornelius, il n'y a pas de honte à ça, mais je n'ai pas grand-chose ici pour te soigner.

— Je passerai à l'hôpital, si ça peut te rassurer.

— Passe plutôt chez moi ce soir, j'aurai ce qu'il faut.

Il va répondre quand Komsi entre en même temps qu'il frappe.

— Oups ! C'est comme si je n'avais rien vu, sourit-il en se cachant les yeux d'une main, les doigts bien écartés.

Puis il remarque tous les hématomes et les contusions sur le corps de Kornelius et reste bouche bée.

— Elle me soigne, Komsi, rien de plus.

— Rien de plus, confirme Ida.

— Comme si j'allais imaginer autre chose !

Kornelius enfile sa chemise et sa veste et demande à Komsi ce qu'il veut. L'inspecteur tend un sac qu'il tenait à la main.

— La chemise et la veste de Johansson, ça devrait suffire.

— Parfait, alors on passe à la scientifique.

XLV

… vous n'avez même pas entendu ?

— Je veux que tout soit enregistré.

— Pas de problème, Johansson.

Kornelius fait signe à Komsi d'enclencher l'enregistreur et d'indiquer la date, l'heure et les personnes présentes.

— Bien, commençons par préciser la règle du jeu, Johansson. Nous avons recueilli les bornages de votre téléphone et de ceux de vos complices, les relevés GPS des véhicules et ceux des traceurs, les images des dispositifs de vidéosurveillance sur tous les trajets. La règle est donc simple : vous nous racontez tout par le détail, et au moindre mensonge, je romps notre accord.

— Donc, nous avons bien un accord, s'empresse de préciser Johansson pour l'enregistrement.

— Oui, celui que vous avez proposé. Nous ne retiendrons que les charges de dissimulation de cadavre dans l'affaire du meurtre d'Anika Allansdóttir en échange de votre témoignage sur l'implication et les responsabilités du député Bergmansson.

— Parfait, lâche Johansson soulagé.

Kornelius cache sa jubilation de voir l'avocat tomber si facilement dans son piège et enchaîne aussitôt pour ne pas lui laisser le temps de réfléchir.

— Très bien, alors nous vous écoutons. Comment Anika est-elle arrivée chez Bergmansson ?

— Comme vous le savez, Gunnar organise des afters le jeudi dans sa maison de Seltjarnarnes. Les fêtards arrivent vers 1 h 30 du matin, mais Bergmansson, lui, commence les festivités bien avant, avec des gamines qu'un rabatteur lui procure.

— Zuckas, dit Fredo ?

— Oui, c'est son homme de confiance dans ce domaine. Il connaît les goûts et les règles de Bergmansson.

— C'est-à-dire ?

— Quinze ans et consentantes.

— Vous voulez dire que Zuckas affranchit les gamines et qu'elles savent ce qui les attend ?

— Oui.

— Et c'était le cas pour Anika ?

— Je suppose. À ce stade de l'affaire, je n'étais pas encore intervenu. Je m'en remets à ce que je sais de Zuckas.

— C'est lui qui va chercher les victimes ?

— Il n'y avait encore jamais eu de victime. Aucune plainte. Jamais.

— Sauf Anika, alors parlons d'elle. C'est Zuckas qui va la chercher ?

— Oui, mais c'est un peu particulier. D'abord parce que sa voiture est en panne ce jeudi-là, ensuite parce qu'il devait récupérer Anika bien plus tôt que les autres. Elle avait raconté à ses grands-parents qu'elle allait dîner chez une amie où elle resterait pour une pyjama party. Au lieu de la récupérer sur Laugavegur comme la plupart des filles, il est allé la prendre du côté de chez elle.

— La voiture ?

— Il l'a empruntée aux jumeaux groenlandais avec qui il buvait une bière au Gaukurinn.

— Ils se connaissaient ?

— Le Gaukurinn était un de leurs points de chute à Reykjavik.

— Donc Zuckas emprunte leur voiture et va chercher Anika... Et ensuite ?

— Il la ramène au Gaukurinn en attendant l'heure du rendez-vous avec Gunnar.

— Anika reste donc plusieurs heures au Gaukurinn en compagnie de Zuckas et des Groenlandais ?

— Pas vraiment. C'est Erlin, la barmaid, qui s'en occupe.

— D'accord. Qui l'emmène chez Bergmansson et à quelle heure ?

— Ce sont les Groenlandais. Ils entrent l'adresse de Bergmansson dans le GPS et la déposent là-bas un peu avant minuit. Bergmansson s'amuse avec ces gamines une bonne heure avant l'arrivée des autres invités.

— Il ne choisit pas ses proies parmi les filles qui viennent à ses afters ?

— Non. Il se sert quelques fois des soirées pour les repérer, mais ce sont toujours des gamines qu'il baise avant la fiesta.

— Ensuite ?

— Ensuite, il m'appelle en panique un peu avant une heure du matin et me dit que la fille est morte. Il me supplie de l'aider avant que les fêtards de l'after n'arrivent. J'appelle Zuckas qui suspecte une embrouille et ne veut rien savoir. Il prétexte qu'il n'a pas de voiture et envoie les Groenlandais. Moi j'y vais aussi, je me gare à distance et je les rejoins chez Bergmansson.

— Comment est morte Anika ?

— Il n'en sait rien. Il se réveille sur elle et la retrouve morte sous lui. Il admet l'avoir probablement étouffée par accident.

— Bergmansson est cocaïnomane ?

— Oui, et je lui ai demandé s'il avait filé de la coke à Anika. Il m'a dit que oui, mais à peine, pas un rail à sniffer, même pas la moitié d'un gramme sur son pouce pour lui faire sucer dans sa bouche.

— Donc, c'est vous qui prenez la direction des opérations à partir de ce moment-là.

— Oui. J'ai les Groenlandais sous la main, ils ont un bateau à Hafnarfjörður, alors je leur propose d'embarquer le corps et de le faire disparaître en mer.

— Donc vous partez pour Hafnarfjörður avec les deux Groenlandais, vous au volant et le corps d'Anika dans le coffre.

— Oui. Ils embarquent le corps à bord de leur chalutier et je repars avec la voiture.

— Vous retournez chez Bergmansson ?

— Pas directement. Je voulais laisser la voiture au Gaukurinn, mais Zuckas m'a fait une scène en apprenant ce qui s'était passé. J'ai dû redéposer la voiture devant le garage qui la louait au Groenlandais chaque fois qu'ils venaient à Reykjavik.

— Comment vous rejoignez Seltjarnarnes ?

— À pied. C'est à deux kilomètres du Gaukurinn. J'ai mis une grosse demi-heure. Quand je suis arrivé chez Bergmansson, il avait viré tout le monde et il était seul dans la chambre.

— C'est là qu'il a décidé de tuer les jumeaux ?

— Personne n'a décidé de tuer qui que ce soit. Cette partie-là de l'histoire ne fait pas partie de notre accord.

— Notre accord n'est plus très solide, Johansson.

— Pourquoi ?

— Vous promettez de nous donner Bergmansson, mais au lieu d'un crime, vous nous servez un accident qui n'engage pas forcément sa responsabilité.

— Je vous croyais plus intelligent, monsieur Jakobsson. Le crime de Bergmansson, dans cette affaire, ce n'est pas la mort d'Anika, c'est la mort des deux Groenlandais pour cacher la mort de la fille. Sans la notion de crime passionnel, la mort des jumeaux devient un assassinat prémédité. C'est en ça que je vous offre la tête de Bergmansson sur un plateau.

— Parfait, lâche Kornelius, dans ce cas nous respecterons notre accord et nous ne retiendrons contre vous dans l'affaire Anika que la dissimulation de cadavre.

— Qui ne justifie pas de garde à vue ?

— Qui ne justifie pas de garde à vue.

— Je suis donc libre de partir ?

— Vous êtes libre de partir.

Johansson se lève, fier de lui, suivi de Komsi qui en jubile d'avance.

— En revanche, maître Johansson, je vais vous demander de revenir vous asseoir.

— Pardon ? Et pour quelle raison ? s'étonne l'avocat.

— Parce que je vous arrête pour le meurtre de Donatas Levinas.

— Quoi ?

— Monsieur Johansson, la scientifique a relevé sur la manche de votre veste des traces de poudre identique à celle des munitions trouvées dans l'arme de Vladas Billis. Vous avez tué Donatas Levinas et cherché à faire accuser Vladas Billis.

— Conneries ! hurle Johansson. Le transfert aura eu lieu pendant la fusillade…

— Johansson, d'abord il n'y a pas eu de fusillade. Un seul coup de feu, au cœur et à bout touchant.

… vous n’avez même pas entendu ?

Ensuite, comment aurait-il pu y avoir un transfert sur votre manche puisque selon votre témoignage, vous étiez allongé par terre et inconscient au moment du tir que vous n’avez même pas entendu ?

XLVI

Demande à son père.

— Vous ne cherchez donc qu'à me détruire, soupire Bergmansson.

— Je fais mon métier.

Les gens, dans le bar, ignorent ce qui se joue entre ces deux hommes. Ils devisent et se sourient, en personnes heureuses du moment, sans se soucier des deux types sombres assis à la table la plus isolée.

— Kornelius, je n'ai pas tué cette gamine. Je me suis réveillé et elle était morte.

— Sous votre panse de porc et les gencives barbouillées de cocaïne.

— Il n'en reste pas moins que pour moi, c'était un accident.

— Mortel pour elle. Comment pouvez-vous me demander de transiger là-dessus ?

— Parce que je ne suis pas prêt à tout perdre, Kornelius, vous devriez pouvoir comprendre ça, vous qui avez failli le faire plusieurs fois.

— Elle a bien tout perdu, elle. Le peu qu'elle a vécu et tout ce qui lui restait à vivre.

Demande à son père.

— Encore une fois, je ne l'ai pas tuée.

— Elle est morte par votre faute, Bergmansson.

— Je ne l'ai jamais voulu, vous devez me croire.

— Je crois que vous êtes un malade, un détraqué. Comment peut-on prendre son plaisir avec des gamines ?

— Voilà, vous commencez à comprendre, je suis malade, je ne peux pas me contrôler, je suis incapable de surmonter mes instincts. Dans ces moments-là, je ne suis pas responsable de mes actes.

— Ne jouez pas avec ça, Bergmansson, vous pourriez me donner envie de vous fracasser.

— Dans un accès de rage incontrôlé ?

— Je vous ai dit de ne pas jouer à ce petit jeu. Si cela devait arriver, ma fureur et mes coups seraient parfaitement maîtrisés, n'en doutez pas. Comme vous êtes resté maître de vous au moment d'abattre les jumeaux groenlandais, en respectant scrupuleusement la mise en scène que vous aviez préméditée.

— Kornelius, nous savons très bien vous et moi que cette idée vient de Johansson. Il m'a convaincu que c'était la seule solution pour éviter le pire.

— Peut-être, mais c'est vous qui les avez abattus devant des dizaines de témoins.

— Crime passionnel !

— Vous savez bien qu'avec le témoignage de Johansson, cette thèse ne tient plus.

— Alors Johansson a menti. Il était chez moi ce soir-là, c'est lui qui a amené Anika. Jamais je n'ai envoyé Zuckas chercher des filles ailleurs que devant les boîtes. Moi, je les aime juvéniles et délurées, mais consentantes. Jamais je n'ai pris de plaisir à dépuceler des gamines vierges, contrairement à lui.

— Johansson était chez vous ?

— Pourquoi pas ? Il est venu avec cette fille, il l'a baisée, il l'a étouffée en la forçant à des jeux sadiques et il s'est débarrassé du corps avec ses complices groenlandais. Vous connaissez les avocats, Kornelius, secrets et tordus, vicieux, fourbes, manipulateurs. J'achèterai les témoignages qu'il faut. J'aurai bu, trop, je me serai endormi, il aura profité de mon ivresse pour sa macabre mise en scène et m'aura fait croire à mon réveil que je l'avais assassinée. Son acharnement à prouver le crime passionnel deviendra aux yeux des jurés une manœuvre de sa part pour me faire porter le chapeau. Pareil pour la façon dont il aura profité de mon désarroi pour me pousser à tuer les jumeaux.

Kornelius le regarde sans répondre, sidéré par tant de cynisme, et Bergmansson continue.

— Et d'ailleurs, le tribunal comprendra que Johansson a profité de ma faiblesse pour me pousser à abattre les Groenlandais quand il aura la preuve qu'il a manipulé Billis et Levinas pour qu'ils assassinent Zuckas et provoquent l'accident de votre collègue « Bottyful », puis la police pour faire passer la mort de ces deux idiots pour un règlement de compte.

Demande à son père.

— Bergmansson, vous prononcez encore une seule fois le nom de l'inspectrice Botty et vous n'aurez pas à comparaître devant un tribunal.

Kornelius regrette aussitôt ses mots. Pas parce qu'ils sont une menace de mort pour Bergmansson. Parce qu'il devine dans les yeux du député une fulgurance qui le glace. Le reflet de quelque chose qu'il attendait, comme s'il avait toujours voulu l'amener là où il en est maintenant. Il sait d'instinct qu'il va haïr les prochains mots qu'il va entendre.

— Kornelius, acharne-toi sur moi, et elle souffrira bien plus encore.

Le regard de Bergmansson est sans appel. C'est une certitude plus qu'une menace.

— Qu'est-ce que ça veut dire ?

Bergmansson ne répond pas. Il murmure un refrain, ses yeux d'acier plantés dans ceux de Kornelius qui redoutent le pire.

Questions and questions plain as your nose
But who would believe a little rose ?

— Qu'est-ce que ça veut dire, espèce de malade ? Je te conseille de me répondre avant que je te...

Cette fois, Bergmansson chante plus fort, les yeux plissés d'un sourire satanique :

Winners and losers in love with themselves
No Santa Claus no happy elves.

Kornelius n'y résiste pas et se lève, bousculant sa chaise, mais Bergmansson en fait autant et le cloue sur place d'une dernière phrase, avant de quitter le bar sans se retourner et en riant fort.

— Demande à son père.

XLVII

C'est bien pire que ça.

— Il a vraiment dit ça ?

Ils sont dans la belle maison de Sigmar. Pas celle de Reykjavik où habite aujourd'hui son ex-femme, l'ex-commissaire nationale, pas celle au bord du lac Hafravatn qu'il avait prêtée à Johansson, ni celle d'Akureyri où Botty a passé sa dernière nuit avant l'accident, mais celle sur les berges de lave du lac Kollóttadyngja. Ce chalet vitré où il s'était réveillé nu face à l'immensité du monde au côté de Botty. Elle avait décidé qu'elle voulait l'aimer dans cette maison-là et ils y étaient allés dans l'hélicoptère de son père. C'est là que Kornelius avait rencontré Sigmar pour la première fois. Lui était nu derrière la baie vitrée, subjugué, à son réveil, par la beauté des eaux du lac où se reflétait le volcan. Sigmar avait surgi de l'eau comme un ludion, se hissant sur le deck après sa nage matinale et glaciale. Kornelius était resté interdit. Sigmar avait ôté sa combinaison de plongée et s'était retrouvé nu lui aussi avant de tirer la porte-fenêtre et d'entrer dans le chalet pour se doucher, lui demandant au passage s'il était bien ce vieux flic que sa fille avait tant envie de baiser.

— Oui. Puis il m'a dit de te le demander.

— De toute façon, il fallait bien que ça arrive un jour, soupire-t-il.

— Quoi, demande Kornelius, qu'est-ce qui devait arriver ?

Sigmar ne répond pas tout de suite et va jusqu'au bar. Kornelius l'a trouvé tout habillé de blanc, pieds nus sur le parquet de bois clair de son chalet. Quand il lui avait demandé de le rencontrer à propos de quelque chose de confidentiel concernant Botty, Sigmar avait envoyé un hélicoptère pour l'emmener jusqu'au chalet. Lui veillait sur Botty à l'hôpital d'Akureyri et avait piloté le sien pour le rejoindre. Kornelius a toujours secrètement envié le détachement et l'élégance avec lesquels Sigmar profitait de son opulence.

Sigmar revient avec deux verres et une bouteille de Brennivín qui sort du congélateur.

— Je crois que nous allons avoir besoin d'un peu de cette mort noire.

Il prend au passage deux plaids en cachemire et invite Kornelius à le suivre sur le deck. Ils s'asseyent sur le rebord de deux chaises longues, Sigmar sert deux shots de Brennivín, et ils s'allongent face au lac. Kornelius n'a jamais oublié cet endroit où il avait trouvé refuge après l'affaire Heimaey. Une éruption avait fendu la terre sur l'autre côté du lac, et le flot lent et épais du front de lave sourdait vers la berge.

C'est bien pire que ça.

Quand il avait atteint le lac et fait bouillonner l'eau noire, Sigmar et lui s'étaient glissés dedans, sans quitter des yeux la ligne en fusion qui engluait peu à peu de son magma la roche noire des éruptions précédentes.

— Elle ne viendra peut-être pas jusqu'ici, avait murmuré Sigmar.

— Je pense que si, avait répondu Kornelius.

— Dix dollars que non, avait parié Sigmar.

— Tu plaisantes, si je gagne, c'est que nous y sommes restés.

— Dix dollars, avait répété Sigmar en souriant.

— Dix dollars d'accord, avait fini par accepter Kornelius.

Et ils étaient restés une bonne partie de la nuit à regarder le feu jouer contre l'eau jusqu'à s'épuiser. Depuis ce jour, même s'ils se sont peu revus, Kornelius porte une amitié particulière à cet homme qui lui a fait comprendre que sa vie ne valait pas plus de dix dollars.

Kornelius aspire une gorgée du vin brûlé de patate parfumé au cumin des prés et à l'angélique. Une distillation spéciale à 41 degrés. Il laisse l'alcool embraser sa gorge avant de poser la question dont, pour des raisons qu'il ignore encore, il redoute la réponse.

— Alors, qu'est-ce qui devait arriver ?

Sigmar boit une gorgée de mort noire à son tour.

— Dis-moi d'abord ce que tu sais.

Kornelius récite les paroles que lui a rapportées Bergmansson.

Questions and questions plain as your nose
But who would believe a little rose
Winners and losers in love with themselves
No Santa Claus no happy elves

Sigmar regarde Kornelius, repose son verre et chante.

No Santa Claus no happy elves
In this smoking gun existence
It gets harder to unwind
I'll just eat my breakfast

— Ce sont les paroles d'une chanson, dit Kornelius, j'ai vérifié, la chanson phare d'un album d'Iggy Pop sorti en 1986. Quelque chose d'assez cynique sur ceux qui gagnent et ceux qui perdent. Alors, dis-moi, pourquoi Iggy Pop ? Et qui gagne et qui perd dans cette histoire ?

— C'est simple, répond Sigmar dans un triste sourire, cette fois c'est toi qui gagnes et c'est moi qui perds.

Il se lève, rentre dans le chalet, et se dirige vers un coin du salon. Il en rapporte une photo encadrée. Un groupe de rock. Quatre ados sur une scène de salle des fêtes. Kornelius reconnaît d'abord Bergmansson, à la basse, puis Sigmar derrière le micro, torse nu et maigre comme un hareng saur, longs cheveux blonds, pantalon de cuir moulant. Tous les membres du groupe portent un bonnet de Noël.

— Iggy Dick and the Scrooges, s'amuse Sigmar, un clin d'œil à Dickens. Nous avions seize ans et nous fracassions du Ramones, du Clash, du Sex Pistols. Et aussi du Green Day, du Blink, du Offspring…

— Seigneur Dieu, soupire Kornelius, alors c'est toi le Iggy dont on m'a parlé ?

— Oui, à l'époque, j'étais Iggy. C'était mon surnom pour tout le monde. Qui te l'a dit ?

— La veuve de Rasmussen, quand je suis allé au Danemark retrouver celle à qui était destiné l'argent que transportait le Beaver lors de son crash.

— Pas croyable, tu es allé jusque-là ?

— Oui, je suis allé à l'endroit d'où est parti l'argent, et là où il devait arriver.

— Décidément, tu es vraiment le meilleur flic de ce pays. Dès que j'ai su que tu étais sur l'enquête, j'ai compris que la partie était perdue pour moi.

— Si ce qui se dessine est conforme à ce que je n'ose même pas imaginer, je ne pense vraiment pas en sortir gagnant non plus, tu sais…

Sigmar secoue la tête comme s'il se résignait à perdre contre quelqu'un de bien plus fort que lui. Une sorte de résignation de bon cœur. Une défaite attendue. Il se lève à nouveau, retourne au mur de photos, et en rapporte une autre.

— C'est ça, la preuve que tu cherches ?

Quand il découvre la photo, un frisson électrise Kornelius. C'est le déjà-vu après lequel il court depuis quelques jours. Cet indice qui lui échappait, il n'était pas dans les photos du dossier. Il était sur ce mur qu'il avait dû distraitement parcourir quelques années plus tôt, dans ce même chalet, fasciné qu'il était alors par le corps nu et l'amour si libre de Botty, dans le contre-jour du lac et du désert de lave de l'autre côté de l'immense baie vitrée.

— J'avais trente ans, explique Sigmar. Je gagnais ma vie comme guide de montagne, à l'occasion. J'emmenais des touristes se faire de fausses frayeurs sur des routes sans aucun danger. Je connaissais le glacier comme ma poche. Björn était à la fac de droit et les Scrooges s'étaient dispersés.

Kornelius observe la photo. Sigmar s'est épaissi. C'est un montagnard qu'on devine svelte et solide sous sa combinaison. Il a remonté ses lunettes sur son bonnet et on le reconnaît sans peine. Un second choc pour Kornelius. C'est la même combinaison que sur une des photos du maigre album qu'il a consulté chez Pia Rasmussen. Aux couleurs islandaises, bleue avec un grand motif en « V » rouge et blanc en travers de la poitrine. Il retrouve la photo dans son téléphone. Un jour de mauvais blanc. Bonnet enfoncé sur la tête, lunettes miroir sur les yeux, col zippé jusqu'au menton. Il est au second plan, anonyme derrière un Rasmussen qui prend la pose pour un selfie, les yeux plissés par le froid.

— Tu étais avec Rasmussen le jour où il est mort, n'est-ce pas ?

Sigmar se vide d'un long soupir et regarde Kornelius droit dans les yeux.

— C'est bien pire que ça.

XLVIII

Dans un quart d'heure…

Sigmar raconte comment Rasmussen est descendu dans la faille pour chercher des lignes de cendres des différentes éruptions, et comment il a découvert les corps des deux Américains. Rasmussen l'appelle alors pour qu'il le rejoigne et il est si paniqué que Sigmar le croit blessé. Quand il le retrouve sur la corniche, il découvre à son tour les corps pris dans la glace. Et la mallette.

— Quand je la vois, je me dis que c'est peut-être le moyen d'identifier le corps. Elle affleure à la surface de la glace et je commence à la dégager.

— Et Rasmussen ?

— Lui, il panique complètement. « Non, non, non ! qu'il hurle, il faut la laisser là et remonter prévenir les secours. » « Professeur, que je lui dis, dans l'état où il est, ce pauvre gars n'a plus besoin d'aucun secours. » « La police alors ! qu'il hurle, la police ! Il faut aller chercher la police ! »

Sigmar raconte qu'il ne répond pas à Rasmussen et continue à frapper la glace. Les coups étoilent d'abord la surface, puis l'éclatent et libèrent des blocs translucides qui glissent aussitôt dans le vide. La première fois, il s'arrête de creuser pour les écouter tomber et rebondir sans fin vers le fond de la faille. C'est profond de plusieurs dizaines de mètres. « Arrête, arrête, je t'en supplie, arrête, hurle Rasmussen. Tu vas fragiliser la corniche. Si elle s'effondre, nous allons... » « Si elle s'effondre, répond Sigmar, nous sommes sécurisés, et pour ces types, ça ne changera pas grand-chose. »

Il lui faut dix minutes pour dégager la mallette. Elle est fermée par deux serrures à code de trois chiffres. Il essaye les codes de base : 000, 123, 007... Sans résultat. Alors il y fiche la pointe de son piolet et en force l'ouverture.

— Et là, tout ce que je peux dire, excuse-moi mais c'est « nom de Dieu de bon Dieu de bordel de merde... ! » Rasmussen, lui, reste sans voix. Dans la mallette, nous découvrons des liasses de dollars. Des billets de cinq cents. Beaucoup. Vraiment beaucoup. J'enlève mes gants et je me saisis d'une liasse. L'autre se met à geindre : « Oh non ! Ne touche à rien ! C'est l'argent d'un mort, ça porte malheur, nous allons mourir ! Dieu nous voit ! Il nous regarde ! »

Sigmar avoue qu'il ne l'écoute pas. Il compte. Dix, vingt, trente... Il évalue la liasse à cent billets. Quand il compare la liasse au contenu de la mallette, en taille comme en épaisseur, de la sueur perle sur son front. Un pactole de quatre à cinq millions de dollars... « N'y touche pas, hurle Rasmussen hystérique, tu m'entends, je t'interdis d'y toucher ! C'est de la profanation. Dieu nous le fera payer ! »

— « Professeur, je dis en essayant de le calmer, à en juger par la façon dont il est pris dans la glace, ce type est mort depuis des années. Cet argent ne manque plus à personne, vous comprenez ? Il a été passé par pertes et profits par son propriétaire ou son destinataire. C'est devenu un trésor abandonné, et il appartient à son inventeur, comme on dit. » « Jamais de la vie, qu'il vocifère, l'âme de ce pauvre bougre est captive de la glace, elle aussi, et elle nous observe, elle nous épie. Brise cette glace et tu libéreras sa colère contre nous. Et Dieu aussi nous voit. Et ils se vengeront si nous touchons à cet argent ! » « Merde, professeur, il y a au moins quatre ou cinq millions de dollars. Pensez aux expéditions que vous pourriez monter avec la moitié de cette somme. Vous… » « Quoi ? Tu oserais me mêler à ce sacrilège ? Tu penses vraiment que je vais te laisser dépouiller ce cadavre sous les yeux de Dieu ? »

Sigmar raconte encore comment il essaye de plaisanter pour calmer Rasmussen. Il répète que cette mallette est un objet perdu, qu'elle appartient à celui qui la trouve.

— Mais ce fou explose, Kornelius, je te jure, ivre de rage, hystérique, comme possédé, et d'un seul coup il brandit son piolet en jurant que si Dieu ne m'empêche pas de prendre la mallette, lui le fera.

— Il t'a vraiment menacé ?

— Menacé ? Tu parles, ce forcené a balancé son bras à travers l'air glacé et son piolet m'a frôlé le visage. À un centimètre près, il me le plantait dans le crâne.

— Alors l'autre piolet, celui qu'on a trouvé dans…

— Oui, avoue Sigmar, c'est le mien. Dans un réflexe de défense, je balance mon piolet à l'aveugle pour me protéger et il se fiche entre ses côtes. Rasmussen vacille sous le coup, titube, recule jusqu'à la paroi, s'y adosse, et se laisse glisser jusqu'à s'asseoir sur la corniche, hébété, le regard fixé sur le piolet qui le vide de son sang. « Et merde ! que je jure, tu vois ce que tes histoires d'âmes maudites et de bon Dieu nous ont fait faire ? » « C'est notre punition pour avoir profané la tombe de ce pauvre type. » Je ne peux pas m'empêcher de rire. « Un pauvre type qui se balade avec quatre ou cinq millions de dollars dans une mallette accrochée à son poignet par des menottes ? » « Peu importe qui il était. Nous allons mourir pour ce que nous lui avons fait. » « Toi, tu vas peut-être mourir, je m'énerve, parce que tu l'as cherché, même s'il n'y avait aucune raison à ça, mais pas moi ! Je prends l'argent et je remonte. Je te harnache en sécurité sur la corniche, et quand je suis là-haut, j'appelle les secours et je te garde ta part. D'accord ? » Rasmussen ne répond pas. J'insiste. « Hey, tu entends ce que je te dis ? Tu es d'accord ? » Il est toujours adossé à la paroi bleutée, la tête penchée sur le côté, le menton sur son épaule. Je commence à croire qu'il est inconscient, ou déjà mort, quand soudain il bredouille quelque chose que je ne comprends pas. « Pieds… trois… il a trois pieds… » Je braque ma frontale sur la glace et je me fige. Un peu plus profond que les pieds du mort, un autre pied. Et bientôt, dans la transparence de la glace, un autre corps. Je me décide sur-le-champ. « C'est bon, on fait comme j'ai dit. Je te harnache. Ne touche pas au piolet pour ne pas aggraver l'hémorragie. L'hélico des bénévoles de l'ICE-SAR sera là un quart d'heure après mon appel au plus tard. » Je referme la mallette et cherche comment me débarrasser des menottes. Quand l'idée me vient, simple et évidente, elle fait geindre le professeur. Je force sur la main gelée du mort et le poignet se brise comme du verre. Si facilement que la main glisse hors des menottes et fuse sur la glace jusqu'entre les jambes de Rasmussen qui sursaute d'horreur. Puis je récupère son piolet et attaque la paroi, la mallette attachée contre ma poitrine. Arrivé deux mètres plus haut, je me penche vers lui, je l'éclaire de ma frontale et je m'entends encore lui répéter : « Dans un quart d'heure… »

XLIX

… du vol de tous ces corbeaux.

— Tu n'as jamais appelé les secours, n'est-ce pas ?

— Non.

— Pourquoi ?

— Quel flic aurait pu croire à mon histoire ?

— N'importe quel bon policier si tu n'avais pas pris l'argent. Mais tu y as pensé, pas vrai ?

— Oui. Je savais qu'en laissant l'argent, mon histoire aurait été crédible, mais je n'ai pas pu m'y résoudre. C'était cinq millions, Kornelius.

— Et donc, tu as laissé mourir Rasmussen.

— Je me suis convaincu que de toute façon, il serait mort avant l'arrivée des secours. Mais oui, c'est vrai, je l'ai laissé mourir.

— Tu sais que, d'une façon ou d'une autre, c'est un crime, n'est-ce pas ? Au moins une non-assistance à personne en danger ?

— C'est un crime, Kornelius, tu peux le dire comme ça. Le coup de piolet en faisait peut-être un homicide involontaire, mais c'est devenu un homicide prémédité quand j'ai abandonné Rasmussen.

— Et tu as tout de suite pensé à laisser deux faux témoignages pour détourner les secours dès que sa disparition serait signalée.

— Oui, j'ai fait ça aussi.

Cette fois, c'est Kornelius qui ressert un verre de mort noire à chacun. Sigmar est d'un calme qui l'étonne. Il lui avoue des choses horribles sans chercher à se défausser. Il assume. Comme ces terres volcaniques autour d'eux assument elles aussi le mal qu'elles ont fait dans le passé.

— Et pour Bergmansson ?

Sigmar boit une gorgée de Brennivín et sourit.

— C'est encore plus sordide. Je l'ai rejoint le soir même et je lui ai menti. Je lui ai dit que j'avais trouvé une mallette avec deux millions de dollars dans une crevasse et je lui en ai fait cadeau de la moitié. Un million pour lui. C'est mon ami d'enfance. Gamins, on s'est juré de tout partager.

— C'était vraiment une série de mauvais choix.

— Oui, je dois le reconnaître. Mais je peux être honnête avec toi ?

— Quoi, tu ne l'es pas depuis le début ?

— Si, bien sûr, sur les faits je le suis, mais je veux l'être sur leurs conséquences aussi.

— Je t'écoute…

— Je regrette la mort de Rasmussen, mais Kornelius, je ne regrette rien de la vie que cet argent m'a permis de m'offrir et d'offrir aussi à ceux que j'aime.

Il boit une autre longue gorgée de mort noire.

— Que comptes-tu faire, alors ?

— Rien. Je ne suis pratiquement plus flic. Que veux-tu que je fasse ?

— Kornelius, si tu décides quand même de faire quelque chose, sache que je ne me déroberai pas. J'assumerai. Mais donne-moi une semaine, s'il te plaît, que je fasse en sorte qu'Andrea et Botty en souffrent le moins possible.

— Sigmar, je te le redis, je ne ferai rien. C'est quelque chose entre ta conscience et toi. À titre personnel, je n'ai aucune sympathie pour feu Rasmussen après le portrait que m'en a fait sa veuve, ni pour cette corrompue d'Yvonne Falk à qui était destinée la mallette, ni pour ces corrupteurs de Cooper et Zelinsky qui la convoyaient. Si j'osais une comparaison, je dirais que de tous, tu es de loin, de très loin, le moins salaud de l'histoire.

— Mais salaud quand même.

— Oui. Un peu. Quand même…

Mais Kornelius le dit avec un léger sourire alors ils reboivent une longue rasade de Brennivín et restent silencieux un moment à réfléchir à toutes les conséquences possibles de ce que chacun vient de dire.

— Et pourquoi Bergmansson te jette aux loups, alors ?

— Parce qu'il veut sauver sa peau, je suppose. Ou parce qu'il se venge du fait que je l'aie trahi à l'époque ?

— En lui donnant un million de dollars ?

— En ne lui donnant pas la moitié de ce que j'avais trouvé comme nous nous l'étions promis.

— Lui, c'est un vrai salaud, Sigmar, cynique et sans repentance. Comment avez-vous pu être amis ?

— L'enfance, Kornelius, les conneries d'ados, les premières copines, les premières amours, Iggy Dick and the Scrooges, nos premiers joints. J'y ai pensé quand nos chemins se sont écartés : je crois que c'est à notre amitié plus qu'à l'ami que j'ai voulu rester fidèle.

— Encore un mauvais choix.

— Oui, encore un, admet Sigmar.

C'est lui qui remplit les verres à nouveau.

— Tu chantes toujours dans cette chorale de femmes ? demande-t-il pour changer de sujet.

— De temps en temps. De moins en moins, mais j'y suis retourné il y a quelques jours.

— Et tu ne chantes toujours que cet air lugubre ? Comment s'appelle-t-il, déjà ?

— Le *Krummavísur*.

— C'est ça, la complainte du corbeau famélique.

— Affamé.

— C'est ça. Tu la chantes, pour voir ?

— Si je chante, ça va rameuter tous les corbeaux des hautes terres.

Sigmar éclate de rire, et Kornelius lui explique en souriant qu'il ne plaisante pas.

Quand il entonne la complainte, le lac se ride d'un frisson argenté et les nuages s'effilochent dans le ciel.

Kornelius s'est allongé dans la chaise longue, les yeux fermés. Il n'entend pas Sigmar se lever et disparaître dans la maison. C'est la guitare électrique qui le ramène à la réalité. Sigmar habille la complainte de riffs à la George Harrison. C'est d'une harmonie parfaite. Le chant et les solos. Sigmar et lui. Eux et la nature, leur pays, leurs lacs froids et leurs volcans incandescents. Il ouvre les yeux et voit Sigmar, tête basculée en arrière, qui joue en regardant le ciel. Quand il lève les yeux à son tour, Kornelius les aperçoit et son cœur s'allège du vol de tous ces corbeaux.

L

… chanter le *Krummavísur*.

L'Islande, c'est l'Islande, ça redevient une terre sombre à chaque crépuscule. Il est parti de Reykjavik depuis une demi-heure quand il quitte la N° 1 sur sa droite, à l'opposé de la mer. Le soir est déjà là. Il creuse d'ombres les failles verticales des montagnes et les vallées se gorgent de nuit d'un côté. De l'autre, la mer s'éteint sous un ciel sombre qui l'étouffe. L'étroite piste de caillasse qu'il emprunte gravit la pente pendant cinq cents mètres, puis bifurque sur la gauche jusqu'au parking de terre.

Curieux endroit pour un rendez-vous. L'autel en plein air d'Esjubergi, à mi-hauteur de la crête de Kerhólar. Une lubie de zélotes en hommage à ce qui aurait été la première église d'Islande. Bergmansson en doute. Qui aurait bien pu avoir la mauvaise idée de construire une église, en l'an 900, un siècle avant la conversion de l'île au christianisme, à mi-pente de cette montagne de caillasse ? Aucune trace de l'église d'ailleurs, nulle part, jamais, sinon une mention dans un vieil écrit. Si vestiges il y a, les fréquents glissements de terrain des versants de l'Esjubergi les auront fracassés et ensevelis sous leurs pierriers tout en bas de ses pentes abruptes et caillouteuses. Mais les bigots ont querellé quarante ans durant pour parvenir à leurs fins, et l'autel en plein air existe depuis 2016.

Arrivé à hauteur du dégagement, Bergmansson repère la Saab jaune. C'est le seul véhicule. Kornelius ne pouvait faire plus isolé et plus discret pour ce rendez-vous, mais Bergmansson reste sur ses gardes. Il s'est armé d'un Sig Sauer dans la poche de son manteau.

Dans ses appels de phares, il aperçoit trois corbeaux sans peur qui dépècent du bec un petit rongeur qu'il ne voit pas. Comme la Saab ne répond pas, il descend de sa voiture et se dirige vers le monument sans que les oiseaux s'en inquiètent.

La chapelle à ciel ouvert n'est qu'un large cercle en muret de grosses pierres mal dégrossies, ouvert d'une brèche aux quatre points cardinaux, autour d'un sol de cendres noires. Au centre, l'autel, d'un seul brutal et massif bloc de deux tonnes, surmonté d'une lourde croix haute de deux mètres. En pierre elle aussi, sculptée de symboles celtiques. Pas un lieu pour croire en un au-delà meilleur. Un bastion pour défendre sa foi, pour se protéger des autres, même si, de fait, il ressemble plus à une ruine de quelque chose. Cette volonté humaine de se raccrocher à un passé imaginé fondateur et meilleur.

Bergmansson se souvient d'avoir versé un don pour cet autel pendant une campagne électorale. Il se demande s'il ne doit pas regretter son obole. Ça se veut brutal et tellurique. La pierre, la croix celte, le cercle sacré. Ça se veut millénaire et mystique, et ce n'est qu'un attrape-touristes. On peut lire quelque part que la croix a été incrustée de galets, certains ramassés sur la plage de Kjalarnes, au pied de la montagne, par des enfants du village de Klebergsskóli, et d'autres en provenance de deux petites îles écossaises. Un christianisme de Vikings, de guerres et de conquêtes, de croyances assiégées. Un calvaire plus qu'un autel. Les plus heureux sont les corbeaux. On les croirait domestiqués par le syndicat d'initiative pour jouer les figurants maléfiques. Trois sont perchés sur un bras de la croix. *Quelle connerie !* soupire Bergmansson qui, au fond, s'en fout. Il n'est pas venu jusqu'ici pour ça.

Il n'aperçoit toujours pas Kornelius et entre dans le cercle. Des blocs ont été posés contre le muret de pierres pour composer une sorte de banc circulaire. D'autres, devant, forment des sièges rustiques. Des messes de pénitences, s'amuse Bergmansson, des célébrations qui font mal au cul. Mais Kornelius n'y est pas assis. La nuit bataille avec le soir. Des ombres profondes se dressent d'entre les pierres. Le ciel se tend d'un voile mauve qui s'obscurcit aussitôt.

— J'ai vu ta voiture, Kornelius, je sais que tu es là. Montre-toi !

— Je suis là, au bord de la falaise, répond une voix tranquille.

Bergmansson tourne la tête, le cherche des yeux, et le devine dans le contre-jour du crépuscule qui gaufre l'océan des reflets de ses dernières braises. Un mince et fugace incendie, bientôt étouffé par le ciel et noyé par la mer.

— Qu'est-ce que tu manigances de ce côté ?

— Rien. J'admire la vue sur la baie des fumées et sur les lumières de la ville.

— Ne tente pas de m'entourlouper, Kornelius, j'ai une arme.

— Je m'en doute bien, et moi, comme les bons flics de notre beau pays, je n'en ai pas.

— Tu es encore flic ou pas ?

— J'avoue que je ne sais plus trop, mais ça n'a plus vraiment d'importance.

Une lune fragile se glisse dans une déchirure des nuages et lisse le paysage de reflets feutrés. Deux des corbeaux s'envolent de la croix et passent au-dessus d'eux en se chamaillant, joueurs, puis se laissent soudain tomber du ciel et disparaissent dans la pente.

— Je suppose que tu as parlé à Sigmar.

— Oui. Nous avons passé la nuit d'hier à boire et il m'a tout raconté.

Quand un nuage éponge la lune, elle disparaît dans un dernier halo et l'univers entier se vide. Mer et ciel, et terre aussi. Il ne reste, suspendu dans cet abîme béant, que des lumières solitaires et dispersées. Au loin, le halo orangé de Reykjavik. Deux corbeaux surgissent de ce vide, suivis d'un troisième, et les frôlent pour regagner le calvaire. D'autres, sortis de nulle part, se sont posés sur le muret. Douze millions de couronnes pour un perchoir à corvidés !

Bergmansson n'aime pas ces oiseaux dont la nuit bruisse maintenant de leurs vols invisibles et lustrés. On les dit charognards et intelligents.

— Et alors, qu'as-tu décidé ?

— Rien.

La lune revient un instant. Diaphane et souffreteuse. Astre mort et vaincu, dont la luminescence irise le monde de reflets inattendus.

— Comment ça, rien ?

— Rien. Je n'ai rien décidé.

— Pourquoi m'avoir fait venir jusqu'ici, alors ?

— Pour te le faire savoir.

Bergmansson s'inquiète. Sa voix le trahit. Et puis toutes ces bestioles de malheur qu'il devine maintenant posées partout, dans la rocaille, sur le muret, sur la croix. Choucas, freux, corneilles, peu importe leur nom, il hait ces oiseaux-là. Le premier qui s'approche, il l'explose d'une balle en plein vol.

— Tu ne vas rien faire, alors ?

— Rien.

— Tu sais que si tu n'interviens pas en ma faveur, ça va me forcer à tout révéler sur ton ami Sigmar et détruire sa vie et celle de toute sa famille ?

— Oui, je ne doute pas que tu sois capable de faire ça.

— Et tu ne vas rien faire quand même !

La lune disparaît à nouveau et eux et le monde avec. Mais l'idée de l'endroit où ils sont persiste. Une vision cérébrale, comme on dit une image rétinienne. La montagne au-dessus de la mer, l'autel de pierre, la croix lugubre, et des dizaines de corbeaux autour.

— Si, murmure Kornelius, peut-être que je vais faire quelque chose pour toi, après tout…

— C'est mieux. Tu vas trouver un arrangement avec le procureur, comme je te l'ai demandé ?

— Non.

— Non ? Tu vas faire quoi, alors ?

— Je vais chanter.

— Chanter ? C'est quoi cette connerie ?

— Je vais chanter pour toi.

— Quoi ? Tu te moques de moi ?

— Non, dit la voix calme et posée de Kornelius. Je vais chanter.

Bergmansson croit à une ruse et dégaine son arme, la pointant au hasard sur le silence qui l'entoure, quand de la nuit profonde monte le chant de gorge lugubre et obsédant du *Krummavísur*.

— À quoi tu joues, Kornelius ?

Seule lui répond la voix de basalte noir dans le bruissement soudain du ciel. Bergmansson devine que les corbeaux ont pris leur envol aveugle dans la nuit. Il entend le froissement de leurs ailes autour de lui, par dizaines.

— Qu'est-ce que tu fais, Kornelius, arrête ça !

Kornelius ne répond pas. Il chante toujours et les oiseaux s'enhardissent. Ils frôlent Bergmansson à présent. Une aile lui gifle au passage le visage. Puis deux. Puis… La panique l'envahit. Il cache son visage dans ses bras et les oiseaux lui piquent les mains de leur bec.

— Kornelius, arrête ça ! hurle Bergmansson.

Le chant enfle. C'est une incantation, un lugubre requiem. Il se nourrit de la nuit et de la peur de Bergmansson. Les corbeaux lui semblent tournoyer par milliers autour de lui. Il ne les voit pas. Il les sent. L'odeur rêche de leur plumage de charognard sur son visage. Dans son nez. Dans ses yeux. Dans sa bouche. L'un d'eux se pose par surprise sur son épaule et lui déchire l'oreille. Il le dégage dans un cri d'épouvante, mais d'autres lui tombent déjà dessus. Ils s'agrippent à son vêtement, à ses cheveux. Bergmansson cherche à fuir à l'aveugle leurs gorges ébouriffées, leurs pattes emplumées, leurs becs noirs et cruels en poignards recourbés.

— Kornelius !

Il l'implore cette fois, mais le chant ne cesse pas et gronde au contraire. Quand un rayon de lune s'échappe des nuages, Bergmansson a la juste vision de sa perdition. Un nuage de corbeaux tourbillonne autour de lui, se jetant tour à tour pour larder son crâne et percer ses joues en cherchant à crever ses yeux. Il ne voit plus ni la croix, ni Kornelius. La nuée barbare s'enivre de sa danse macabre autour de lui. Une sarabande satanique. Un sabbat démoniaque. Il comprend, mais ne peut pas leur échapper. Son pied recule dans le vide et il bascule. Aussitôt, les corbeaux se dispersent en éventail et se perdent dans le ciel quand le chant de Kornelius s'arrête et ne laisse, dans la nuit, que le cri de Bergmansson qui tombe et rebondit dans le pierrier en s'y brisant les os un par un.

Le silence qui suit est spectral. Kornelius ne cherche même pas à savoir si Bergmansson a survécu à sa chute. Depuis le ciel, les corbeaux reviennent et plongent droit dans l'abîme pour dépecer leur proie.

Bergmansson se sera suicidé. Il aura choisi, pour expier ses crimes, cet autel celtique au financement duquel il aura participé. Quelque chose d'une rédemption par le sacrifice, les chrétiens aiment tant ça ! Dieu lui pardonnera ou pas, mais son geste satisfera tout le monde. On pourra penser que c'est un nouveau fardeau lourd à porter pour Kornelius, mais lui s'en moquera et ne se confiera à personne.

Après tout, il n'aura fait que chanter le *Krummavísur*.

NORD COMPO
multimédia

Composition et mise en pages
Nord Compo à Villeneuve-d'Ascq

CET OUVRAGE
A ÉTÉ ACHEVÉ D'IMPRIMER
SUR ROTO-PAGE
PAR L'IMPRIMERIE FLOCH
À MAYENNE EN MARS 2024

N° d'édition : 627338-0. N° d'impression : 104514
Dépôt légal : avril 2024
Imprimé en France